Réminiscence

Tome 1

IMAGINAIRE

Mot de l'éditeur :

Evidence Editions a été créée dans le but de rendre accessible la lecture pour tous, à tout âge et partout. Nous accordons une grande importance à ce que chacun puisse accéder à la littérature actuelle sans barrière de handicap. C'est pourquoi nos ouvrages sont disponibles en format papier, numérique, dyslexique, malvoyant, braille et audio.

Tout notre professionnalisme est mis en œuvre pour que votre lecture soit des plus confortables.

En tant que lecteur, vous découvrirez dans nos différentes collections de la littérature jeunesse, de la littérature générale, des témoignages, des livres historiques, des livres sur la santé et le bien-être, du policier, du thriller, de la littérature de l'imaginaire, de la romance sous toutes ses formes et de la littérature érotique.

Nous proposons également des ouvrages de la vie pratique tels que : agendas, cahiers de dédicaces, Bullet journal, DIY (Do It Yourself).

Pour prolonger le plaisir de votre lecture, dans notre boutique vous trouverez des goodies à collectionner ainsi que des boxes livresques disponibles toute l'année.

Ouvrir un livre Evidence, c'est aller à la rencontre d'émotions exceptionnelles.

Eloïse Clunet

Réminiscence

Tome 1

Pré-sentiment

Couverture : **Maïka**

Publié dans la **Collection Imaginaire**
Dirigée par **Pauline Monsarrat**

ÉVIDENCE ÉDITIONS

Notes de l'auteur

Lorsque l'on m'a offert l'opportunité de publier une nouvelle version de mes premiers romans, j'y ai vu l'occasion de vous proposer un texte entièrement retravaillé de *Pré-sentiment* et de *Ressentiments.*

Après leur première édition, j'ai essayé de suivre attentivement les diverses chroniques qui en ont découlé. Certaines soulignaient de grosses faiblesses dans mon récit, car il manquait de maturité. Ces avis m'ont été très utiles pour l'exercice de réécriture.

Certaines lectrices s'attendant à y découvrir une histoire basée sur la guerre de Troie, j'ai profité de cette occasion pour reprendre le prénom initial de mon personnage antagoniste qui était : Jennifer. Celui-ci avait été changé à la demande de mon ancien éditeur pour des raisons qui lui étaient propres, Jennifer ne lui convenant pas. J'avais alors modifié celui-ci pour l'appeler Hélène. Selon moi, cela lui collait parfaitement à la peau. Ce choix n'avait rien à voir avec la magnifique œuvre d'Homère, contrairement à celui de Cassandre. En primaire, j'avais eu la chance d'étudier L'Iliade et l'Odyssée[1]. À l'époque, mon école montait une pièce qui en était inspirée. Dès lors, j'ai gardé ce personnage mythique dans un coin de ma tête, bien au chaud. Cela peut vous paraître étrange, mais mes livres sont comme mes bébés et je n'ai pas hésité avant de prénommer mon héroïne Cassandre.

Je tenais aussi à éclaircir le schéma amoureux de mes trois personnages principaux. Donc, si vous aviez lu la première édition, ne vous inquiétez pas d'y découvrir des changements notables. Je ne souhaite pas vous frustrer, mais au contraire, je désire rendre le texte plus crédible.

J'espère que mes explications vous auront éclairés sur les différents choix que j'ai faits dans cet exercice de réécriture.

---

1 L'Iliade et l'Odyssée sont considérés comme des chefs-d'œuvre de la littérature grecque.

Première partie :

Pressentiments

Prologue

J'ai toujours pensé que j'étais quelqu'un d'atypique, mais avec les derniers événements, je sais maintenant qu'il y a quelque chose de vraiment spécial en moi. Pour que vous compreniez ce changement de point de vue, je vais devoir tout vous raconter depuis le début. Rassurez-vous, je ne vais parler ni de ma naissance ni de mon enfance, en fin de compte tout à fait normale.

Par où commencer mon récit ? Peut-être par le moment où j'ai découvert qui j'étais réellement.

J'avais treize ans et je me trouvais alors en colonie de vacances dans le sud de la France. Celle-ci se déroulait dans un centre équestre. Je pouvais profiter de leçons intensives matin, midi, et même en fin de journée si l'on aidait à curer les boxes d'écurie. Quand mes parents m'avaient proposé cette colonie, j'avais été aux anges à l'idée de m'éloigner de chez moi deux longs mois et d'être parmi les chevaux. Le rêve !

Je partageais ma chambre avec cinq autres filles et nous étions toutes très excitées à l'approche de la fête organisée à la fin de la semaine. Nous nous étions toutes installées sur le lit, au fond de la pièce. Le tube de l'été passait en boucle sur la radio et nous nous demandions qui irait à la soirée avec un petit ami. À nos yeux, les garçons de la section « ado », tous grands et beaux, représentaient un idéal. Pour nous, celle qui aurait la chance de danser avec l'un d'eux serait « la reine du bal de promo », en quelque sorte. Comme on en voyait dans les séries télévisées. Franchement, quelle jeune adolescente n'avait jamais agi de cette façon, discuter avec ses copines pour savoir qui sortirait avec qui ?

L'une des filles avait apporté un jeu de cartes et nous avait proposé de les tirer. Curieuse au commencement, j'avais finalement décidé de l'observer plus attentivement. Je trouvais cela captivant et m'appliquais à retenir chacune des interprétations qu'elle nous donnait. Le trèfle correspondait à l'argent, le cœur concernait l'amour, le carreau se rapportait à la famille et le pique annonçait des problèmes. Chacune à notre tour, elle nous avait demandé d'en choisir trois. J'avais alors éprouvé une vague de chaleur en promenant le bout de mes doigts le long de l'éventail de papier qu'elle m'avait présenté. C'était une sensation assez particulière. J'avais senti une énergie comparable à celle d'un champ magnétique entre deux aimants. Il y avait une sorte de courant électrique qui me repoussait quand je survolais le jeu, puis j'avais été irrémédiablement attirée par trois d'entre elles. Je n'arrivais pas à comprendre ce phénomène. Tout en reprenant mon souffle, j'avais saisi les cartes l'une après l'autre. En les retournant, j'avais découvert deux rois et l'as de cœur. Ma copine m'expliqua que si ce dernier signifiait l'amour absolu, les deux qui l'accompagnaient ne présageaient rien de bon. D'après mon amie, je serais un jour confrontée à un choix cornélien, car deux hommes se disputeraient pour m'avoir un jour. Je mis cette histoire de côté : à l'époque, j'éprouvais déjà des difficultés à plaire à un adolescent, alors de là à imaginer que deux mecs se battraient un jour pour moi, je trouvais cela inconcevable.

Puis elle les avait tirés à Amélie, une de nos camarades de chambrée. Celle-ci avait un gros béguin pour l'un des garçons qui occupaient la pièce voisine de la nôtre. J'avoue avoir totalement oublié le prénom de celui-ci. Elle lui avait parlé de la soirée prévue à la fin de la semaine. Amélie devrait être sa « cavalière », mais de mon côté, j'avais eu une intuition perturbante. Jusqu'alors, je ne connaissais rien de tout cela, pourtant j'avais l'impression de savoir ce que je devais faire.

Plus tard, j'avais voulu voir où me mèneraient les cartes si j'essayais de le faire moi-même en respectant les instructions de mon amie. J'avais retenté l'expérience six fois de suite. J'étais certaine, au fond de moi, qu'Amélie n'avait pas besoin d'être présente près de moi ni de toucher elle-même le jeu du moment que je me concentrais sur elle et sur les préoccupations d'Amélie. J'avais fait plusieurs » prédictions » et ce fut irrémédiablement le même résultat : le roi et la reine de cœur suivis de l'as de pique. Cette dernière carte m'avait indiqué à chaque fois que, malgré les « sentiments réciproques », elle aurait malheureusement des ennuis. Les figures me servaient uniquement de support, c'était mon instinct qui me parlait, comme si les images d'un film défilaient devant mes yeux. Je vis le garçon inviter ma camarade de chambre, mais j'eus aussi la vision des événements futurs où elle ne l'accompagnait pas. En promenant mon regard dans la salle du réfectoire où aurait lieu la fête, je ne l'avais aperçue nulle part. J'avais eu la certitude qu'elle ne pourrait pas danser avec nous, mais je préférais ne rien lui dire pour ne pas gâcher ce bon moment entre filles.

Le reste de la semaine se déroula tranquillement. Le vendredi midi, elle fit une très mauvaise chute et dut passer sa dernière soirée à l'infirmerie. Son cavalier vint tout de même l'embrasser avant de rejoindre les autres pour s'amuser.

C'est à ce moment-là que je compris que tout avait changé pour moi. Mon intuition s'était révélée être une fenêtre sur l'avenir.

Au fait, je m'appelle Cassandre.

Chapitre 1

Si vous voulez me comprendre, vous devez me croire quand je vous dis que je découvre tout de suite si on me ment. Lorsque je rencontre quelqu'un, je sens instantanément si je dois me méfier de lui ou si une véritable amitié nous lierait pour la vie. Cela peut vous sembler arrogant, voire stupide, mais depuis mon adolescence, je ressens des choses.

Ce qui avait commencé en colonie ne s'était plus jamais arrêté. Mes instincts étaient devenus des certitudes. C'était un peu comme lorsque l'on regarde un film policier en sachant dès la première minute l'identité de l'assassin, tandis que les personnages trouvent des indices peu à peu.

Je n'ai jamais aimé ce genre de mise en scène.

À certains moments, il m'arrivait même d'avoir l'impression de percevoir quelques pensées des membres de mon entourage, mais cela restait occasionnel.

Mon intuition avait toutefois quelques avantages. Si vous perdiez un bijou ou tout autre objet auquel vous étiez attachés, y compris dans le noir, je finissais toujours par le retrouver, sauf lorsqu'il m'appartenait. Dans ce cas-là, j'étais prise d'une poisse phénoménale. Mon « flair » ne fonctionnait jamais sur moi.

Vous connaissez l'adage qui dit que les cordonniers sont les plus mal chaussés ? C'est ma version revisitée.

Mais chaque médaille avait son revers. J'avais été mise à l'écart par l'essentiel de mes amis dès les premières années. Les personnes n'appréciaient plus ma compagnie et je n'arrivais pas à leur en vouloir. Franchement, qui aurait toléré de fréquenter quelqu'un qui savait qu'elle allait se faire larguer par son copain ? Ou bien qu'elle venait de tricher à son dernier contrôle de maths ? Moi, j'aurais des difficultés à l'accepter, alors je ne m'imposais pas. Je préférais rester seule au lieu de devenir un animal de foire. Cela m'évitait d'éprouver le poids terrible de ma différence.

Je me coupais moi-même du peu qui subsistait avant qu'ils ne découvrent ma nature. Je n'avais aucune envie que l'on cherche à tirer avantage de mes dons. Surtout avec ma tendance à me mettre dans des situations désagréables.

À quinze ans, sentant approcher une interrogation surprise, j'avais eu l'intention d'aider ma voisine en la prévenant. Lorsqu'elle avait récupéré sa copie corrigée avec une note horrible, elle avait aussi vu que j'avais réussi ce contrôle, elle s'était vexée et n'avait pas hésité à faire circuler des bruits de couloirs à mon propos, m'isolant de mes camarades de classe : « Cassandre a pu obtenir le sujet et personne n'a pu en profiter. En plus, elle a voulu me baratiner en me racontant qu'elle avait des visions. Qu'est-ce qu'elle peut se montrer fausse, cette fille ! »

Cela prit très vite de l'ampleur et je fus encore plus seule.

À vingt ans, j'avais ressenti le besoin de changer de profession après deux ans d'études pour devenir assistante de gestion, un domaine qui ne m'avait jamais réellement intéressée, mais pour lequel j'avais travaillé dur afin d'obtenir mon diplôme. J'avais décidé de tenter d'accomplir quelque chose de plus constructif et d'utile. Je commençai donc un BTS[2] en communication dans le même centre de formation. Je m'étais contentée d'aller dans une autre section et j'espérais avoir trouvé ma voie, cette fois-ci. J'avais de la chance, car l'établissement proposait des cours jusqu'au niveau du bachelor[3]. Je m'étais renseignée avant de choisir d'y rester. Il était plutôt bien fréquenté et le taux de réussite y était meilleur que partout ailleurs.

Si je souhaitais vivre différemment, je devais encore habiter chez mes parents. Ce n'est pas l'idéal pour étudier tranquillement, puisque je n'étais jamais vraiment seule. Mais je devais bien avouer qu'à mon âge, je n'avais jamais travaillé. Je n'avais même pas tenté le baby-sitting. Je n'étais donc pas en mesure de payer le loyer d'un studio. Peut-être ma famille m'aurait-elle loué une petite chambre de bonne quelque part si l'école avait été plus loin. Mais je n'avais qu'un bus à prendre pour assister à mes cours. Je devais me concentrer sur les avantages de la situation, surtout qu'ils étaient souvent absents.

---

2 Brevet de technicien supérieur.

3 Le *bachelor* est un diplôme de niveau bac + 3.

Mais cette année, c'est sûr, je me trouve un boulot à temps partiel.

Je devrais me rendre au centre de formation en transports tous les matins, même si je détestais ça. J'aurais pu me sentir plus à l'aise à pied qu'en côtoyant tous ces inconnus. Mais la distance était trop importante.

Devant le tableau d'affichage, je cherchai mon nom sur les listes. Pas de chance, j'allais passer l'année avec des élèves qui avaient fréquenté mon ancienne section. Une grande majorité des filles avaient, elles aussi, choisi une nouvelle orientation, mais sans avoir obtenu leurs diplômes, contrairement à moi. Celles-ci étaient du genre « reines du bal accompagnées de leur cour ».

Tout ce que je ne supporte pas.

Après tout, nous n'étions que des « adulescents »[4]. Autour de moi, tous se comportaient encore comme des gamins, pourtant, quelqu'un avait eu l'idée de décréter qu'à dix-huit ans, ils étaient devenus des adultes capables d'agir avec réflexion. De mon côté, le seul changement que j'avais observé depuis quatre ans, c'était le fait qu'on les autorisait à consommer de l'alcool « légalement ».

Youhou, tant mieux pour les fêtards.

Heureusement, j'y trouvai également le nom de parfaits inconnus. Ces personnes valaient peut-être la peine d'être rencontrées. Cependant, dans une formation en communication et marketing, il ne fallait pas rêver, la classe serait certainement composée

---

4 Adulescent(es) : nom et adjectif (d'*adulte* et *adolescent*), jeune adulte qui continue à avoir un comportement comparable à celui qu'ont généralement les adolescents. (Définition du Larousse)

essentiellement de beaux parleurs et de reines de l'embrouille. Les enseignants avaient dû imaginer que, comme nous venions de la même section, une séparation aurait été inutile. Pour ma part, j'estimai que j'allais avoir une année pourrie.

Je n'aimais pas passer du temps à écouter les filles de mon âge. Je me sentais frustrée. J'aurais voulu entrer dans le moule, mais le fait de percevoir que plus de la moitié de ce qu'elles pouvaient dire n'était que mensonges m'en empêchait. Je n'arrivais pas à fermer les yeux sur ce que je savais. Elles prétendaient toutes qu'elles s'adoraient alors qu'elles se tiraient dans les pattes.

Les étudiantes pouvaient se montrer très agressives envers celles qui ne correspondaient pas à leurs standards. Une personne, pour réussir à s'intégrer, devait apprécier telle musique, suivre avec passion la vie de tel acteur, regarder assidûment telle émission de téléréalité... Même en essayant de faire semblant de ne pas comprendre les différents rouages qui amèneraient à un événement, je n'avais jamais pu trouver ma place parmi elles.

Trop choquée par la conscience des traces indélébiles que leurs remarques et leurs actions pouvaient laisser dans l'esprit de leur « souffre-douleur », je n'avais pas envie de participer à leur petit jeu.

C'était ma ligne de conduite et je n'en changerais pas. Je n'étais pas un bourreau, quitte à devoir devenir l'une de leurs victimes et subir leurs injures.

À mes yeux, les garçons me paraissaient beaucoup moins fourbes, mais, au bout du compte, ça revenait au même. Je restais seule et c'était mieux ainsi. Que ce soit en me montrant ou en me cachant, je n'avais jamais pu maintenir des liens avec mon entourage. Mes parents étaient peut-être l'exception, car ils semblaient m'aimer malgré ma personnalité fantasque. J'avais aussi conservé une amie d'enfance. Du moment que je gardais mes « intuitions » pour moi, aucun d'eux ne voyait d'inconvénients à m'avoir à ses côtés.

Tous les cours de cette rentrée obéissaient à un même rituel : les professeurs se présentaient et donnaient aux élèves la liste des livres qu'ils devaient acheter. Ils exposaient le programme, mais surtout, ils nous répétaient inlassablement leur refrain sur l'importance du diplôme...

Mes camarades faisaient connaissance et se racontaient leurs vacances en me laissant tranquille. Je m'étais placée contre le mur de gauche de la salle, à peu près au milieu. Je n'avais pas envie de passer pour l'intello de la classe en m'installant au premier rang, mais je ne voulais pas non plus me retrouver au fond. Je ne souhaitais pas que l'on me dérange avec des plaisanteries sur les garçons. J'entendais leurs rires et je me sentais mal. J'avais toujours eu l'impression d'être le sujet de ces ricanements, comme si l'on ne voyait que moi et que l'on s'amusait à mes dépens. Je ne savais vraiment pas pourquoi je me trouvais là. J'aurais dû rester chez moi et suivre des cours à domicile. À cet instant, l'idée me sembla plus agréable que cette comédie. Peut-être n'était-il pas trop tard. Non, ça aurait été lâche de renoncer en me comportant comme une paranoïaque.

Tandis que je percevais leur discussion plus loin, je me rappelai les miennes. On m'avait laissée seule à la maison pendant presque tout l'été. Dans l'ensemble, j'avais passé mes congés dans mon monde, à l'exception de mes sorties quotidiennes à cheval près de chez moi. Cette monture appartenait à un ami de la famille qui, après le départ de sa fille cinq ans plus tôt, n'avait pas eu le cœur à la vendre. En découvrant ma passion, il avait demandé à mes parents s'ils acceptaient que je lui rende service. Cela faisait maintenant deux ans que j'avais la possibilité de m'occuper de son cheval, une magnifique bête alezane de cinq ans.

Revenant dans le présent, je fixai mon attention sur les murs. Les couloirs et les salles de classe venaient d'être repeints et leur puissante odeur me donnait mal à la tête, surtout au bout d'une journée complète à la sentir. Pour mon plus grand malheur, le professeur n'avait pas fini son discours à l'heure prévue. M'impatientant, je jetai un coup d'œil distrait vers la porte de la pièce, voyant le corridor se remplir d'élèves plus chanceux qui avaient pu quitter les lieux.

Quels veinards !

En consultant mon emploi du temps, j'enrageai : trois jours sur cinq, je terminerais mes cours avec celui-ci. Nous savions tous qu'il avait la réputation de ne jamais être à l'heure. C'était sans doute la raison pour laquelle les autres enseignants s'étaient arrangés pour lui attribuer les derniers créneaux horaires, s'assurant de cette façon qu'ils ne prendraient pas de retard. Mais du coup, je risquais de rater mon bus trois fois par semaine.

Soudain, mon cœur s'affola, j'avais l'impression qu'il oubliait quelques battements.

Qu'est-ce qui m'arrive ?

L'air hébété, je regardai autour de moi pour vérifier si je ne m'étais pas exprimée à voix haute, mais personne ne me fixait, c'était déjà ça. Je ne rentrerais pas chez moi avec un devoir supplémentaire pour avoir perturbé le cours.

J'aperçus plusieurs ombres passer sous la porte. Étant trop loin, je ne perçus au début qu'un vague bruissement. Puis j'entendis distinctement une voix ou plus exactement un rire qui, malgré les cloisons, était là, envahissant l'espace comme si la personne s'était assise juste à côté de moi. Quand le professeur nous libéra enfin, je remballai mes stylos aussi vite que possible et me précipitai hors de la pièce.

Il n'est peut-être pas trop tard, je peux encore trouver à qui appartient ce rire, je le sens.

Mais je ne vis personne devant la salle. Les couloirs étaient immenses et j'avançais sans croiser qui que ce soit à l'exception mes camarades de classe dont je ne réalisais la présence qu'après un moment.

Je l'avoue. Je marche généralement la tête dans le vague, comme un automate, sans rien apercevoir d'autre que mes pieds.

Je ralentis, n'ayant plus aucune raison de courir. Le brouhaha avait réussi à submerger cette voix presque irréelle qui m'avait pourtant atteinte alors que je m'étais coupée du monde pendant mon dernier cours.

Sur le chemin qui me ramenait chez moi, je fis un détour pour aller retrouver Valérie, ma seule amie. On se connaissait depuis des années, mais elle ne fréquentait pas le même établissement que moi. Elle avait décidé de devenir coiffeuse après avoir échoué à sa première année de licence en lettres modernes. C'était un changement de voie à cent quatre-vingts degrés, mais elle avait toujours fait preuve de créativité avec ses propres cheveux, si bien que cette reconversion lui convenait. Je n'avais jamais osé lui demander de s'occuper de ma tignasse. Elle aimait être remarquée et j'avais peur qu'elle me rende aussi visible qu'elle. Elle m'avait acceptée comme un être à part, mais jusqu'alors, cela ne nous avait jamais gênées.

Après l'épisode du contrôle imprévu, c'était l'unique personne de mon âge à être restée proche de moi. Je savais pourtant qu'elle me tournerait le dos plus tard, mais je ne voulais plus être seule. C'était une fille gentille, j'étais consciente que la vie allait nous séparer, elle n'agirait pas intentionnellement.

Valérie était une belle femme toujours bien habillée, avec une magnifique chevelure brune, de grands yeux bleus et des jambes qui n'en finissaient pas. J'avais vraiment l'air du vilain petit canard à côté d'elle. On ne pouvait pas me considérer comme laide, je pouvais même devenir mignonne, mais il fallait pour cela que je fasse un effort. Châtain clair, mes iris marron étaient très expressifs. Contrairement à mon amie, je mesurais à peine un mètre soixante. Si l'on devait me décrire, la première pensée qui venait tout de suite à l'esprit des gens était « banale », mais c'était volontaire. Je faisais simplement de mon mieux pour ne pas être remarquée. Ainsi, personne n'essayait de m'aborder et je ne voulais pas passer mes journées à percevoir les horreurs que les mecs avaient en tête. J'en voyais déjà assez quand je me trouvais avec Valérie et qu'ils se retournaient sur son chemin pour lui lancer l'éternel couplet que les jeunes utilisaient bien trop souvent ici : « Eh Miss, tu veux prendre un café ? Allez, viens ! Fais pas ta pute ! Allumeuse ! »

La plupart des individus de sexe masculin ne savent plus parler aux femmes, surtout dans le coin...

Valérie et moi habitions près de la ville de Trappes[5]. Depuis des années, les gars qui venaient de cette cité nous embêtaient presque à tous les coups. Nous étions seulement là comme un faire-valoir ou une potiche. Si l'on osait les repousser, on passait du statut de filles sur lesquelles ils pouvaient se faire la main, en attendant de se marier...

Je vais éviter de dire la suite, je suis polie, moi ! Bref, qui avait envie d'être abordée comme ça ? Certainement aucune d'entre nous !

Valérie vivait à deux pas de notre ancienne école primaire, dans un immeuble de trois étages, fait de briques rouges. Les enfants étant déjà sortis, la rue était redevenue très calme. Une heure plus tôt, on aurait entendu des rires résonner partout. Je saisis le code de son appartement sur l'interphone.

— Salut, c'est moi ! Tu as des projets pour ce soir ou tu peux faire un tour avec moi ?

— Non, pas de soucis. En plus, je dois acheter des trucs. On va au centre commercial ?

— OK.

En l'attendant, je pris le temps de vérifier que j'avais un peu de monnaie dans mon sac. Cinq, dix, quinze, vingt, trente... quarante euros. J'aurais la possibilité de faire une ou deux courses, mais tout de même pas trop de folies, à moins que je fasse chauffer ma carte bancaire, ce que je ne souhaitais pas.

Valérie arriva, éblouissante, comme toujours.

---

5 *La ville de Trappes* est une commune située dans le département des Yvelines (78).

— Alors ? Dis-moi ! Comment s'est passé ta rentrée ? me demanda-t-elle.

— Comme une première journée. Les profs nous ont donné toute une liste de livres à commander, mais les élèves sont toujours les mêmes. Les visages changent, pourtant j'ai l'impression que ce sera comme dans mon ancienne classe. Et toi ?

— Super, Benjamin a ses cours dans la pièce à côté de la salle où l'on fait les travaux pratiques, cette année. Je pourrais le croiser tous les jours sauf quand j'aurai mes leçons théoriques. Tu sais, je t'ai déjà parlé de lui !

Elle affichait un sourire radieux. Son CFA[6] avait l'avantage de proposer un éventail de formations très complet. Elle avait fait connaissance avec Benjamin en visitant ce centre. Il était inscrit en BTS hôtellerie-restauration. Cette rencontre l'avait convaincue de choisir cet établissement. Ils s'étaient revus pendant toutes les vacances.

— Tu veux dire le Benjamin avec qui tu sors depuis le mois de juin ? Bien entendu, je me souviens de lui, tu n'as eu que son prénom sur les lèvres pendant tout l'été.

— Ah bon ? Je t'en ai parlé tant que ça ? Je ne m'en suis pas rendu compte. Et toi ? As-tu enfin trouvé quelqu'un digne de toi ?

— Personne. Je n'y suis pour rien, je suis difficile. Et ce n'est pas dans ma classe que je vais le rencontrer, mais je te promets que je regarderai une prochaine fois. On a fini en retard à cause de mon prof, j'ai dû me sauver en quatrième vitesse, mentis-je à moitié.

---

6 Centre de formation des apprentis.

À vrai dire, ce n'était vraiment pas le genre de priorité que j'avais pour la rentrée, mais je ne souhaitais pas me disputer avec Valérie aujourd'hui. Elle cherchait depuis longtemps à me « caser », mais j'étais bien toute seule. Alors, pour ne pas entrer en conflit, je lui disais amen à toutes ses suggestions.

— Tu devrais essayer de prendre sur toi et de discuter avec ceux qui vont dans la même école que toi, tu réussiras peut-être à te faire quelques amis.

Et voilà, c'était loupé ! En plus de vouloir me caser, elle avait décidé que je devais devenir sociable...

— Les liens que je pourrais nouer seraient probablement réduits à néant le mois prochain. À quoi bon ? Tu sais que quand je finis par me détendre et me montrer un peu plus à l'aise avec les gens, j'ai des pressentiments, et en général, ils n'aiment pas cela du tout.

— Au moins, tu passerais quelques moments agréables au début et ils ne partiraient peut-être pas tous, ou tu pourrais faire semblant de ne rien voir, tout simplement.

— Je vais essayer, répondis-je sans grande conviction. Et puis, il y a des filles qui viennent de mon ancienne formation avec moi, donc toute tentative se soldera par un échec, ça ne servira à rien, ma réputation a dû faire le tour de la classe avant la fin de la journée.

— Arrête d'être aussi défaitiste ! Je ne peux pas rester ta seule amie. Tu aurais dû rencontrer quelqu'un, cet été. Tu devrais avoir un petit copain. Les mecs te plaisent bien, je me trompe ? Je veux dire... Ils sont à ton goût ? À moins que tu préfères les filles ? ajouta-t-elle, un clin d'œil appuyant sa question.

— Tu sais que je suis déjà sortie avec quelqu'un. Je crois juste que les relations à deux ne sont pas faites pour moi. Et non, les femmes ne m'intéressent pas !

Depuis l'année précédente, je n'avais pas trop envie de réitérer l'expérience. Le dernier qui m'avait invitée à un rencard n'avait pensé qu'à une chose. Il s'était dit que je céderais et que je n'oserais pas refuser cette occasion de faire l'amour avec lui. Mais dans sa tête, ce n'était que du sexe et je n'allais certainement pas me soumettre à ce genre d'arguments. Je préférais rester vierge jusqu'à mes trente ans plutôt que de laisser le premier venu me toucher.

Et puis, un jour, un rendez-vous malencontreux m'a confortée dans ma décision. Le souvenir de celui-ci faisait remonter en moi de la colère. L'un des employés du café près de mon centre de formation m'avait proposé de sortir. Je l'avais toujours trouvé sympathique et je n'avais pas eu envie de deviner ce qu'il me réservait. Cela avait été une énorme erreur, car en réalité, il était arrogant. Il m'avait parlé de son travail, il jugeait que ce n'était pas à lui de nettoyer les tables et confiait toutes les tâches ingrates à une petite serveuse débutante à laquelle il s'adressait de manière méprisante. Il m'avait invitée à passer la soirée avec lui, il avait en tête de profiter de la situation. Il poussa le vice en me suggérant de coucher avec lui alors que nous n'avions même pas encore bu notre premier verre au bar. J'aurais dû me méfier. Sa brève aventure se conclut avec l'empreinte de ma main imprimée en rouge sur son visage. La jeune femme m'avait souri quand je l'avais recroisée à mon départ, signe qu'elle aurait fait exactement comme moi.

Depuis, j'évitais ce café et, plus simplement, les garçons. Plus tard, j'appris qu'il avait dit à tout le monde que j'étais folle de refuser sa proposition, que c'était un coup de pouce qu'il avait bien voulu me rendre, pour ma vie sociale : « Elle a besoin de découvrir le sexe avec un homme, un vrai. »

Franchement, c'était risible, puisqu'en réalité, ce pauvre type était toujours puceau.

— Ils ne sont pas tous comme ça, affirma Valérie. Et puis, tu es trop mignonne pour rester seule. Tu dois t'efforcer de te mettre en valeur. Fais attention à ta tenue et maquille-toi un peu. Ils seront tous ravis de sortir avec toi. Promets-moi d'essayer, allez !

— C'est d'accord. Après tout, j'ai peut-être encore une chance de faire une bonne impression aux autres.

Nous passâmes la fin de l'après-midi dans des boutiques. Je décidai de m'acheter une jupe et un top décolleté que je lui jurai de porter le lendemain. Puis nous rentrâmes enfin chez nous. Au bout du compte, j'avais fait des folies qui m'avaient contrainte à utiliser ma carte bleue.

Il faut vraiment que je me trouve un boulot, ça devient urgent.

Ma famille s'étant absentée, je montai directement dans ma chambre sans manger.

Celle-ci ne me ressemblait pas du tout. Mes parents et moi, nous nous étions installés dans cette maison quelques mois plus tôt. Il s'agissait d'un logement de fonction qui allait de pair avec l'avancement que venait d'avoir mon père dans son travail. J'avais hérité d'une pièce qui avait appartenu à une petite fille et, depuis notre déménagement, les murs étaient restés tels quels. Mais ils ne s'en préoccupaient pas : c'était extrêmement rare qu'ils entrent dans mon espace. En général, l'un comme l'autre s'arrêtait sur le pas de ma porte.

Cette soirée-là serait probablement l'un de mes derniers moments de liberté sans avoir de devoirs à rédiger. Observant autour de moi, je décidai d'en profiter pour arranger ma chambre. Je commençai par placer le lit sous la fenêtre. J'aimais regarder la lune. C'était une manie que mon père détestait. Il me répétait sans cesse de fermer mes volets pour garder la chaleur, mais je le faisais le plus tard possible afin de la voir briller. Lorsque j'étais seule, comme c'était justement le cas à ce moment-là, je ne le faisais pas du tout. Après avoir rangé mon bureau, je sortis le carton qui contenait des affiches que j'avais toujours voulu mettre sur mon mur sans jamais en prendre le temps. Je les examinai et, après quelques secondes de réflexion, je choisis d'accrocher celle du film *Dracula*[7] sur ma porte. L'observer me rappela que je ne l'avais pas visionné depuis un moment.

J'y penserai la prochaine fois que je ne saurai pas quoi faire.

Tout en écoutant la radio, je terminai de décorer ma chambre en fixant plusieurs posters qui représentaient des loups. Je trouvais ces créatures majestueuses et je me laissais captiver par leurs regards. Si j'en avais eu la possibilité, j'aurais recouvert les cloisons de grandes bêtes prêtes à bondir. Mais même si mes parents n'avaient aucune raison de les voir, j'avais conscience que cela leur déplairait. Pour eux, j'étais et je resterais la petite fille qui portait des couettes à quatre ans et qui jouait à la poupée.

---

7 *Dracula*, ou *Dracula d'après l'œuvre de Bram Stoker* (titre du film au Québec) est un long métrage américain romantico-fantastique d'horreur réalisé par Francis Ford Coppola, sorti en 1992.

Je m'endormis avec le sourire, en songeant au rire que j'avais entendu plus tôt dans la journée. Il me semblait si irréel et pourtant si présent.

Chapitre 2

Ce soir-là, un rêve étrange envahit mon esprit.

Un homme m'appelait d'une voix qui me rassurait et me réchauffait, comme une berceuse. Je sentais que je connaissais celle-ci et qu'elle appartenait à mon passé ainsi qu'à mon avenir.

Je me trouvais dans un lieu surprenant où le sol était recouvert de marbre et noyé dans une sorte de brume. En regardant autour de moi, je me rendis compte qu'il n'y avait aucun mur, seulement plusieurs enfilades de colonnes disparaissant dans les nuages. Cet endroit me paraissait curieusement familier, comme si j'y avais vécu toute ma vie.

En cherchant d'où provenaient les sons que j'entendais, j'aperçus une silhouette au loin. Mon cœur s'emballa, comme au cours de l'après-midi. Je ne pouvais pas voir clairement le visage de l'inconnu. Ses traits, que je discernais difficilement, me rappelaient un souvenir profondément enfoui en moi, mais je n'arrivais pas à me remémorer de quoi, ou plus exactement, de qui il s'agissait. Malgré la distance, je distinguais des yeux d'un bleu envoûtant qui m'électrisaient.

L'homme semblait athlétique. Il n'était vêtu que d'un jeans qui le mettait particulièrement en valeur. J'aurais voulu me trouver beaucoup plus près, le sentir contre moi ou même me transformer pour devenir une petite pièce de monnaie dans l'une de ses poches. Il avait les cheveux bruns, coupés mi-longs. On aurait dit qu'il sortait d'un magazine de mode ou d'une illustration de roman. Il aurait pu y représenter un pirate ou peut-être un chevalier en armure. Lorsqu'une autre silhouette apparut à côté de lui, il se retourna et je pus découvrir les deux magnifiques dragons entrelacés qui étaient dessinés sur son dos, au niveau des omoplates. Je tendis la main, poussée par le désir de faire glisser mes doigts sur leurs écailles qui me paraissaient si réelles. Mais, au moment où j'essayais de le toucher, il se retrouva aussitôt hors de portée.

Lorsque je pus détacher les yeux de lui, j'observai la seconde personne. Il était plus jeune, de mon âge à peu de choses près, mais tout aussi charismatique, châtain, les cheveux coupés presque à ras avec un tatouage tribal lui recouvrant le bras et l'épaule. Comme l'homme à ses côtés, il n'était vêtu que d'un jeans. J'apercevais plus loin une dizaine d'ombres. Je sentais dans leurs façons de se mouvoir qu'elles m'examinaient, sans parvenir à les distinguer.

Alors que je m'approchais pour les rejoindre, un bruit étrange résonna. Un court instant, je levai le regard pour tenter d'en repérer sa provenance, mais, quand je voulus le reporter sur les inconnus, ils avaient déjà disparu.

Qui sont-ils ? Pourquoi ces personnes me semblent-elles si familières ? Et pourquoi ce son me casse-t-il la tête comme ça ? D'où vient-il ?

J'avais l'impression que tout mon univers vibrait. C'était comme si, à chaque fois que j'entendais ce bruit, tout ce qui m'entourait s'effondrait encore un peu plus. Je finis par me rendre compte que cette sonnerie désagréable était en fait l'alarme de mon téléphone.

Je déteste être expulsée d'un songe brutalement. Chaque matin, je me fais surprendre...

Je me réveillai frustrée. C'était la première fois que je faisais un rêve aussi prenant ou qu'un homme m'attirait ainsi. Étrangement, j'avais la certitude qu'il ne sortait pas uniquement de mon imagination. J'avais réellement eu conscience de son regard posé sur moi. Si j'avais pu dormir quelques minutes de plus, j'aurais réussi à sentir ses mains se promener sur mon corps.

Je devais vraiment mettre un terme à mon célibat. Je tombais si bas que je fantasmais sur une silhouette. Mais le plus perturbant dans toute cette histoire, c'était que cet homme ne me semblait pas être un inconnu, ni lui ni celui qui s'était trouvé à ses côtés.

Allez ! Il est temps que je me secoue un peu, je ne dois pas traîner au lit.

Je me faufilai en dehors de celui-ci, puis sautai sous la douche avant de m'habiller et de me maquiller. Valérie avait raison. Je pouvais m'efforcer de paraître moins froide. Cela ne me ferait pas de mal. Le souci ? Je n'avais pas avancé l'heure de mon réveil. C'était bien beau de tenter de ressembler à quelque chose, mais ça prenait plus d'énergie que d'enfiler un jeans et de se faire une banale queue de cheval.

Je devrais peut-être me couper les cheveux courts, ça serait plus simple...

En retard, je me dépêchai d'attraper mon sac, et en quittant ma chambre, je croisais mes parents qui rentraient à peine de leur voyage. Ma mère me dit bonjour rapidement, me souhaitant une bonne journée, tandis que mon paternel me gratifia d'un regard réprobateur. Il n'aimait pas que je sorte de ma coquille. On s'attend généralement à ce que l'on veuille voir son enfant s'épanouir, mais a priori, ce n'était pas son cas. Allez savoir pourquoi !

Dans le bus, je fus surprise de sentir que l'on m'observait. Les gens se montraient intrigués, certains par mon changement d'allure, d'autres se demandant si je venais d'arriver dans le coin. Certains me prirent pour ma sœur jumelle et murmurèrent qu'heureusement l'une de nous avait appris à s'habiller et se mettre en avant.

C'est toujours agréable à entendre... Étant nouvelle dans ce quartier, cela aurait pu être une possibilité.

Ce fut encore plus flagrant au campus. Les filles qui m'avaient regardée de haut la veille s'interrogèrent immédiatement. Elles pensèrent tout de suite qu'un garçon avait motivé ma transformation.

Et ça va empirer quand j'enlèverai ma veste.

Ce matin-là, j'avais finalement décidé de porter la tenue suggérée par Valérie, oubliant d'ajouter un débardeur sous le haut qu'elle m'avait fait acheter. Il était en coton fluide bordé de dentelle, avec un profond décolleté dans le dos, refermé par un laçage élégant en ruban satiné. Je l'avais assorti avec une jupe trapèze qui remontait quelques centimètres au-dessus de mes genoux.

Après avoir chuchoté sur mon passage toute la première partie de la journée, mes camarades de classe vinrent me voir. Le fait de m'avoir totalement ignorée la veille ne les empêcha pas de me pousser à tout prix à parler de « Lui ». Elles étaient convaincues que si elles s'abaissaient à m'adresser la parole, cela suffirait pour que je m'ouvre à elles. Comme si j'avais besoin qu'elles fassent semblant d'être mes amies !

— Waouh, Cassandre ! Ta jupe est géniale, tu l'as achetée où ?

— Dans la petite boutique près du cinéma. Tu connais AN'GE®[8] ?

— Installe-toi pour manger avec nous, enchaîna-t-elle sans tenir compte de ma réponse.

— Volontiers. Merci, dis-je en arrivant à leur table.

— Tu es partie, cet été ?

— Juste une semaine à la campagne, comme tous les ans.

— Et il y avait de beaux mecs ? demanda une autre fille.

— Pas vraiment.

J'essayais de rester évasive. Après tout, j'avais promis de faire un effort pour m'intégrer. Pourtant, la façon dont elles me regardaient toutes et m'interrogeaient m'agaçait déjà énormément.

— Peut-être ici, alors. Allez, raconte-nous tout ! Pour qui t'es-tu maquillée ?

— Pour personne, tranchai-je.

— Mais oui, on va te croire ! répondit l'une d'elles sur un ton ironique.

— Pensez ce que vous voulez, je n'ai pas à vous convaincre !

---

8 AN'GE®, marque de prêt-à-porter, développe un style féminin et chic en toute subtilité.

Je sortis de table aussi vite que je m'y étais installée, leur laissant mon plateau à débarrasser. Si elles avaient envie de se moquer de moi pendant encore un petit moment, autant qu'elles se rendent utiles.

Et voilà ce que j'avais gagné à essayer un nouveau look ! Tout le monde me regardait et les filles développaient une curiosité malsaine. J'avais intérêt à me faire oublier, cet après-midi-là.

Pourquoi est-ce que je n'ai prévu aucun vêtement de rechange ? Je vais devoir continuer à porter cette jupe cinq heures !

Je passai le quart d'heure qui me restait avant la fin de la pause déjeuner à griffonner nerveusement sur la couverture de mon bloc-notes. Et lorsque le signal retentit, je me rendis compte que j'avais totalement perdu la notion du temps. Jetant un coup d'œil à mon croquis, j'y vis le dessin des hommes de mon rêve.

Quand je me rendis à mon dernier cours, je m'égarai dans les couloirs. Où se trouvait la salle, déjà ? Je décidai de suivre discrètement un groupe de ma classe, de loin. Je n'avais plus envie que l'on me remarque, surtout si près de finir cette journée.

— On doit s'activer, on est avec monsieur Gimenez ! les entendis-je dire.

La rumeur voulait que, tous les ans, ce professeur prenne la première personne de l'année qui entrait dans la pièce en retard et la place juste devant lui, pour montrer qu'il ne plaisantait pas avec la ponctualité. On devait toujours arriver à l'heure, question de respect.

J'avais eu tort de ne pas y croire. Je me retrouvai au premier rang et, en plus, j'y étais seule. L'enseignant, qui regardait allègrement ma poitrine, nous donna un devoir sur table alors qu'il s'agissait de notre premier cours, afin d'évaluer notre niveau en comptabilité. C'était exactement ce dont j'avais besoin pour augmenter mon mal-être. Heureusement que j'avais encore en mémoire mes deux années de BTS.

Je n'entendais que le bruit des stylos des autres étudiants sur le papier lorsqu'on frappa à la porte. Encore une fois, mon cœur s'accéléra. Je devais vraiment réussir à me détendre, pour ne pas finir au sol, victime d'une crise cardiaque.

La principale voulut parler un instant avec le professeur. Ils échangeaient probablement au sujet d'une histoire de planning, à moins qu'ils ne discutent du seul absent. Ça ne le faisait pas dès le deuxième jour. Étrange. Il nous avait pourtant dit « à demain » en partant.

— Votre attention, jeunes gens ! nous interpella l'enseignant.

— Hier, en fin de journée, votre camarade m'a fait part de son désir de changer d'établissement, je vous demande donc d'accueillir le nouvel élève qui intègre votre classe, annonça-t-elle. Monsieur Dumay, vous n'avez qu'à prendre place à côté de cette demoiselle, au premier rang.

Elle fit signe au nouveau venu d'entrer et lui désigna un siège à côté de moi. Sur le moment, je n'y accordai pas le moindre intérêt et ce ne fut qu'en le sentant trop près de moi que je finis par comprendre la situation. C'était bien ma chance de me retrouver coincée en mini-jupe entre les coups d'œil libidineux d'un professeur et un nouveau un peu trop collant.

J'osais à peine redresser la tête de ma copie, mais je pouvais apercevoir ses grandes mains. Mon regard remonta sans réussir à se poser franchement sur lui. Je découvris quelques lignes familières sur son bras musclé. Il avait relevé les manches de son pull jusqu'aux coudes et je pouvais observer distraitement le commencement du tatouage que j'avais vu dans mon rêve la nuit précédente au même endroit.

À la fin du cours, je me levai rapidement afin qu'il ne puisse distinguer mes cuisses lorsqu'il ramasserait son sac à ses pieds. Il n'avait pas dit un mot depuis son entrée dans la salle. J'avais fini par mettre l'affolement que je ressentais sur le compte de la gêne occasionnée par ma tenue et le devoir. Mais au moment où je sentis ses yeux se poser sur moi, mon cœur eut un nouveau raté. Quand enfin, je les croisai, je sus avec certitude qu'il était bien le plus jeune des hommes de mon songe. Plus stupéfiant encore, il parut me reconnaître, lui aussi, et ne pas être étonné de me retrouver là.

Son visage exprimait une grande confiance en lui, dans laquelle je ne décelais aucune faille. Il me troubla au point que j'en détournai le regard un instant pour reprendre mes esprits. Il dégageait une présence incroyable qui me faisait frémir de désir, me rappelant mon rêve.

Est-il vraiment ici, en face de moi ? À moins que je me sois simplement rendormie et que je sois au beau milieu d'une hallucination.

Je m'efforçai tant bien que mal de rassembler mes pensées avant que mon silence ne devienne trop embarrassant. Il sembla s'en apercevoir et m'adressa la parole le premier.

— On se connaît ! dit-il avec un sourire déroutant.

— Je ne crois pas.

— Je suis Lucas.

— Cassandre, lui répondis-je d'une manière distraite en ne pouvant m'empêcher de le fixer.

J'aurais voulu lui demander d'où il venait, mais je n'osai pas prononcer un seul mot.

— On s'est déjà vus, j'en suis certain.

— Pas moi.

Je ne pouvais tout de même pas lui avouer que j'avais justement rêvé de lui, la nuit précédente. Sentant mon visage s'enflammer à ce souvenir, je détournai les yeux pour essayer de les poser sur une table ou une chaise.

— Je dois partir, je suis attendue.

Comme il bloquait le passage vers la sortie, je fus obligée de le bousculer.

Je dois retrouver mon calme. Pourquoi est-ce que je panique comme ça pour un songe ?

Sa présence me perturbait réellement.

Il avait dû me prendre pour une folle. Pour une fois qu'on s'intéressait à moi, je m'enfuyais. Cependant, j'avais décidé de devenir quelqu'un de sociable, ce matin-là. Avec ma chance, les filles de la classe n'avaient rien manqué de notre échange et profiteraient de l'occasion pour me faire la peau.

Je devais déjà m'arranger pour rentrer chez moi.

Oui, j'ai conscience de ce que vous allez penser de moi, je suis une trouillarde. Je l'avoue. Direction l'infirmerie !

— Tiens, Cassandre, je suis surprise de ne pas t'avoir vue plus tôt ! me dit Clara en m'ouvrant la porte.

— Je sais, j'ai essayé de ne pas venir tout de suite me réfugier ici. Je ne suis vraiment pas douée pour les relations humaines, lui répondis-je avec un sourire.

Clara était l'une de mes anciennes voisines. Durant mon enfance, j'avais pris l'habitude de courir me cacher dans sa maison quand les gosses du quartier me tiraient les cheveux. Je n'avais jamais ressenti que de la bienveillance en elle et cela m'avait toujours apporté du réconfort.

— Allez, raconte-moi. Que se passe-t-il ?

— C'est ce type-là... Il est si...

Je n'arrivais pas à finir une seule de mes phrases.

— C'est bien la première fois que tu te retrouves affolée comme ça pour un garçon.

— Je sais, j'ai complètement déraillé.

— Et c'est pour lui que tu t'es habillée comme ça ?

— Non, je ne le connaissais même pas il y a une heure !

— Et il t'a mise dans cet état en si peu de temps ? Il est doué.

— Oui, répondis-je, troublée.

Je restai avec elle durant la dernière heure de cours. Tout en l'aidant à trier des papiers et à ranger les nouvelles fournitures dans la pharmacie, nous discutâmes de mes parents et d'autres voisins. À la fin de la journée, elle me proposa de me raccompagner en voiture, curieuse de découvrir le quartier où nous venions d'emménager. J'acceptai tout de suite, trop heureuse de ne pas avoir à reprendre le bus dans ma tenue. Je n'allais sûrement pas retenter l'expérience de la jupe et du maquillage à l'école !

Chapitre 3

La maison était très animée lorsque je revins de l'école.

Mon père nous expliqua, à ma mère et à moi, qu'il avait rencontré son nouveau supérieur, ce matin-là. Celui-ci avait vécu en Angleterre pendant sept ans. Sa famille venait tout juste de le rejoindre, deux jours plus tôt. Le grand patron avait insisté pour que l'un des membres de l'équipe leur fasse découvrir la ville. Il espérait rentrer dans les petits papiers de son responsable et les avait tout de suite conviés à dîner chez nous. Nous allions donc avoir trois personnes de plus à table et nous devrions toutes les deux nous montrer particulièrement avenantes avec nos visiteurs afin de l'aider à obtenir plus d'avantages.

Après avoir rangé la maison et cuisiné le repas, mes parents m'informèrent que je devrais tenir compagnie au fils de nos invités pour qu'ils puissent rester entre adultes et discuter sans être interrompus. C'était vexant comme réflexion. J'avais beau avoir vingt ans, ils continuaient à me voir comme une écharde dans leur pied et je m'attendais déjà à devoir jouer les baby-sitters toute la soirée pendant qu'ils pourraient avoir une conversation tranquillement autour d'un bon plat. Mais c'était peut-être mieux ainsi. Même si je pouvais tenir le rôle de la petite étudiante modèle, je n'étais pas douée pour faire des courbettes et il suffirait à nos convives de gratter le vernis pour découvrir que notre famille ne correspondait pas à son image idyllique. J'étais tellement frustrée que j'en oubliai de demander l'âge de l'enfant dont il me faudrait m'occuper.

Après tout, ils aiment tous regarder des dessins animés.

Quand ils arrivèrent, j'étais encore dans ma chambre et j'espérais de tout mon cœur que l'on m'y laisse en paix, mais quelqu'un finit par frapper à ma porte.

— Un instant.

— Bonjour, votre mère m'a dit que je devais vous rejoindre ici. Est-ce que je peux entrer ?

Au travers de la cloison, je reconnus tout de suite l'identité de celui qui se trouvait de l'autre côté : c'était Lucas. Mon cœur eut des ratés. J'eus besoin d'un moment pour retrouver mon calme. Au son de sa voix, un puissant frisson parcourut ma peau.

Pourquoi était-il chez moi ? C'est donc lui, le fils du nouveau patron ?

J'aurais pourtant dû le prévoir. Depuis notre rencontre, je sentais que Lucas me prendrait sans cesse au dépourvu. Qu'il soit chez moi, ce soir-là, corroborait cette impression.

D'ailleurs, je commençais à croire que j'allais devoir rédiger un petit guide où je pourrais consigner quelques règles de base.

Numéro un : il est réel.

Numéro deux : il est toujours là où je ne l'attends pas.

Numéro trois : ...

Je ne l'ai pas encore, mais je sais que cela ne va pas tarder à me venir.

Allez comprendre pourquoi, ce second point me paraissait logique, même si je ne l'avais vu qu'une seule et unique fois, en dehors de mon rêve avant ce dîner improvisé. Mais j'avais la certitude au fond de moi que Lucas me réserverait bien d'autres surprises.

Je vérifiai rapidement qu'aucun habit ne traînait trop ostensiblement. Je ne pus m'empêcher de contrôler mon apparence dans mon miroir afin d'être sûre que je n'avais pas une tache en plein milieu du front.

Enfin, c'est ce que j'aurais aimé vous faire croire. La vérité, c'est que je voulais être à mon avantage face à lui. Mais après le fiasco de notre première rencontre, interdiction de fuir.

Je finis par lui ouvrir la porte.

— Salut ! ça fait longtemps, dit-il avec un large sourire, pas du tout étonné de se retrouver en face de moi.

Son attitude me mit à l'aise, mais me dérouta également.

— Salut. Je ne m'attendais pas à te revoir avant lundi.

— Tu ne savais pas que je venais ? demanda-t-il.

— Non, je pensais que j'allais devoir tenir le rôle de la nounou toute la soirée pour un gamin. J'ai passé une heure à chercher des trucs à lui faire colorier et j'ai même emprunté des films Disney chez ma voisine pour l'occuper.

— Ah, chouette ! Tu vas me border aussi ?

Sûr de lui, il réduisit la distance qui nous séparait de moitié.

— Je vais plutôt te punir si tu continues tes bêtises, lui répondis-je.

J'essayai de paraître autoritaire un moment, mais je ne fus pas capable de garder mon sérieux plus de quelques secondes. Au moins, j'avais réussi à me détendre. Je lui proposai de s'asseoir sur mon lit pendant que je m'installais à mon bureau. Je ne le fuirais pas cette fois-ci, mais je ne voulais pas non plus me montrer trop proche malgré l'envie qui me dévorait intérieurement.

— Alors, comme ça, tu habitais en Angleterre ?

— Oui, mais je suis content d'être revenu ici. J'ai grandi dans le coin avant qu'on parte en Angleterre.

— Tes amis ne te manquent pas ?

— C'est un peu tôt pour le dire, je ne les ai quittés qu'il y a deux jours. Et puis j'étais certain que j'allais te rencontrer. Du coup, je ne regrette rien.

Il vient d'affirmer qu'il était sûr de faire ma connaissance. C'est complètement surréaliste !

— Comment ça ? Ce n'est pas ton père qui a décidé pour vous du déménagement ? En plus, tu laisses entendre que tu savais que tu me croiserais.

— Oublie ça.

Il affichait une expression bizarre sur le visage et cela m'intriguait. Sans compter qu'il semblait agacé par mes remarques et le fait que j'aie relevé sa dernière phrase. Voilà, j'ai trouvé la suite de mes règles sur Lucas.

Numéro trois : Il dit vraiment des choses étranges.

Numéro quatre : Il n'aime pas répondre aux questions.

Nous restâmes un moment sans prononcer un mot. Lucas ne paraissait même pas être embarrassé d'être avec moi malgré mon comportement, à la limite de l'autisme, en cours. Il prit le temps de consulter la pile de livres à côté de mon bureau avant de choisir celui que je préférais, *Lestât le vampire*[9], et de s'allonger sur mon lit pour le lire. Il portait une chemise noire, près du corps, et un Levi's[10] délavé. Son parfum emplissait la chambre et mon oreiller ne manquerait pas de s'en imprégner. J'aurais beaucoup de mal à ne pas rêver de lui cette nuit.

Pourquoi est-ce qu'il me trouble autant ?

— Elle est vraiment très rose, remarqua-t-il. Tu n'es pas trop grande pour apprécier cette couleur ?

— Va expliquer ça à mon père ! J'aimerais la repeindre, mais pour lui, ce n'est pas « urgent ». En plus, je ne sais pas encore comment.

— Je pourrai t'aider quand tu te seras décidée, mais j'ai quelques conditions.

— Lesquelles ?

J'avais répondu, curieuse d'entendre ce qu'il pouvait bien vouloir de moi, sans me rendre compte que je venais implicitement d'accepter sa proposition.

9 *Lestât le vampire* est un roman américain fantastique d'Anne Rice publié en 1985 puis en 1988 en France.

10 Levi Strauss & Co. est une marque de vêtements américaine haut de gamme connue mondialement pour ses blue-jeans, dont le Levi's 501.

— Premièrement, tu me prêtes ton livre.

— Pas de soucis. Du moment que tu me le rends après. Quoi d'autre ?

— À chaque fois que l'on ne se voit que tous les deux, tu remets une jupe, dit-il avec un sourire victorieux.

— Tu ne manques pas de culot ! Pourquoi crois-tu que l'on sera seuls à nouveau ?

— Pour repeindre ta chambre.

— Parce que, des travaux, ça se fait dans ce genre de tenue ? C'est nouveau, ça, et tu penses porter un kilt, peut-être ? Tu ne sais même pas ce que j'aime comme décoration.

— Ne t'inquiète pas, j'en ai une petite idée et, pour le kilt, c'est négociable.

Il ne me quittait pas des yeux et arborait une expression triomphante. Une fois encore, il avait réussi à me faire rougir comme une tomate. J'enrageais de le laisser me tourner en bourrique ainsi. Il avait une confiance en lui incomparable et jouait de son charme sur moi sans vergogne. Le pire dans tout ça, c'était que, intérieurement, j'adorais cela. Lucas possédait un « je ne sais quoi » qui me rendait folle de lui. C'était irréel, surtout que, jusqu'à présent, je ne m'étais jamais vraiment intéressée à la gent masculine. Mais avec lui, j'avais l'impression d'avoir du temps à rattraper à ses côtés et que nous tardions toujours trop à le faire. Je ne me reconnaissais pas et, en même temps, je n'avais pas vraiment peur de ce que je serais capable de faire lorsqu'il était près de moi. Il serait sans doute préférable que j'analyse tout cela et, pourtant, je ne voulais pas faire preuve de patience.

Avant que je puisse lui répondre, ma mère nous appela pour que nous passions à table.

Au moment de sortir de ma chambre, Lucas m'enlaça par la taille et m'embrassa sans crier gare. Le baiser prit fin aussi subitement qu'il avait commencé et je l'entendis me susurrer à l'oreille :

— Maintenant que je t'ai trouvée, ne me fuis pas.

Il me lâcha aussitôt et quitta la pièce sans ajouter un mot ni même un regard. Je restai là, hébétée et excitée à la fois, sans bien savoir pourquoi. Tout allait beaucoup trop vite et, cependant, je ne parvenais pas à lui reprocher ce qu'il venait de faire. Il y avait ce lien étrange entre nous et j'étais curieuse de voir où il nous mènerait.

Pendant le dîner, Lucas se comporta comme si rien ne s'était passé entre nous, en fils modèle. Je n'arrivais pas à détourner les yeux de lui. Durant la discussion, ma mère lui demanda où il étudiait et quel métier il voulait exercer plus tard. Il rêvait d'être DRH[11] et mon père semblait très impressionné par ses ambitions. Il appréciait mon camarade de classe et je sentis qu'une idée germer dans sa tête. Pour lui, si nous nous rapprochions, Lucas et moi, il obtiendrait très rapidement de l'avancement. Je détestais cela : lui servir de tremplin était avilissant et je n'admettais pas que l'on me considère comme une marchandise à vendre. Et ça, bien que je souhaite le voir réussir et que Lucas ne me laisse pas indifférente.

En apprenant que nous suivions les mêmes cours, il nous suggéra tout de suite de travailler ensemble, le week-end, afin de nous

---

11 Directeur des ressources humaines.

entraider. Tout en prononçant ses mots, il me regardait droit dans les yeux pour que je saisisse l'ordre qui se cachait derrière ses paroles.

Pour une fois que nous avions un réel contact visuel... Qu'est-ce que j'ai fait pour en arriver là ?

Lucas donna son accord avant que je ne puisse imaginer une échappatoire et tous mes samedis se retrouvèrent occupés jusqu'à la fin de l'année. J'allais devoir dénicher rapidement une solution pour ne pas être seule avec lui. Le plus souvent, je restais enfermée à la maison avec mes livres ou bien je montais à cheval et voilà que mon paternel proposait à un jeune homme qui me faisait du rentre-dedans de me tenir compagnie.

Bon. Ça, il ne le sait pas... Mais tout de même !

Lucas était aux anges, il jubilait intérieurement à l'idée de me voir toutes les semaines en dehors des cours. En prime, il n'aurait pas à concevoir de stratagèmes pour justifier le fait qu'il vienne fréquemment puisque l'invitation venait de mon père. Pas difficile de deviner ce qu'il avait en tête, il était très content de lui.

En me concentrant, je tentais de percer son esprit pour comprendre ce qu'il cherchait à obtenir :

— Cela a finalement été beaucoup plus facile que de faire partir de la classe un élève.

Quelle idée bizarre ! J'avais déjà trouvé que la disparition subite de mon ancien camarade et son arrivée fortuite dès le deuxième jour étaient suspectes, mais de là à envisager qu'il avait orchestré tout cela, je n'en revenais pas. J'observai attentivement Lucas. Son comportement me laissait penser qu'il n'avait pas fini de me surprendre, en bien comme en mal. Je n'avais aucun doute concernant le désir qu'il éprouvait pour moi, mais je ressentais autre chose derrière ce qui se produisait autour de moi. Lucas était étrangement possessif.

Après le repas, je les raccompagnai à la porte avec mes parents afin de leur souhaiter une bonne soirée. Au moment de me dire au revoir, Lucas me murmura doucement à l'oreille :

— Je commencerai à repeindre ta chambre samedi. Que tu portes une jupe ou non, j'aurai le plaisir d'être seul avec toi. Merci pour le livre.

Il le glissa dans la poche de sa veste et rejoignit la voiture. Au moins, il n'avait pas osé m'embrasser devant tout le monde. J'étais à la fois soulagée et frustrée.

Dans quel pétrin est-ce que je suis tombée, cette fois ?

Chapitre 4

De retour dans ma chambre, je tremblais. En regardant mon lit, j'eus une irrésistible envie d'enfouir ma tête dans le coussin d'où émanait encore l'odeur de Lucas. Je réussis cependant à prendre sur moi et à me retenir, ne voulant pas céder si facilement à l'attirance qu'il exerçait sur moi. J'avais l'impression qu'il m'avait lancé un défi : « Résiste-moi si tu peux ! » J'avais bien l'intention d'y parvenir.

Je commençais tout juste à relire les notes d'un de mes cours et à les remettre au propre. Je m'étais assise à l'autre bout de la pièce et installée à mon bureau, jusqu'à ce que la fatigue me gagne et que je ne puisse plus lutter contre le sommeil.

Lorsque je décidai de me coucher, j'éloignai le coussin jusqu'au pied de mon lit. Je plongeai aussitôt dans un rêve encore plus déconcertant que celui de la veille.

Je me retrouvai au bord d'une plage, au crépuscule. En m'examinant, je me rendis compte que je ne portais qu'une légère tunique bleu ciel. Après un instant, je sus que je n'étais plus seule.

Lucas se tenait à quelques pas de moi et me souriait. Il était, cette fois, vêtu d'un pantalon blanc, torse nu. Les reflets du soleil sur l'eau mettaient son tatouage en valeur.

— Où sommes-nous ? l'interrogeai-je.

— Est-ce vraiment important ? répliqua-t-il.

Il m'enlaça. Mon premier réflexe fut de reculer. Je n'avais jamais été ainsi dans les bras d'un homme qui m'attirait autant. L'unique exception que j'avais à l'esprit était la soirée qui venait de se terminer. Heureusement pour moi, il ne m'avait volé qu'un baiser. À ce souvenir, je ressentis comme un goût d'inachevé, et je constatai alors que j'allais attendre le lundi matin avec impatience, ce qui ne me ressemblait pas. Et cela juste pour me retrouver près de Lucas à nouveau. Mais si j'avais eu le choix, j'aurais préféré rencontrer l'inconnu aux yeux bleus. Cet homme m'avait indubitablement perturbée. Mais à cet instant, je rêvais de mon camarade de classe, et cela même si je n'étais pas indifférente à son charme. Et puis tout ce qui se passerait cette nuit n'aurait aucune incidence sur ma vie réelle puisqu'il ne s'agissait que d'un songe. Rien ne s'opposait donc à ce que je profite de sa présence. Cette fois, nous étions seuls et personne ne pourrait nous observer ni nous entendre si nous nous laissions un peu aller. Personne ne pourrait nous interrompre.

Il commença à caresser mon bras du bout des doigts en descendant de l'épaule au poignet, répétant ce geste inlassablement. Je me blottis contre son torse ferme, le sentant enfouir sa tête dans mes cheveux pour y respirer mon parfum, puis contre mon cou afin d'y déposer ses lèvres. Lucas m'embrassa avec fougue, puis fit un pas en arrière pour voir mes réactions, guettant un signe de rejet. Découvrant que je le dévorais des yeux, il se pencha sur moi et nous échangeâmes un nouveau baiser. Celui-ci était passionné, sans retenue. Après un instant, il finit par rompre le silence.

— J'ai cru que tu ne t'endormirais jamais.

— Je ne savais pas que tu serais là, lui répondis-je, surprise par sa remarque.

Lucas prit de nouveau possession de ma bouche, son baiser fut plus pressant que les premiers. Il ne me relâcha qu'après un long moment, son regard dans le mien. Il paraissait avoir des scrupules à s'engager plus loin sur cette voie. Après quelques secondes d'hésitation, il recula et me dit :

— Cette fois-ci, tu seras mienne. Je ne le laisserai pas te conquérir. Mais pas maintenant, pas comme ça. Je ne veux pas que cela se passe dans un songe. Tu tomberas amoureuse de moi dans le monde réel et tu ne m'offriras ton corps qu'à ce moment-là.

Je le fixai, hébétée. Mon esprit m'amenait vraiment à vivre une situation inattendue. J'avais envie que ce baiser se prolonge et même qu'il évolue vers quelque chose d'encore plus intime. Alors, pourquoi notre étreinte s'arrêtait-elle aussi brutalement ? Pourquoi mon fantasme se brisait-il ? Avant que je ne puisse trouver la réponse à ces questions, le rêve se dissipa.

Je me réveillai dans mon lit et je me rendis compte que je tenais fermement mon oreiller entre mes bras. J'avais l'impression de pouvoir sentir le contact des lèvres de Lucas sur moi. Un coup d'œil à mon téléphone m'apprit qu'il allait sonner dans une dizaine de minutes. Rassemblant tout mon courage, je décidai de me lever.

Durant mes préparatifs, je fus stupéfaite en découvrant une marque à la base de mon cou. En l'examinant, je vis qu'il s'agissait d'un suçon. Mes songes prenaient de toute évidence le pas sur la réalité. J'aurais dû m'y attendre. Après tout, la première chose que j'avais comprise au sujet de Lucas, la règle numéro un, celle que je ne devais jamais oublier : il existait réellement. Lucas n'était pas seulement le fruit de mon imagination, même si j'aurais aimé pouvoir m'en convaincre. Je ne pouvais pas agir de façon imprudente avec lui, que je sois en train de dormir ou non. Cela laissait visiblement toutes sortes de traces tangibles dans la vraie vie.

Oh, mon Dieu ! J'ai failli perdre ma virginité au cours d'un fantasme avec Lucas ! Je deviens folle !

À bien y réfléchir, j'étais heureuse que mon rêve ne se soit pas poursuivi. Si j'avais couché avec lui dans le monde des chimères, j'en aurais subi des conséquences désastreuses. Et s'il m'attirait irrésistiblement, je n'arrivais pas à oublier l'autre homme, celui aux dragons. Avec lui, j'aurais été prête à tout...

Après avoir soigneusement masqué le suçon avec du fond de teint, je tentai de joindre Valérie. J'aurais aimé lui parler de Lucas. Mais ne parvenant pas à la contacter, je compris que ce n'était pas plus mal. Le reste du week-end, je terminai de recopier mes notes au propre et m'arrangeai pour que mon père ne remarque pas la trace dans mon cou. Heureusement, mes cheveux réussissaient à la recouvrir.

Finalement, ce n'est peut-être pas si bête de les garder longs.

Le lundi, je me dirigeai vers le campus d'un pas décidé. Je ne pouvais pas fuir la réalité toute l'année et j'allais avoir cours de compta trois jours sur cinq. Par conséquent, Lucas et moi nous retrouverions côte à côte très souvent. Mais je devenais paranoïaque, il n'aurait aucune raison de ne pas se comporter normalement. Il ne pouvait pas me déstabiliser comme lors du dîner sans s'attendre à ce que je ne lui fasse pas la tête. Bon, je le reconnaissais, ce n'était pas une attitude très mature de ma part. Mais ce mec me perturbait à un point tel que je n'arrivais plus à réfléchir. Et pour le reste, j'espérais qu'il n'avait pas partagé, cette fois encore, le même rêve et, dans le cas contraire, qu'il me respecterait assez pour ne pas m'en parler en plein cours. Mais le simple fait d'y penser me transformait déjà en pivoine.

En entrant dans la salle de classe, je l'aperçus tout de suite en train de lire mon livre et Lucas releva les yeux à l'instant où je posais les miens sur lui, comme s'il m'avait sentie. Quand je croisai son regard, ma colère se dissipa instantanément. Je savais au fond de moi que je ne pourrais pas rester éloignée, quelque chose en lui m'appelait. Pourtant, j'essayai de me souvenir que je devais me méfier. Je ne réagissais pas naturellement lorsqu'il se trouvait près de moi, je devais me tenir sur mes gardes.

J'allai m'installer au fond de la pièce, contre le mur pour que personne ne puisse distinguer le suçon sous le maquillage. Au bout d'une trentaine de minutes, ma voisine Déborah me fit passer un mot, sur un carnet :

— Lucas n'arrête pas de te dévisager !

Je la contemplai, étonnée. Elle venait d'arriver dans l'école. Le premier jour, je ne l'avais pas remarquée. Au court de la journée, je l'avais un peu observée. Elle ne ressemblait pas aux filles de notre âge. Un petit quelque chose dans son comportement me laissait espérer que nous nous entendrions très bien : elle ne paraissait pas être du genre à se mêler des affaires des autres. Déborah possédait un caractère simple, sans prétention, et n'était pas dénuée de charme. Lucas devait vraiment me fixer avec insistance pour qu'elle sorte de sa réserve et m'en parle. J'écrivis à mon tour sur le cahier et nous échangeâmes des messages ainsi pendant un moment.

— Tu en es sûre ?

— Certaine. Tu lui as tapé dans l'œil !

Sa réponse était agrémentée d'un smiley[12] rigolo.

— Peut-être... Mince, je ne comprends rien à ce que dit le professeur. L'économie, ce n'est pas évident du tout.

— Je peux te l'expliquer pendant la pause déjeuner, si tu veux.

— Ça serait super, merci.

À cette seconde, j'avais la conviction que j'avais finalement réussi à me nouer d'amitié avec quelqu'un et j'avais conscience que je pourrais compter sur elle. Ravie de me sentir en sécurité, ce qui était nouveau pour moi, je profitai de cette sensation pendant le reste du

12 Un Smiley ou un émoticône est une courte figuration symbolique d'une émotion, d'un état d'esprit, d'un ressenti, d'une ambiance ou d'une intensité.

cours. Je savais que ça pouvait paraître surréaliste que je la considère déjà comme une personne proche. Il était difficile de juger de son caractère après seulement quelques phrases échangées sur un bout de papier. Mais c'était pourtant une certitude qui s'était aussitôt ancrée au plus profond de moi. Je ne pouvais pas l'expliquer, mais je ne doutais pas un instant du lien qui venait de se créer entre nous. Cela irait plus loin, elle ne serait pas qu'une camarade de lycée qui disparaîtrait avec le temps.

Déborah passa l'heure du déjeuner à me traduire certaines notions d'économie qui m'échappaient pendant que nous mangions. Quand elle vit la marque sur mon cou, je lui racontais que je m'étais réveillée avec ce curieux souvenir après un rêve plutôt prenant. Au fond de moi, j'espérais ne pas la faire fuir avec mon côté étrange.

— Ça devait être assez érotique pour qu'il t'ait laissé une telle marque.

— En fait, oui.

— Et à quoi ressemblait le gars à qui tu le dois ?

— Tu ne vas pas me croire, si je te le dis.

— Essaie toujours. J'aime bien les histoires surprenantes.

— C'était Lucas. Ce type me rend complètement dingue.

— Il n'est donc pas le seul à avoir le béguin ! C'est super. Vous allez faire un beau couple, tous les deux.

Elle se comportait comme si tout ce que je lui expliquais était parfaitement normal et j'adorais cela.

— Possible. Tu n'aurais pas envie de passer la journée chez moi, samedi prochain ? Il est censé venir. L'autre soir, il s'est fait inviter par mon père pour réviser les cours avec moi toutes les semaines. Du coup, je suis coincée.

— Pas de problème. À quelle heure veux-tu que je sois là ?

Les réactions de Déborah m'épatent !

— Je te redirai cela, jeudi, je ne sais pas encore à quelle heure il prévoit d'arriver, mais je le sens capable d'être chez moi très tôt pour me surprendre.

C'était un sentiment étrange, à la limite de la certitude.

— Je vais peut-être être de trop après ton fameux rêve. Mais bon, tant que tu en auras besoin, tu peux compter sur moi. Entre filles, il faut se serrer les coudes.

— Merci. Je n'ai vraiment pas envie de me retrouver seule avec lui, rétorquai-je un peu trop brusquement.

J'avais rougi en prononçant ces mots et une grande partie des personnes près de nous avaient levé la tête en m'entendant pour me dévisager.

— Ne t'inquiète pas, je serai là. Et puis, je pourrai toujours partir, si je vous gêne.

— Merci. Tu ne dérangeras pas, crois-moi.

— Je n'en doute pas, mais tu peux changer d'avis même si, pour l'instant, tu es convaincue du contraire.

Elle n'avait pas hésité à répondre présente. Mon intuition s'était révélée juste, je pourrais lui faire confiance, et même lui demander conseil. Je percevais de la curiosité dans le son de sa voix. Elle voulait en savoir plus sur moi et sur l'influence de mes rêves sur la réalité, mais n'osait pas me poser d'autres questions pour que je ne me sente pas étudiée comme une bête de foire.

Avant de reprendre les cours, Déborah me prêta un foulard pour couvrir le suçon.

— Au cas où quelqu'un te regarderait de trop près !

Elle me fit un clin d'œil avant de m'indiquer Lucas un peu plus loin, d'un hochement de tête. Elle décida de rester assise à côté de moi toute la journée pour s'interposer entre lui et moi, à l'exception des heures de comptabilité où l'on ne pouvait pas changer de place.

Monsieur Gimenez sembla déçu de ne pas revoir ma jupe lorsque je m'installai et Lucas me glissa très vite un morceau de papier sous mon livre. Il avait dû le rédiger en avance.

— S'il avait observé ton corps comme la dernière fois, je lui aurais collé mon poing dans la figure. J'espère que tu as fait de beaux rêves, ce week-end.

Lucas se fendit d'un large sourire. Il cherchait probablement à me rassurer afin que je sente plus à l'aise et que je m'apaise pour pouvoir suivre le cours. C'était adorable de sa part et le côté homme viril qui protégeait la jeune fille sans défense du prof libidineux me plaisait beaucoup. Mais je n'aurais pas su où me mettre s'il en était arrivé à cette extrémité. Je pris conscience que mon visage s'enflammait pendant que mon fantasme me revenait en mémoire. Je portai instinctivement la main à mon cou et commençai à lui écrire ma réponse.

— Oui, très beaux. Mais tu aurais pu éviter de me faire un suçon.

Je n'allais tout de même pas noter ça, même si je pouvais le suspecter d'apprécier l'idée que je rêve de lui. L'accuser d'y avoir participé d'une quelconque façon... Non, je ne pouvais décidément pas le laisser lire ça. Je m'efforçai de rayer ces mots, afin qu'il ne puisse rien discerner. Le papier finit par se déchirer sous mon stylo à force de le noircir. Lucas était au bord d'un fou rire, mais il réussit tant bien que mal à se retenir. À quel prix ! J'avais l'impression qu'il se mordait la lèvre inférieure pour garder son calme. Avait-il eu le temps de voir ce que j'avais écrit avant d'y renoncer ? Ou bien était-ce ma réaction qui l'amusait ?

Et puis, pourquoi m'a-t-il parlé de mes rêves, pour commencer ? Il abuse vraiment !

Le cours se déroula tranquillement. En public, Lucas savait se faire apprécier de tout le monde et se montrer plutôt charmant, je devais bien l'avouer. Il ne me fit aucune autre allusion pendant les deux heures qui suivirent, mais il laissa une feuille de papier dans un de mes cahiers en rangeant ses affaires.

— Tu es très belle, aujourd'hui. Je pense peindre un ciel étoilé sur le mur face à ton lit, avec une pleine lune. À moins que tu préfères une plage au coucher du soleil ? À demain. Repose-toi bien, tu es beaucoup trop tendue.

Il venait de faire un sous-entendu trop précis au décor de mon rêve. Je ne pouvais plus croire à une simple coïncidence. Il jouait avec mes nerfs et se moquait de moi. Je m'étais encore trompée à son sujet, il n'était pas charmant, c'était un diable à ressorts tout droit sorti de sa boîte. Il n'avait même pas eu la délicatesse de me laisser mes illusions.

Numéro cinq : il adore me faire tourner en bourrique.

Mais je devais bien reconnaître qu'il avait su trouver ce que j'aimais. Lorsque je relevai la tête pour lui demander des explications, il avait déjà quitté de la pièce.

Chapitre 5

La semaine se déroula avec de nouveaux songes toujours aussi prenants.

Dans le monde réel, Lucas s'était montré sage, si je puis dire. Il s'était contenté de me laisser quelques petits mots tous les jours avec des allusions au rêve de la veille, mais il ne cherchait pas à me toucher quand nous nous retrouvions en cours. J'appréhendais beaucoup moins la journée de samedi. J'avais vu Valérie, le vendredi soir. Pendant plus de trois heures, elle n'avait parlé que de Benjamin et n'avait à aucun moment demandé à savoir comment j'allais. J'aurais voulu être capable de le lui reprocher, mais d'un autre côté, son manque de curiosité m'avait permis de garder Lucas et Déborah pour moi. Je ne pouvais pas me confier à elle comme je le faisais avec ma nouvelle amie. En plus, Valérie n'aurait pas essayé de comprendre et je n'aimais pas beaucoup sa façon d'évoquer les relations avec les hommes. Je n'avais pas envie qu'elle salisse ce qui m'arrivait avec Lucas. Je ne saisissais pas encore la nature du lien qui nous unissait.

Pour l'instant, ce n'était qu'une simple histoire de flirt, même s'il s'agissait de mon tout premier. Pourtant, quelque chose de plus profond se cachait derrière tout cela, les rêves que nous partagions en étaient la preuve.

Lorsque je me réveillai le samedi matin, je me levai de très bonne heure. Lucas ne devait venir qu'aux environs de dix heures, mais j'avais l'intuition qu'il me réservait une surprise. Je préférais éviter de me retrouver prise au dépourvu en pyjama et me dépêchai d'aller à la salle de bain. Le suçon avait fini par disparaître et il était maintenant inutile d'y apposer du maquillage pour le camoufler. En sortant de la douche, j'enfilai une culotte propre et m'emmitouflai dans une grande serviette moelleuse. J'aimais le parfum qu'elle dégageait, vanille des îles, je crois… Je me rendis compte que j'avais oublié de préparer mes habits et regagnai ma chambre rapidement afin de les y récupérer.

À cet instant, je tombai nez à nez sur Lucas. Mes parents avaient dû le faire entrer en partant. Avec le bruit de l'eau, je n'avais pas entendu ma mère me prévenir.

J'en étais sûre qu'il me ferait un coup dans ce style… Après tout, la règle numéro deux est simple à retenir : il est toujours là où l'on ne l'attend pas !

— Mais qu'est-ce que tu fais ici ?

— Ton père m'a dit que je n'avais qu'à monter.

Lucas m'avait répondu d'un ton presque innocent. Il ne bougeait pas d'un pouce, m'examinant de la tête aux pieds sans esquisser le moindre mouvement pour détourner les yeux. Je savais qu'il agissait en toute connaissance de cause. Énervée par la situation, je ne réfléchis pas plus longtemps.

— Ce n'est pas vrai ! Retourne-toi ! Mais où sont mes vêtements ? m'exclamai-je, excédée.

Tandis que je fouillais dans mon armoire pour y récupérer de quoi m'habiller, la serviette m'échappa des mains. Avant que je puisse réagir, Lucas la rattrapa et me la tendit, sans chercher à préserver ma pudeur.

— DEHORS ! SORS D'ICI TOUT DE SUITE !

Il m'avait mise hors de moi et je balançai sur lui tout ce qui se trouvait à ma portée.

Il trébucha en s'enfuyant de ma chambre, sans me lâcher du regard. Je fis claquer la porte derrière lui. Je l'entendis descendre les escaliers.

Après un moment, je parvins à me calmer. Lorsque mon cœur réussit à reprendre son rythme normal, je pris conscience du désordre autour de moi. Je lui avais vraiment lancé tout ce que contenait ma penderie à la figure, sous-vêtements compris. Je finis par m'habiller. Pendant une demi-heure, je rangeai la majorité de mes affaires à leur place. J'avais besoin de retrouver mon sang-froid avant de le rejoindre et d'être à nouveau face à lui. Après tout, il était arrivé avec beaucoup d'avance. Il allait devoir apprendre à patienter.

Moi aussi, j'ai le droit de le faire tourner en bourrique. Non ?

Je sortis enfin de mon antre et découvris Lucas dans la cuisine. Il m'avait préparé un café au lait et rapporté des croissants de la boulangerie.

— Je suis désolé, dit-il d'une voix qui se voulait sincère.

— Tu aurais au moins pu te détourner.

— Aucun homme ne peut fermer les yeux devant une femme en serviette.

— Tu mériterais que je te...

— Que tu me quoi ? m'interrompit-il. Que tu me balances tous tes sous-vêtements à la figure ? Tu l'as déjà fait. D'ailleurs, les seules choses que tu ne m'as pas jetées dessus, ce sont les viennoiseries que j'ai posées sur ton bureau quand je t'attendais. Heureusement, car on m'a toujours dit qu'il ne fallait jamais gaspiller la nourriture, je propose donc d'aller les récupérer, ils ne sont pas là pour décorer. Et je préférerais que tu évites de recommencer avec le contenu de la cafetière ou pire, toute la batterie de cuisine.

La sonnette retentit avant que je puisse lui répondre. Déborah arrivait au bon moment, je n'aurais pas pu passer la journée en tête à tête avec lui sans perdre le peu de contrôle qui me restait. Et il s'en serait souvenu toute sa vie.

Je n'avais pas prévenu Lucas de la présence de mon amie et j'en étais plutôt ravie. Il eut une expression dépitée en la découvrant dans l'entrée. Le soulagement manifeste dont il faisait preuve, d'avoir réussi à échapper à ma colère, gâchait ma satisfaction de l'avoir pris au dépourvu, grâce à la visite inopinée de Déborah.

— Salut, tout le monde, vous êtes prêts à étudier ? demanda Déborah, qui débordait d'énergie.

— Déborah, tu as envie d'un croissant ? lui proposa Lucas. Ils n'ont pas l'air de plaire à Cassandre.

— Super ! Quelle bonne idée !

— Mais je n'ai pas dit que je n'en voulais pas, j'avais juste autre chose en tête, répliquai-je.

À mon ton boudeur, Lucas afficha un grand sourire.

J'aurais mieux fait de me taire.

Déborah essaya de détendre l'atmosphère, mais me regardait avec des yeux interrogateurs. Elle aurait aimé savoir où elle mettait les pieds. Rien de plus normal.

Quand le petit déjeuner fut terminé, j'allai récupérer les livres dont nous avions besoin et les amenai dans la salle à manger pour que l'on s'installe sur la table du salon, là où nous pourrions tous travailler correctement.

Après plusieurs heures studieuses, nous décidâmes de nous faire livrer des pizzas. Pendant que je les commandais, Déborah sortit chercher des boissons à la supérette du coin. Lorsque je revins dans la pièce, Lucas avait disparu. Je me demandais ce qui pouvait l'occuper ainsi, et surtout l'endroit où il se trouvait. En fouillant la maison, je finis par le dénicher à l'étage, dans ma chambre. J'aurais dû y penser avant, il semblait s'y rendre à chaque fois qu'il en avait l'occasion.

J'étais montée en silence et il ne m'avait pas remarquée lorsque je m'étais posté dans l'encadrement de la porte. J'en profitai pour l'observer. Il était en train de tracer l'esquisse d'un ciel étoilé, celui qu'il avait évoqué au début de la semaine, et avait déjà bâché le sol. Les meubles étaient tous regroupés au centre de l'espace et recouverts de vieux draps qu'il avait dû amener de chez lui. L'état de la pièce ne me surprenait pas, après tout, je l'avais entendu les déplacer un peu plus tôt, mais je restai bouche bée devant le magnifique dessin qu'il avait réalisé et j'avais hâte de le voir terminé.

— Les pizzas seront bientôt là.

— OK, je vais avancer la fresque en attendant.

— C'est très beau.

— Merci. Si ça peut te rassurer, je n'entrerai plus ici quand tu ne t'y trouves pas.

Il s'était rapproché de moi, tout en me parlant, sans que j'y prenne garde. Je m'apprêtais à lui répondre, mais il me plaqua contre le mur et m'embrassa avec fougue. Malgré toutes mes inquiétudes à son sujet, j'avais envie de me laisser porter par ce baiser. Cela ne me ressemblait pas, j'avais toujours été quelqu'un de très réservé. Et je n'arrivais pas à déchiffrer son esprit. Il demeurait impénétrable. Son désir ne faisait aucun doute, mais il était inutile de lire dans ses pensées pour le savoir. J'aurais voulu y accéder. C'était la première fois que j'éprouvais le besoin de me servir ainsi de mon don, mais aussi la seule où il ne fonctionnait pas.

— Qui es-tu réellement ? Pourquoi je réagis comme ça en ta présence ? demandai-je. Et pourquoi est-ce que je te retrouve dans mes rêves ?

— Chut. Ce n'est pas le moment de parler de tout cela.

Il m'embrassa de nouveau. Quand il vit que je ne lui résistais pas, son baiser s'approfondit. Il promena ses mains sur mes bras puis sur mes hanches. J'avais l'impression de vivre l'un de mes fantasmes et je me laissais faire, baissant toutes mes défenses. Je sentais son désir, il m'appelait et le mien entrait en résonnance avec le sien comme par effet d'échos.

Ma faculté à ressentir les émotions des autres rendait notre passion très dangereuse. Une personne « normale » aurait déjà eu des difficultés à contrôler ses pulsions, mais dans le cas présent, entre Lucas et moi, l'addition de nos dons d'empathie m'empêchait d'avoir la moindre maîtrise sur la situation.

Je lui agrippai instinctivement la taille pour le coller à moi. Voyant ma réaction, il devint encore plus ardent, en nous emmenant vers les meubles au centre de la pièce. Je lui remontai son tee-shirt jusqu'à le faire passer au-dessus de sa tête. Il reprit son baiser endiablé. Déplaçant l'une de mes mains, j'ouvris sa ceinture et sentis la bosse sous son pantalon lorsqu'il se plaqua à nouveau contre moi. Il émit un grognement de désir au contact de ma peau et je la pressai un peu plus sur son entre-jambes, surprise par ma propre témérité. J'avais du mal à me reconnaître en cette femme sûre d'elle qui agissait sans se poser aucune question. Lucas se pencha sur moi et m'allongea sur le lit, glissant sa paume sous mon haut. Il me caressait avec passion et son envie continuait de s'accroître. Je me mordis la lèvre inférieure à l'idée de faufiler mes doigts sous les épaisseurs de tissu qui me séparaient de son membre. Quand je le fis, son regard s'enflamma et je perçus toute la tension qui l'habitait. Il déboutonna mon jeans, mais un bruit nous ramena à la réalité.

La porte d'entrée venait de claquer. J'entendis Déborah nous appeler. À la fois soulagée et frustrée d'être interrompue ainsi, je m'empressai de me redresser, tirant frénétiquement sur mon tee-shirt afin de retrouver une tenue décente. Lucas étouffa un juron entre ses dents, mais n'insista pas. Nous échangeâmes un dernier baiser, plus doux cette fois.

Ayant fini de rajuster mes vêtements, je sortis rejoindre Déborah en bas. Elle me lança un large sourire en voyant mes joues rouges, mais ne me posa aucune question. Avant de descendre à son tour, Lucas attendit un moment. Le temps d'être dans une situation un peu moins gênante. Il était mécontent et aurait bien voulu la renvoyer chez elle, mais n'exprimait pas ses pensées. Serait-il vraiment allé plus loin si personne n'avait rompu le charme ? Même si cette idée me paraissait beaucoup trop précoce, j'avais conscience qu'au fond de moi, je n'aurais pas pu trouver la force de me refuser à lui. Il m'attirait de plus en plus, c'était indéniable. Et mon corps réagissait à chacune de ses attentions.

Après la pause-déjeuner, nous reprîmes nos livres et nos révisions. Il se tenait près de moi tout en se montrant aussi discret que possible. À la tombée de la nuit, il raccompagna Déborah chez elle.

J'avais besoin de réfléchir. Mon attitude au cours de cette journée n'avait pas été naturelle. Toutes ces sensations, ce désir, tout cela ne me ressemblait en rien. Et ces rêves ? Que signifiaient-ils ? Tant que je ne saurais pas de quoi il était question, je devais faire en sorte de ne pas me retrouver seule face à Lucas.

Je perds tout contrôle quand il se trouve près de moi et cela me terrifie.

Déborah allait devoir devenir mon ombre, totalement indissociable de moi. Cette idée risquait de lui paraître étrange, mais j'avais la certitude qu'elle me rendrait volontiers ce service.

Chapitre 6

Pendant un mois, les semaines se suivirent sur le même schéma, jusqu'à ce qu'un lundi, je laisse un mot à Lucas pour lui demander de m'attendre après les cours.

— Tu as décidé d'annuler notre séance de révision hebdomadaire ? m'interrogea-t-il.

— Uniquement pour cette fois. Ma meilleure amie fête son anniversaire, je dois lui trouver un petit quelque chose. J'ai de la famille qui arrive pour le week-end, vendredi, et je ne vais pas pouvoir faire mes achats avant samedi matin. Je me suis aussi engagée à aider Valérie à tout installer avant la soirée.

— Je peux t'accompagner, si tu veux.

— Non, vraiment, ce n'est pas la peine, répondis-je, gênée.

Je pouvais difficilement lui dire que j'avais prévu de me rendre dans une boutique vendant des accessoires typiquement féminins pour y choisir le cadeau de Valérie. C'était un rituel entre nous que nous avions commencé depuis trois ans. Je lui offrais toutes sortes d'objets dédiés à son plaisir et elle me fournissait en romances érotiques.

Toutes les occasions étaient bonnes : anniversaire, Noël, fête... En y repensant, heureusement que ces livres se trouvaient encore dans un carton lorsque Lucas avait examiné de près ma bibliothèque. Je les avais toujours rangés dans un endroit discret, car mon père n'aurait pas apprécié que je lise ce genre de roman, pas assez intellectuel à son goût. Mes parents ne remarquaient jamais rien à mon sujet, sauf lorsque cela leur donnait la moindre excuse pour me faire des reproches.

— Tu ne veux pas passer du temps avec moi, j'ai compris, je t'embêterai plus. Compte sur moi. Au revoir !

Il semblait réellement blessé par le fait que j'annule notre rendez-vous hebdomadaire. Pourtant, jusqu'à présent, nous avions conservé un statu quo. Il hantait mes rêves et flirtait avec moi dès qu'il en avait l'occasion, les samedis, mais en respectant mon besoin d'y aller doucement. Pourquoi s'énervait-il comme ça ? À mon grand désarroi, il projeta tout le reste de la semaine une sorte d'aura possessive et malsaine. Il se montrait vraiment à fleur de peau et en colère contre moi. Je ne reçus plus aucun petit mot pendant les cours et mes nuits redevinrent solitaires. Ces visites nocturnes auraient permis d'apaiser quelque peu cette tension entre nous. Nous aurions peut-être réussi à enfin communiquer, tous les deux.

Le vendredi, nous n'avions toujours pas réglé notre conflit. Mes réactions étaient excessives en sa compagnie et je ne me sentais pas prête à retenter l'expérience. Nous agissions comme des aimants l'un sur l'autre et défions les lois de la physique. Peu importe où il était, je ressentais sa présence avant même qu'il ne se trouve dans mon champ de vision. Mon regard était irrésistiblement attiré vers lui. Pourtant, je fuyais le sien, refusant de le croiser. Je savais qu'il fulminait. Les samedis étaient les seuls moments où il s'autorisait à me toucher et à se montrer plus entreprenant avec moi. Par contre, si je pouvais deviner les raisons de sa frustration, j'ignorais les motivations derrière sa colère. Lucas semblait détester que je choisisse quelqu'un à sa place et j'avais de plus en plus l'impression que ce problème risquait d'être récurrent entre nous.

Peut-être avait-il compris que j'avais besoin que nous attendions avant de passer à l'étape suivante. Je ne voulais pas que l'on sache que nous « sortions ensemble » à l'école. J'avais moi-même encore du mal à l'assimiler. C'était déjà assez compliqué entre nous, je ne souhaitais pas nous exposer aux railleries des autres élèves. Mais ses petits mots me manquaient.

Depuis l'apparition du suçon sur mon cou, je savais avec certitude que mes songes n'étaient pas le fruit de mon imagination débordante. J'étais maintenant convaincue que Lucas utilisait chaque soir ce moyen de communication avec moi afin que je lui tombe dans les bras. Il devait avoir des dons très supérieurs aux miens. Je ne pouvais pas entrer dans son esprit aussi profondément. Plus j'y pensais, plus je trouvais astucieux qu'il en ait fait usage sur moi pour me faire croire qu'il était l'homme dont j'avais toujours rêvé. Cela avait fonctionné au début, mais il risquerait d'être surpris lorsqu'il essayerait à nouveau de me séduire.

J'espérais enfin parvenir à résister aux pulsions qui s'emparaient de moi dès que nous nous frôlions. Peut-être le fait d'avoir pris conscience de son manège m'aiderait-il à contrôler mes réactions.

Mais, malgré moi, son contact me manquait. Lorsqu'il me touchait, je me sentais moins seule. Il avait su mettre un terme à mon isolement de manière inattendue. Être privée de ce lien étrange me perturbait.

Pourtant, une interrogation persistait. Pourquoi ne m'était-il apparu avec quelqu'un d'autre que la première fois ?

Le vendredi soir, ma tante débarqua avec toute sa marmaille pour le week-end. Moi qui voulais rester tranquille, c'était loupé ! Heureusement, ils iraient à Paris le lendemain, guidés par ma mère. Mon père, de son côté, venait de partir voir son frère. Rien de surprenant, il avait tendance à « s'échapper » dès que sa belle-famille nous rendait visite, car celle-ci était trop bruyante pour lui. Puisque je m'étais engagée à aider Valérie, j'échapperais à la cinquantième excursion à la tour Eiffel.

Le jour J, je finis de me préparer pour aller chercher le cadeau de Valérie. La douche m'avait fait un bien fou, me permettant de me vider la tête. Je devais me détendre, un énorme poids reposait sur mes épaules depuis le début de la semaine. Après cela, je restais incapable de choisir entre ma jupe et mon jeans. Les deux étaient corrects, sans provocation. Je me regardai dans le miroir en passant l'un et l'autre devant moi pour me décider. Frustrée par mon manque de goût, je fourrai les deux dans un sac pour que Valérie me donne ses consignes afin que je ne fasse pas tache au milieu de ses amies sur les photos.

Tout à coup, je commençai à transpirer et j'eus l'impression que l'on prenait mon cœur en tenaille et mes oreilles se mirent à bourdonner, puis je fondis en larmes. Les vannes s'étaient ouvertes sans que je puisse faire quoi que ce soit pour les retenir. C'était comme si la Terre s'était arrêtée de tourner et que mon organe vital allait exploser dans ma poitrine.

Qu'est-ce qui se passe, bon sang ? Pourquoi est-ce que je me sens si mal ?

À peine avais-je énoncé cette question que je trouvai sa réponse.

Grand-père !

Mon corps fut alors secoué par des convulsions et je m'effondrai au sol sous l'effet de la nausée. Je voyais la pièce vaciller autour de moi sans que je puisse me redresser. J'étais seule chez moi, et même dans le cas contraire, j'aurais été bien incapable de prononcer le moindre son pour que l'on me vienne en aide. Le malaise initial avait été violent, mais la suite fut encore pire. L'air n'arrivait plus à atteindre mes poumons et, à plusieurs reprises, j'eus l'impression de recevoir de puissants coups à la poitrine.

Je dus attendre près d'une heure avant d'être en mesure de me relever. Lorsque je retrouvai enfin mes moyens, je me précipitai sur mon portable pour tenter de joindre mon grand-père. À chaque fois, je tombais sur sa messagerie. Je songeai également à appeler mon père. Il ne savait certainement rien de ce qui s'était produit et ne pourrait probablement pas plus se renseigner que moi...

À moins qu'il ne soit déjà là-bas ?

Si j'avais raison, je n'obtiendrais pas plus de réponses de sa part. Il n'y avait plus rien à faire, je n'entendrais jamais plus la voix de mon grand-père. Il resterait à jamais silencieux... Il avait eu une crise cardiaque et l'on n'avait pas réussi à le réanimer. D'une certaine façon, j'étais rassurée qu'il n'ait pas été isolé chez lui lorsqu'il avait perdu connaissance. Au moins, une équipe médicale avait pu faire de son mieux pour le sauver. Mais que faisait-il à l'hôpital ? Si j'avais pu trouver une voiture, j'aurais pris le volant pour la Franche-Comté sur-le-champ. Ce n'était pas le cas. En plus, étant donné mon état, si j'avais conduit, j'aurais eu de fortes chances de finir ma course dans un fossé ou contre un arbre. Les larmes brouillaient ma vue et je ressentais encore les effets de mon malaise.

Je ne dois surtout pas rester seule.

Je regardai mon réveil : treize heures. Il s'était écoulé bien plus de temps que je ne l'aurais cru. Il était trop tôt pour aller chez mon amie, pourtant, je n'avais aucun autre moyen pour me changer les idées et il me fallait de la compagnie en attendant de pouvoir joindre mes parents. Si, comme je le pensais, mon père s'était trouvé aux côtés du sien, il ne décrocherait pas son téléphone avant plusieurs heures, il devait gérer beaucoup de choses. Après tout, lui aussi devait être sous le choc. J'enfilai le premier jeans qui me passait sous la main, avec un tee-shirt et un pull informe. Je sortis de mon domicile après avoir attrapé mon sac.

Tant pis si j'arrivais chez Valérie sans son cadeau et bien avant l'heure prévue.

Toujours en larmes, je sonnai à la porte de Valérie et celle-ci m'ouvrit. En découvrant mon expression, elle me prit dans ses bras et me laissa pleurer sans me poser une seule question pendant un long moment. Malgré mon état de confusion, je vis qu'elle aurait voulu être en mesure de me soulager de ma peine, mais qu'elle avait conscience que je n'étais pas en état de communiquer. Cela viendrait avec le temps. Pour l'instant, elle ne pouvait qu'essayer de me changer les idées avec du travail. Elle ne pouvait plus annuler sa soirée et elle me connaissait assez pour savoir que lorsque j'allais mal, il fallait que j'aie les mains occupées. Me conduire dans sa cuisine où se trouvaient tous les ingrédients pour préparer un gâteau aurait pu être un excellent moyen pour me distraire l'esprit. Malheureusement, je doutais que cette technique fonctionne dans le cas présent.

Durant toute la fête, je demeurai prostrée sur ma chaise ou bien dans la pièce qui servait de coulisse à celle-ci, incapable de prononcer un mot. Je me chargeai de laver la vaisselle et veiller à ce que le buffet et le bar soient toujours approvisionnés. Un des amis de Benjamin essaya de me faire danser pour que je ne reste pas dans mon coin. Il avait dû y être encouragé par Benjamin qui semblait attentif à mon état. Mais comment pouvais-je avoir envie de m'amuser alors que mon grand-père venait de mourir ? Je déclinai poliment l'invitation et pris la décision de rentrer chez moi.

Dès que je fus seule, je fondis en larmes. Aller chez Valérie n'avait permis que de temporiser ma peine, mais celle-ci me frappa à nouveau de plein fouet dès lors que je n'eus plus rien à faire pour occuper mon esprit. On m'avait arraché le cœur. C'était la sensation que j'éprouvais depuis le début de l'après-midi et chaque geste destiné à m'apaiser, aussi gentil soit-il, me donnait l'impression que l'on fouillait dans la plaie béante. Je me sentais vide et ne trouvais rien à quoi me raccrocher.

À mon retour à la maison, vers vingt-deux heures, ma mère m'attendait. Elle m'avait envoyé un message pour me demander de ne pas revenir tard, mais je ne l'avais pas vu, mon téléphone étant resté sur mon bureau, dans ma chambre. Elle m'informa que sa sœur était rentrée en Touraine avec ses enfants et qu'elle irait rejoindre mon père dès le lendemain matin. Je n'essayai même pas d'écouter ce qu'elle m'expliquait. À quoi bon, je le savais déjà : l'homme que j'aimais le plus au monde, mon grand-père, était mort d'une crise cardiaque après le déjeuner. Malgré toutes leurs tentatives, le personnel soignant n'avait pas réussi à faire repartir son cœur. En fait, elle m'apprit qu'il était malade depuis un moment, mais les médecins étaient optimistes. C'était pour cela que l'on ne m'avait rien dit de ses soucis de santé. Mon père s'était rendu chez son frère pour qu'ils s'occupent ensemble des détails de son hospitalisation et préparent son installation dans une résidence médicalisée. Elle répéta plusieurs fois que rien ne laissait penser que la fin s'approchait. Pourquoi m'avait-on caché son état ? D'ailleurs, pourquoi ne me parlait-on presque jamais ? Il y avait tellement de zones d'ombre autour de moi...

Reprenant tout d'un coup conscience de ce qui m'entourait, je compris que ma mère me demandait si je pouvais rester quelques jours chez une amie. Hors de question que je rate les cours à cause du deuil. D'après elle, ils auraient tous trop de choses à gérer là-bas et s'absenteraient bien trop longtemps, car ils allaient devoir vider la maison et la mettre en vente... Ils n'avaient pas besoin de moi dans leurs pattes et mon oncle n'avait pas assez de place pour que nous y dormions tous.

Comment peut-on me dire ça ? Juger qu'il est inutile que je me rende à ses obsèques... Pourquoi suis-je encore une fois tenue à l'écart ? Et mon grand-père ?

Je tentai alors de négocier avec elle afin d'aller à l'enterrement et de rentrer en train pour ne manquer qu'une journée de cours, mais il n'y eut rien à faire pour la convaincre. Elle me dit qu'ils devaient se recueillir et que je ne ferais que les gêner, car ils voulaient rester entre eux. À cet instant, j'eus la sensation de me prendre un énorme coup dans le ventre, me coupant le souffle et me laissant à court d'arguments. Comment pouvais-je me défendre quand l'on m'assénait ainsi une réponse dénuée de toute logique ?

Je réalisais que je ne faisais même pas partie de ma propre famille, que je ne représentais rien à leurs yeux. Mon grand-père avait été le seul à se soucier de moi, à passer du temps avec moi. D'une certaine façon, j'avais toujours eu l'impression de ne pas me trouver à ma place parmi eux, sauf avec lui...

Dès que je fus dans ma chambre, j'envoyai un texto à Déborah afin de lui demander si son canapé-lit était disponible. Malgré l'heure tardive, elle me renvoya un message tout de suite où elle vérifiait si elle pouvait m'appeler. Je n'avais pas la force de m'exprimer au sujet de la mort de celui qui m'avait invariablement acceptée. Je lui répondis que je n'étais pas en état de parler de ce qui m'arrivait, que j'avais juste besoin d'un endroit pour dormir quelques jours, car je ne pouvais pas rester isolée au vu des circonstances. Elle proposa aussitôt que je loge chez elle à partir du lendemain. Mon amie vivait dans un appartement en colocation avec son grand-frère, Thomas. Il étudiait dans une école d'informatique parisienne et jouait de la batterie dans un groupe de rock. Elle me dit qu'ils m'accueilleraient avec plaisir aussi longtemps que nécessaire. Je la remerciai dans un dernier texto et allai essayer de me reposer un peu.

Ayant encore les larmes aux yeux, je m'allongeai sans même enlever mes vêtements. En dépit de la fatigue, je ne parvenais pas à trouver le sommeil. Mes pensées vagabondaient à la recherche d'explications qui pourraient justifier le comportement de ma famille.

Je me rappelai le doute qui s'était emparé de moi lorsque, au collège, j'avais aperçu sur mon dossier scolaire la section concernant les droits parentaux, en y lisant les mots « nom du père et de la mère ». Je m'étais sentie seule, ce jour-là. J'avais eu très peur de déplacer ma main et de découvrir la réponse, incapable de faire face aux terribles conséquences qu'auraient ces lignes sur ma vie. J'avais retourné le papier sans regarder.

Aujourd'hui, je réalisais que même si je n'étais pas biologiquement leur fille, leurs noms y auraient été écrits, puisque le fait d'adopter un enfant leur conférait l'autorité parentale. Il n'y avait pas de case « adoption » à cocher. Pourtant, y voir ceux de mon père et de ma mère m'aurait soulagée. Mais à cet instant, je compris que je m'étais fourvoyée à l'époque. Mon intuition avait été la bonne, je n'avais jamais fait partie de cette famille. J'avais été une pièce rapportée.

Depuis quand s'étaient-ils éloignés de moi ? J'avais la certitude qu'ils m'avaient aimée. Ils avaient été heureux de m'accueillir, vingt ans plus tôt, mais lorsque mes dons avaient fait surface, ils avaient pris peur et mis de la distance entre nous, puis m'avaient rejetée. Pour eux, je n'étais plus leur petite fille, j'étais devenue une étrangère dont ils avaient la charge.

Tous, sauf mon grand-père... Lui m'avait acceptée telle que j'étais.

J'en avais déjà conscience. Mon père et ma mère m'avaient recueillie et m'avaient élevée. Ils avaient tâché de me fournir tout ce dont j'avais besoin. J'avais eu un toit au-dessus de ma tête et reçu une bonne éducation. Ils m'avaient nourrie et vêtue, offerts des vacances... Et pourtant, il me manquait une chose capitale, la chaleur humaine. Je l'avais toujours su, dans un coin de mon esprit. Mes parents adoptifs restaient mes parents. C'étaient eux qui m'avaient vue grandir, qui m'avaient soignée lorsque j'avais été malade, mais le lien entre nous s'était rompu.

Mais ce jour-là, en repensant à celui que j'avais perdu, je m'interrogeai sur l'identité de mes parents biologiques. M'avaient-ils abandonnée parce que j'étais un monstre ?

Le dimanche matin, je rangeai quelques affaires dans un sac. Je n'avais pas réussi à fermer l'œil de la nuit et j'avais essayé, sans succès, de puiser un peu de réconfort dans l'éclat serein de la lune.

Déborah avait appelé un peu plus tôt, pour confirmer à ma mère que je pourrais dormir chez elle aussi longtemps que nécessaire. Elle passa me chercher une heure plus tard. Thomas se montra très prévenant envers moi quand je fis sa connaissance, bien que j'envahisse son espace vital. Je n'avais jamais eu de frère ni de sœur. Je les observais évoluer ensemble avec plaisir. Ils tenaient l'un à l'autre et ils me touchaient tous les deux. Ils formaient une vraie famille, je les enviais.

Finalement, ils avaient décidé de m'installer dans la chambre de Déborah. Elle resta avec moi toute la journée. Elle me laissa pleurer dans ses bras une grande partie de la matinée. Au début de l'après-midi, je m'endormis enfin, épuisée, vidée de toutes les larmes de mon corps. Je me sentais si triste !

Dans le rêve que je fis, ce jour-là, l'ambiance était à l'orage, comme si le ciel exprimait lui aussi sa peine face à la mort de mon grand-père.

Malgré le tonnerre, je sus que l'on cherchait à m'atteindre, à me consoler, mais je ne réussis pas à distinguer qui en était à l'origine. J'avais la certitude que cette voix n'appartenait pas à Lucas. Non, il n'habitait pas mon songe, cette fois-ci. C'était celle d'un étranger, si l'on peut dire, car si je ne reconnaissais pas ses intonations, j'avais l'impression de l'avoir déjà entendue. Cet inconnu avait pu me sortir de ma torpeur :

— Ne pleure pas. J'aimerais pouvoir faire quelque chose pour toi. Permets-moi de te soutenir.

— Je voudrais tant le revoir, même juste une fois, j'ai besoin de lui. Je tenais tellement à lui.

— Je suis là. Laisse-toi aller.

Un corps anonyme se matérialisa en un instant derrière moi et me serra dans ses bras. Je ne pouvais observer son visage et, à vrai dire, cela m'importait peu. Le contact de son torse contre mon dos m'apaisa énormément. Des images de mon passé défilèrent dans ma tête et l'homme me murmura une berceuse dans le creux de mon cou. Je ne cherchai plus à savoir de qui il s'agissait. Tout ce qui comptait à cet instant était contenu dans les moments vécus aux côtés de mon grand-père. Et le réconfort que cet inconnu m'apportait. Sa voix me calma peu à peu.

Cette nuit-là, je pris conscience d'une chose essentielle : si j'avais jusque-là considéré mes capacités comme une sorte de don, malgré les difficultés relationnelles qu'elles m'avaient causées, elles se révélaient aujourd'hui être une véritable malédiction.

Ressentir son décès m'avait dévastée. Il avait tenu une grande place dans ma vie. Et, d'aussi loin que mes souvenirs remontaient, je m'étais toujours sentie proche de lui. À partir du moment où il était mort, une partie de moi avait disparu et elle ne reviendrait jamais.

Chapitre 7

Déborah m'imposa de rester dans son appartement aussi longtemps que le nécessiterait mon état. J'essayai de lui résister. Je ne voulais pas désobéir à mes parents, mais elle avait décrété qu'elle me transmettrait ses cours pour que je ne prenne aucun retard sur le programme de l'année. Tout comme j'avais été incapable de m'opposer à la décision de ma famille, je me dégonflai face à elle. Depuis la perte de mon grand-père, je n'étais plus que l'ombre de moi-même et je me laissais porter par les directives que l'on me donnait.

Une semaine que je ne quittais plus mon lit et que je grignotais à peine. Le vendredi, je fis un effort pour tenter de me ressaisir. Cela allait être le premier concert de Thomas, son frère, et il nous avait invitées à nous joindre à lui. Déborah m'avait convaincue. Ça ne pouvait pas me faire de mal de sortir un peu.

En passant chercher quelques vêtements chez moi pour la soirée, je découvris qu'on avait terminé la peinture dans ma chambre et remis les meubles à leur place. Le résultat était époustouflant. Je trouvai un livre posé en évidence sur mon bureau avec un mot accroché dessus. C'était celui que Lucas m'avait emprunté.

Désolé d'avoir réagi comme un con.
Pour me faire pardonner, j'ai fini la fresque.
J'espère que tu aimeras.
Prends soin de toi. Tu me manques.

Je notai dans un coin de ma tête que je devrais l'appeler plus tard pour le remercier.

Le groupe de Thomas animait une fête pour les étudiants dans son école d'ingénierie en informatique à Paris. Ils avaient monté la scène sous un porche et plusieurs tables en bois avaient été installées au fond de la grande cour, près d'un bar de fortune et d'un stand où les organisateurs préparaient des crêpes en continu. Une foule s'y amassait déjà.

L'ambiance était très éclectique, d'un côté se trouvaient des fans de métal, venus profiter de la musique et de la bière. De l'autre, il y avait une association de rôlistes et d'aficionados de jeux de société où tous les participants étaient assez délurés. Je croisai plusieurs individus habillés de façon gothique, d'autres vêtus comme des personnages de bande dessinée. Ils semblaient tous parler un langage étrange. C'était très déstabilisant.

En faisant le tour des différentes pièces, je découvris un tout nouvel univers, où la magie était très souvent mêlée à des histoires de charisme et de jets de dés... Tout à fait normaux dans leur vie de tous les jours, les membres se transformaient sous mes yeux en maîtres-vampires ou en farfadets. Bien que n'ayant pas exactement ma place parmi eux, je me sentais tout de même plus à mon aise là que partout ailleurs. Je n'étais plus la fille bizarre, seule au monde, j'étais entourée de gens aussi anticonformistes que moi. Les participants se prenaient au jeu le temps d'une soirée, devenant alors des êtres doués de pouvoirs. Même si pour moi, ce n'était pas qu'une forme d'échappatoire à ma solitude, tant que j'étais avec eux, je ne pensais plus à ma peine.

Entendant le bruit de la sono, je regagnai la cour. Le concert fut extra. Les musiciens avaient interprété des morceaux de Muse[13]. Le chanteur m'envoûta littéralement, grâce à une voix incomparable. C'était un grand brun mal rasé aux yeux marron. Quand il eut terminé, un DJ enchaîna. Le frère de Déborah nous présenta aux membres du groupe. Il était l'un des camarades de classe de Thomas, un parfait geek[14], qui ajoutait le rock à sa passion pour l'informatique. J'appris qu'il s'appelait Yannick.

— Salut, tu as apprécié ?

— Oui, c'était super. Vous avez prévu d'en faire d'autres ?

— Dans un mois. Le bureau des élèves aime beaucoup organiser ce genre de manifestations. Je t'offre un verre ?

— Volontiers. Mais pas trop fort, acceptai-je.

---

13 Muse est un groupe de rock britannique originaire du Devon, en Angleterre. Apparu sur la scène musicale en 1994.

14 Geek : nom (mot anglo-américain signifiant *fou de*), fan d'informatique, de science-fiction, de jeux vidéo, etc., toujours à l'affût des nouveautés et des améliorations à apporter aux technologies numériques.

— Pas de soucis.

Après une courte absence, il revint près de nous en m'apportant un gobelet rempli du cocktail maison proposé par le bar. C'était un mélange sympa qui sentait à peine l'alcool. Yannick m'entraîna sur la piste de danse pendant un long moment. Ça me fit un bien fou de me défouler et de me vider la tête. C'était la première fois depuis plus d'une semaine que je souriais sans me forcer. Après une bonne heure, il m'en servit un nouveau. J'avais tellement soif que je l'avalai d'un seul trait sans réfléchir.

— Tu en veux un autre ?

— Non, je crois que ça ira.

— Tiens, tu n'as qu'à finir le mien, c'est la même chose.

Son insistance me surprit un peu, mais bien que je n'aie plus besoin de boire, j'acceptais le verre qu'il me tendait sans hésiter. Ce n'était pas dans mes habitudes d'agir ainsi, alors pourquoi cédais-je à sa proposition aussi facilement ? Il affichait une expression triomphante, étant visiblement arrivé à ses fins, mais je ne désirais pas y penser. Après tout, ce soir-là, j'avais envie de profiter, ne plus me prendre la tête et m'évader de ma souffrance. Quel mal une dose d'alcool de plus pouvait-elle me faire ?

Yannick me suggéra ensuite de faire une visite guidée de son école. Il me conduisit rapidement dans une pièce isolée à l'étage. Selon lui, il s'agissait de celle où il passait le plus de temps. Elle se trouvait loin de la cour et des salles occupées par les joueurs. Comme celle-ci était sombre, j'enclenchai l'interrupteur en entrant. Les deux néons commencèrent à s'allumer, juste au-dessus de nous, ils grésillèrent et clignotèrent désagréablement. Yannick les éteignit tout de suite en y pénétrant, prétextant que le bruit l'incommodait.

Sans un mot de plus, il se rapprocha de moi et devint d'un coup beaucoup plus entreprenant. Yannick m'attira à lui et m'embrassa avec violence, me forçant à ouvrir la bouche pour que sa langue inquisitrice puisse l'envahir. Je pris conscience de son haleine qui empestait l'alcool. Malgré mon dégoût, je n'arrivais pas à réagir et ne lui opposai aucune résistance. Après quelques instants, je parvins enfin à reprendre le contrôle. Je tentai de le repousser, sans succès. J'avais l'impression qu'une espèce de brume anesthésiait mon esprit. J'essayai maladroitement de saisir mon téléphone dans la poche arrière de mon jeans, mais ma gorge se serra et je sentis ma voix être étouffée avant que le moindre son ne puisse franchir mes lèvres, rendant tout appel à l'aide impossible. Mes bras non plus ne répondaient plus à mon cerveau. J'étais comme prisonnière d'une enveloppe charnelle qui ne m'appartenait plus.

— Reste tranquille. Ne bouge que lorsque je te l'autorise !

Obéissant plus à ses ordres qu'à ma propre volonté, tous mes muscles se figèrent. Yannick exerçait un étonnant pouvoir sur moi, comme un marionnettiste diabolique.

Au prix d'un immense effort de concentration, je parvins à faire réagir mes membres et à me soustraire à son étreinte, mais il me plaqua contre le tableau sous l'effet de la colère. Il devenait encore plus agressif à chaque tentative de rébellion. Le choc avait été violent et me sonna. J'avais l'impression d'être dans des montagnes russes et la nausée devenait insupportable.

Profitant de mon état de désorientation, Yannick s'empara totalement du contrôle de mon corps. Mon âme hurlait et se débattait intérieurement, prisonnière d'une enveloppe charnelle qui agissait telle une poupée aux mains de Yannick. Mais de nouveau, mes muscles ne me répondaient plus. Il s'empressa de déboutonner mon pantalon et l'abaissa. Je n'arrivais toujours pas à crier et même si j'avais réussi à le faire, la musique à l'extérieur aurait couvert le son de ma voix.

— *Tu vas te montrer bien sage et obéir à tout que je te dis. Défais mon jeans !* commanda Yannick.

Il s'adressa directement à ma conscience et l'ordre qu'il venait de m'intimer mentalement me glaça le sang. Comment avait-il pu rentrer dans mon esprit ainsi ? Jusque-là, j'aurais pu croire avoir ingéré une sorte de drogue du violeur qui aurait été dissoute dans mon verre et m'aurait rendu totalement amorphe, mais le fait qu'il puisse communiquer de cette façon… Et pourquoi, malgré tout ce que cette idée impliquait, mon corps faisait-il tout ce que Yannick voulait ? Tout ça me dépassait. Il aurait fallu que je puisse réfléchir à tout ce que cela suggérait, mais je n'en avais pas le temps ni la capacité.

Avec un effort presque surhumain, je parvins à interrompre mes mouvements et à m'immobiliser. Ma résistance le mit hors de lui, comme s'il était anormal que je ne l'aide pas à m'agresser et que je le défie… Il me frappa alors une première fois à l'estomac, me coupant le souffle, puis deux autres pour que j'oublie toute envie de lui désobéir. Je glissai à terre sous le choc. Intérieurement, je criai au secours et un son étranglé réussit enfin à s'échapper de ma gorge pour s'égarer dans le vide. Après quoi, je m'évanouis.

Lorsque je repris connaissance, il me sembla qu'un long moment s'était écoulé. Des bruits qui me parvinrent, la fête battait toujours son plein, mais je n'avais aucune idée de l'endroit où je me trouvais. J'étais étourdie et mes oreilles bourdonnaient désagréablement. Ma tête pulsait comme si mon cœur avait remplacé mon cerveau à l'intérieur de mon crâne. Quand ma mémoire et ma lucidité commencèrent à refaire surface, je ressentis une immense terreur. Au prix d'un énorme effort, je me redressai sur un coude et constatai qu'heureusement, Yannick n'avait pas pu aller au bout de ses projets me concernant. Même s'ils avaient été malmenés, mes sous-vêtements étaient là et il n'avait pas réussi à accéder à mon intimité.

Mais tout mon corps était douloureux. Mes poignets me brûlaient. Ma bouche s'était emplie d'un goût de sang mêlé à celui de l'acide gastrique, sans que je sache si cela était dû à la violence du baiser de Yannick ou aux coups qu'il m'avait portés. Frustré de me voir inconsciente et donc incapable de suivre ses ordres, il avait dû me frapper à plusieurs reprises pour essayer de me faire revenir à moi.

J'imagine sans mal qu'une victime terrifiée doit l'exciter bien plus qu'une femme évanouie. Il m'écœure !

Je distinguais plusieurs marques causées par la pression de ses mains sur mes articulations et je visualisais déjà celles qui pouvaient recouvrir mon cou et le reste de ma peau. Mes habits étaient déchirés. Mon pantalon et mes chaussures traînaient à côté de moi. Je les remis aussi vite que possible.

Pourquoi Yannick n'est-il plus dans cette pièce ? Où est-il ? Je dois partir d'ici tout de suite.

Poussée par mon instinct de survie qui fit surface en pensant à cette éventualité, je me relevai avec difficulté. Je n'arrivais pas à ouvrir complètement les yeux. Ceux-ci étaient gonflés suite aux coups que j'avais reçus au niveau de l'arcade sourcilière et des pommettes. Je dus me maintenir aux cloisons pour me déplacer en vacillant jusqu'à ce que je trouve la sortie et que je puisse progresser dans un couloir. Une fois dehors, se superposant à la musique, des bruits qui m'évoquèrent un combat me parvinrent et là, j'entraperçus des silhouettes qui se battaient. L'une d'elles s'enfuit, poursuivie par la seconde. Les couleurs des vêtements et la stature de la première me permirent de reconnaître Yannick et je compris que la seconde personne l'avait interrompu. Dans cette obscurité et avec l'état de mon visage, il m'était impossible de distinguer clairement celle-ci, mais je ressentais la fureur qui l'habitait. Il s'agissait sans aucun doute d'un homme et il ne laisserait pas Yannick s'en tirer. Je les suivis jusqu'à la cour et l'atteignis à temps pour « voir » mon agresseur se prendre une raclée.

Mon sauveur venait de se précipiter sur celui qui avait tenté de me violer et lui cassa la mâchoire d'un seul uppercut. Il l'empoigna fermement avant de le frapper au bas-ventre avec son genou. Je ne réussissais toujours pas à savoir de qui il s'agissait, mais un sentiment de profonde reconnaissance naissait en moi.

Déborah, en voyant la soirée déraper, me cherchait afin de me dire que nous devions partir. Elle n'avait pas tout de suite réalisé la gravité de la situation. Lorsqu'elle m'aperçut, elle blêmit et m'éloigna de l'attroupement qui commençait à se former. Yannick se tordait de douleur sur le bitume. Plusieurs spectateurs photographièrent la scène, d'autres la filmèrent et j'entendis quelqu'un qui appelait la police. Mais je ne voulais pas rester sur place et encore moins devoir expliquer ce que cet homme m'avait infligé. Les membres du groupe hésitaient à intervenir pour aider leur chanteur quand ils le virent en mauvaise posture, mais dès l'instant où Thomas constata mon état, il se figea dans son élan.

Lucas venait d'arriver, lui aussi, visiblement paniqué. Lorsqu'il me découvrit, son inquiétude sembla se dissiper légèrement, jusqu'au moment où il distingua mes vêtements. Que faisait-il ici ? Comment m'avait-il trouvée ? Comment avait-il su que j'étais en danger ? Il essaya de me prendre dans ses bras, mais je préférai garder mes distances avec lui. Je me rapprochai instinctivement de Déborah qui m'entoura des siens pour me réconforter. Et elle imposa à Lucas de demeurer à plus d'un mètre de moi. Frustré, il nous escorta tout de même jusqu'à la voiture de Thomas. Celui-ci nous rejoignit peu de temps après.

— Mais qu'est-ce qui t'est arrivé ? me demanda Déborah, affolée.

J'étais dans l'incapacité de lui répondre, de prononcer des paroles cohérentes. Je montrai la scène dans la cour d'un mouvement de tête.

— Merde...

Elle resta interloquée. Yannick avait également joué de ses charmes sur elle. Mais comme il s'agissait de la petite sœur de Thomas, il avait rapidement lâché l'affaire pour se concentrer sur moi.

— On peut rentrer ? fis-je. Il faut que je prenne une douche.

— Tu ne veux pas plutôt voir un médecin ? Ou bien attendre la police ?

— Ce n'est pas la peine. Il n'a pas pu aller jusqu'au bout. J'ai seulement besoin de me laver et de me changer.

— D'accord. Thomas va nous raccompagner à la maison, décida Déborah en ignorant la présence de Lucas.

Son frère venait tout juste de parcourir les mètres qui nous séparaient et, à son regard, je sus qu'il avait compris le sens de notre conversation.

— C'est une ordure, dit-il. Je suis désolé, Cassandre, je ne savais pas qu'il était capable de ça. Jamais je n'aurais fait partie de son groupe si... Il n'arrivait pas à finir sa phrase. Je n'ai jamais voulu vous exposer à ça, ni toi ni Deb.

Thomas se jugeait responsable de ce que j'avais vécu bien qu'il n'y soit pour rien.

— Tu es sûre de ne pas vouloir voir un médecin ? insista Déborah en me regardant de près.

— Je crois que ça ira, bredouillai-je.

Ce qui me préoccupait, c'était la raison pour laquelle j'avais suivi cet individu sans qu'il ait eu besoin de me droguer, car, à peine s'était-il éloigné de moi, j'avais retrouvé toutes mes facultés de réflexion. Comment leur dire qu'il avait pénétré dans ma tête ? Je ne pourrais vraiment en parler qu'avec Lucas, mais je ne m'en sentais pas encore prête.

— Thomas, ne t'en veux pas, déclarai-je. Tu ne pouvais pas savoir.

En prononçant ces mots, je me rendis compte que depuis la mort de mon grand-père, j'avais empêché toutes les émotions de m'atteindre, qu'il s'agisse des miennes ou de celles des personnes autour de moi. Je m'étais barricadée à l'abri derrière une barrière infranchissable. Cette insensibilité m'avait coûté très cher. Cette muraille venait de s'effondrer. Maintenant, je captais à nouveau certaines pensées, surtout celles de Lucas et de l'homme qui se tenait debout devant mon agresseur. L'intensité de leurs fureurs respectives me submergea. L'un comme l'autre aurait pu tuer Yannick.

— Pourquoi es-tu ici, Lucas ? s'enquit Déborah.

Mon amie posait là une question pertinente.

— J'arrive tout juste. On m'a parlé de cette soirée. Je ne savais pas que je vous y croiserais. Et j'ai aperçu Cassandre.

Sa réponse paraissait vraisemblable, mais il mentait. Je n'allais toutefois pas le contredire à cet instant, je garderais mes soupçons pour plus tard. Après tout, j'avais la certitude qu'il était venu pour m'aider.

— Thomas, on se tire, trancha Déborah. Cassandre doit partir d'ici. On retourne à la maison.

— Non, on va chez moi ! intervins-je. J'ai besoin d'être chez moi et mes parents ne seront pas encore revenus. Ils ne rentreront que la semaine prochaine.

— OK, je te conduis où tu veux, « sœurette ».

Thomas avait pris l'habitude de m'appeler ainsi au cours des jours passés. J'étais fille unique et j'aimais l'idée de faire partie de leur famille.

— Et toi, dit-il en s'adressant à Lucas, je te dépose où ?

— Je reste avec elle.

Sa décision était ferme, rien ne le ferait changer d'avis.

— Seulement si la demoiselle donne son accord, répondit Thomas en m'interrogeant du regard pour s'assurer que j'accepte. Et le type là-bas ? Quelqu'un sait-il qui c'est ? Tu veux peut-être attendre un moment pour pouvoir le remercier ? ajouta-t-il.

— Inutile ! répliqua Lucas à ma place sans tenir compte de mon opinion. Il vaut mieux filer avant que les flics ne la voient dans cet état.

Il n'avait pas tout à fait tort. Si je ne souhaitais pas avoir à raconter ce qui s'était passé, nous devions partir d'ici. Mais j'aurais aimé connaître l'identité de l'homme qui m'avait sauvée. Me tournant vers la cour, je constatai qu'il avait déjà disparu. La police ne l'inquiéterait donc pas... Devrais-je porter plainte ? Cela aurait été la chose la plus sensée à faire, mais je refusais d'évoquer cette tentative de viol devant qui que ce soit. Les enquêteurs risquaient de ne pas comprendre pourquoi je ne m'étais pas débattue tout de suite et s'ils demandaient des analyses de sang, elles s'avéreraient normales. Si je changeais d'avis, j'aurais toujours la possibilité de le faire plus tard. Les bleus sur ma peau suffiraient à prouver mes dires, mais à cet instant-là, je n'étais pas prête à affronter mon agresseur ni les événements.

Après m'être douchée et habillée, je rejoignis les autres au rez-de-chaussée. Déborah préparait de la tisane et Thomas des sandwichs avec du pain de mie et de la confiture. Il n'y avait pas grand-chose dans les placards. Lucas appela ses parents pour les informer qu'il ne rentrerait pas. Mon amie avait pris les choses en mains. Elle dormirait avec moi dans ma chambre et les garçons sur le canapé-lit du salon.

Une fois que je me fus assoupie, un horrible cauchemar envahit ma nuit. Je ne réussis à me calmer qu'en entendant la voix rassurante de Lucas. En ouvrant les yeux, je le vis penché sur moi. Il me recouvrit alors et me prit dans ses bras. Je frissonnai à son contact, mais je finis par me laisser aller et me blottir contre lui. Je me sentais en sécurité, car il ne permettrait à personne de me faire du mal. Il m'embrassa tendrement sur le front et me murmura à l'oreille :

— Il ne reviendra pas, ne t'inquiète pas.

— J'ai eu si peur ! Je ne pouvais plus bouger.

Des larmes coulaient le long de mon visage.

— Tu ne pouvais rien faire de plus.

— J'aurais dû me rendre compte de ce qu'il préparait. Pourquoi ma tête était-elle aussi embrouillée ? Jamais je ne suivrais quelqu'un comme cela en temps normal.

— Il t'a fait boire quelque chose ?

— Oui, plusieurs verres d'un cocktail alcoolisé.

— Ne cherche pas plus loin, alors. Il prévoyait son coup. Ce type a dû mettre un truc dans ton gobelet pour se faciliter le travail.

— Non, je sais qu'il y avait autre chose... Mon corps... il n'obéissait pas, j'avais l'impression que quelqu'un me contrôlait comme une marionnette...

— Tu ne dois surtout plus y penser. Tu n'y es pour rien

— J'aimerais pouvoir te croire. J'aurais dû me méfier, j'aurais dû me défendre. Je n'ai rien pu faire. Quand j'ai réussi à lui résister, il m'a frappée tellement fort que j'ai perdu conscience.

— Chut, rendors-toi. On en reparlera. Mais pas maintenant.

Je restais bouche bée. Lucas analysait très vite la situation. Déborah était allée me chercher de l'eau en voyant qu'il s'occupait de me rassurer. Lorsqu'elle nous rejoignit, il lui fit signe de retourner se coucher en bas. D'un mouvement de tête, il lui avait fait comprendre qu'il prenait le relais ici et veillerait sur mon sommeil toute la nuit si nécessaire. Il s'allongea près de moi. Il était en caleçon et ne portait pas de tee-shirt, mais il demeura au-dessus de la couverture malgré la fraîcheur de la pièce. En m'entendant crier, il avait dû monter sans se préoccuper de sa tenue vestimentaire. Je sentais émaner de lui du désir. Il avait envie de moi, mais il ne me toucherait pas. Il avait trop peur de me blesser et de me rappeler cette horrible soirée. Il voulait par-dessus tout être certain que je m'apaise, si bien que je réussis à retrouver mon calme dans ses bras.

Ainsi rassurée, je pris enfin le temps de m'interroger sur l'identité de mon sauveur. Je n'avais rien vu de lui, à l'exception d'une silhouette dont les mouvements avaient été vifs et puissants, beaucoup plus que ce qui était humainement possible. Il avait mis Yannick K.-O. en deux coups, pourtant, je savais d'instinct qu'il s'était retenu à cause des personnes présentes autour de lui. Il l'aurait volontiers tué. Étant donné sa rage, il avait dû faire un effort considérable pour endiguer sa fureur meurtrière. Cela m'avait paru irréel sur le moment et, en y repensant, je me demandai si mon imagination avait rendu les choses plus impressionnantes qu'elles ne l'étaient ou s'il était vraiment aussi rapide.

Je n'avais pas eu l'occasion de le remercier et je ne l'aurais sans doute jamais. Grâce à lui, j'étais toujours vierge. J'aspirais à avoir la chance de le retrouver en d'autres circonstances pour lui exprimer toute ma reconnaissance. Mais j'espérais être en mesure de l'identifier si je le croisais. Il émanait de lui quelque chose d'indéchiffrable, mais d'unique, qui restait gravé en moi. Étrangement, j'avais la certitude d'avoir déjà ressenti cette présence, mais je n'arrivais pas à la situer précisément dans l'espace ou dans le temps. Je savais également que ce ne serait pas la dernière fois.

Après un long moment, je finis par m'endormir profondément dans un sommeil sans rêves.

Chapitre 8

Lucas avait passé la nuit contre moi. Au petit matin, je me réveillai avant lui et le regardai dormir. Je ne souhaitais pas me lever pour reprendre le cours de ma vie. J'aurais aimé que ce moment demeure figé ainsi éternellement, mais j'entendais Déborah et Thomas se chamailler. Elle voulait savoir comment je me portais après les événements de la soirée et Thomas le lui interdisait, pour que l'on soit au calme. Dès que Lucas était venu auprès de moi, mon sommeil n'avait plus été habité par d'autres cauchemars. Le frère de mon amie avait conscience que le retour à la réalité ne serait pas facile pour moi. Les traces causées par Yannick, sur mon visage, mes poignets et le reste de mon corps, déjà inquiétantes la veille, seraient très probablement encore plus marquées à la lumière du jour.

Me sentant m'agiter contre lui, Lucas ouvrit les yeux et resserra son bras autour de ma taille. Il me sourit tendrement et cela me combla un instant de bonheur. Je m'apaisai à son contact. Je n'avais obtenu aucune réponse aux questions qui tournaient dans ma tête à propos de mon sauveur, mais j'étais sûre de pouvoir compter sur les personnes présentes ici, à mes côtés.

— Salut, fit-il.

— Bonjour.

— Tu t'es assez reposée ?

— Oui, grâce à toi. Merci d'avoir dormi près de moi.

— Je n'allais pas te laisser faire des cauchemars !

— Et tu as fait ça très bien.

— On nous a entendus, tu crois ?

Il fixait la porte, espérant empêcher Déborah de débarquer par la simple force de son esprit.

— On devrait avoir une vingtaine de minutes, affirmai-je. Thomas a décidé de garder sa sœur à distance encore un moment. Mais la connaissant, elle le fera céder rapidement.

Je n'avais aucun doute sur ce que je venais d'annoncer. Mes pressentiments se transformaient en certitudes. Je ne pouvais pas expliquer ce phénomène.

— Tu sembles bien sûre de toi !

Il me questionnait du regard pour en savoir plus.

— J'ai toujours eu une très bonne intuition, répondis-je.

Je lui décochai un sourire confiant avant de me rappeler que, la veille, celle-ci m'avait fait défaut. Je sombrai alors dans le sommeil. Là, il me força à revoir les images crues et plus que déplaisantes de la soirée et je crus perdre toute joie de vivre. Mes yeux se remplirent de larmes et mon corps se mit à trembler, comme agité de spasmes douloureux.

— N'y pense pas !

Lucas me sortit du gouffre sans fond dans lequel je m'enfonçais en me resserrant encore un peu plus contre lui. Je me blottis au creux de son épaule un instant. Puis, je me levai afin de reprendre un peu de contenance.

Il m'accompagna dans mon élan et se plaqua derrière moi. Il m'enlaça et, à son contact, je remarquai que tout en moi se calmait. Lucas voulait seulement me consoler et ne semblait même pas conscient de l'état de trouble dans lequel j'étais lorsqu'il se tenait de cette façon contre moi. Je ne m'éloignai pas de lui, mais je me retournai pour lui faire face. Je n'étais pas à l'aise de le sentir ainsi, surtout après les événements de la veille. Il fallait que je puisse voir son visage pour me rassurer. Quand je me tournai vers lui, il put me regarder dans les yeux et n'osa pas esquisser le moindre mouvement. Il craignait probablement d'aller trop vite. Ce fut donc moi qui l'embrassai. Je me hissai sur la pointe des pieds pour déposer un baiser furtif du bout des lèvres. Puis je lui souris.

— Ne t'inquiète pas autant, je n'ai pas peur de toi, dis-je. Je vais juste avoir besoin d'un peu de temps et il faut éviter de se mettre dans mon dos.

— Tu es si sûre de toi que c'en est étonnant. Tu t'es toujours montrée la plus réservée de nous deux.

— Je ne veux pas arrêter ma vie malgré ce qui s'est passé hier soir. Nous partagions déjà quelque chose avant, et si j'avais eu le moindre doute que tu me forces à faire quoi que ce soit, tu n'aurais certainement pas dormi dans mon lit ni même dans cette maison.

— Je ne te toucherai jamais sans ton accord !

Il avait pris la mouche.

— Tu ne m'as pas comprise. C'est ce que j'essaye de te dire, je n'ai aucune crainte à ton sujet. J'ai senti ton désir pour moi, pourtant je suis restée calme. Je n'ai jamais cru que tu ne parviendrais pas à te contrôler. Je te fais entièrement confiance sur ce point.

Il en fut stupéfait.

Pressentant l'arrivée imminente de Déborah, je me dégageai de l'étreinte de Lucas.

— Entre, Déborah ! On est debout !

Elle parcourut les quelques mètres qui la séparaient de la pièce et nous rejoignit dans ma chambre.

— Comment as-tu su que j'étais là ? Je n'ai fait aucun bruit. Je venais vous réveiller.

— Je ne peux pas vraiment l'expliquer. Je l'ai su, c'est tout.

Nous descendîmes tous prendre le petit déjeuner. Ensuite, les garçons allèrent chacun leur tour sous la douche pendant que Déborah et moi débarrassions la table. J'en profitai pour lui demander si elle n'avait pas trouvé étrange la présence soudaine de Lucas à la soirée.

— Maintenant que j'y repense, c'est vrai que c'est quand même bizarre qu'il soit apparu juste à ce moment-là…

— Oui, c'est ce que je me disais, moi aussi.

Je ne savais pas pourquoi, mais je restais convaincue qu'il nous cachait quelque chose.

— Qu'est-ce qui te chiffonne ? m'interrogea Déborah.

— Plusieurs choses. Quand il t'a répondu, hier, j'ai eu l'impression qu'il omettait volontairement une partie de la vérité. Il n'avait jamais fait allusion à cette soirée. Je crois qu'il nous aurait invitées à l'accompagner s'il avait prévu d'y aller.

— Tu veux que je demande à Thomas de le mettre dehors pour toi ?

Déborah n'avait plus envie de me laisser avec lui, maintenant que je lui avais fait part de mes soupçons. Elle avait peur pour moi et son jugement sur toute la gent masculine venait d'être faussé par les événements de la nuit. À ses yeux, tous les hommes étaient passés de sympathiques à potentiellement dangereux, surtout quand ils mentaient ouvertement. J'allais devoir la rassurer, sinon c'en serait fini des séances de câlins avec Lucas, comme ce matin, et je n'aurais plus l'occasion de l'interroger sur la raison de sa présence à la fête. J'étais perturbée par toutes ses pensées qui se bousculaient dans ma tête. D'un côté, je recherchais le réconfort dans les bras de Lucas, de l'autre, je me posais de plus en plus de questions sur lui. Je voulais apprendre comment il avait su que j'étais en danger et où j'étais. Existait-il entre nous un lien comme on peut en voir entre jumeaux ? La seule chose dont j'avais la certitude, c'était que sa façon d'agir et son explication de la veille étaient suspectes, mais aussi qu'il ne me ferait jamais volontairement le moindre mal. Le besoin de veiller sur moi était viscéral chez lui.

— Ne t'inquiète pas, il n'est pas dangereux, affirmai-je. Et puis, c'est la règle numéro deux : on ne le trouve jamais où on l'attend.

— Je n'en suis pas si sûre. Yannick paraissait également inoffensif et, pourtant, regarde-toi.

— Inutile de reparler de lui, il a eu la correction qu'il méritait !

— Je n'irai pas m'apitoyer sur son sort, loin de là. Le gars l'a mis K.-O. en deux coups ! Ce type bougeait de manière hallucinante. L'un des membres du groupe a contacté mon frère, hier, tu t'étais déjà endormie. Il voulait le prévenir que Yannick était à l'hôpital. Thomas lui a juste répondu qu'il l'avait cherché. Comme il savait que tu ne souhaitais pas voir la police, il n'a rien dit d'autre.

— Il a bien fait. Je ne porterai plainte que s'il s'attaque de nouveau à quelqu'un et je doute fortement qu'il recommence après la raclée qu'il a reçue. Son nouveau visage avec un nez cassé devrait lui rappeler ce qu'il risque et tenir les filles impressionnables à distance.

À quoi bon parler de ce qui s'était passé ? Quelqu'un s'était déjà chargé de faire payer la note à mon agresseur. Je n'avais aucune envie de m'exprimer devant les gens, surtout sur des choses qui me faisaient peur. J'allais m'y prendre à ma façon : mettre ça dans une petite case et la reléguer dans un coin de ma mémoire.

— Tu as vu le visage de l'autre type ? demandai-je.

— Non, pas vraiment. Il s'est déplacé trop vite. Je l'ai vaguement aperçu. Je ne pourrais pas te le décrire comme ça, mais je pourrais peut-être le reconnaître si je le recroisais.

— Tu crois que ton frère pourrait se procurer les infos sur la soirée, pour que l'on essaye de le retrouver ? Après tout, je suis certaine qu'il y a eu des photos au cours de la bagarre... Enfin plutôt de la raclée, car Yannick n'a pas pu répliquer.

— Il fera de son mieux. Tu sais, Thomas s'en veut terriblement de t'avoir présentée à Yannick.

— Il n'y est pour rien, rassure-le.

Les garçons venaient de revenir dans le salon et se disputaient déjà la télécommande.

— Et pour lui, tu as décidé de ce que tu vas faire ?

— Je vais le remercier. Peu importe comment il est arrivé là, il a pu me réconforter cette nuit. C'est ce qui compte pour l'instant. Même si ça m'intrigue, je lui accorderai une chance de se justifier. Mais il a intérêt à la saisir.

Thomas nous laissa entre nous malgré lui un peu avant l'heure du déjeuner. Il m'avait promis de se renseigner au sujet de la soirée et de nous rappeler très vite pour voir si nous avions besoin de quoi que ce soit. Nous passâmes le reste de l'après-midi à recopier les cours. Après une semaine sans être allée en classe, j'avais énormément de retard et ils eurent beaucoup de choses à m'expliquer.

Tant mieux, ça m'occupe l'esprit.

Vers dix-neuf heures, Déborah me proposa de retourner à son appartement, mais je déclinai son invitation. Je voulais dormir chez moi, dans mon lit. Et, accessoirement, dans les bras de Lucas, mais ça, j'évitai de le dire à mon amie. Après les révélations de ce matin, elle ne le portait plus trop dans son cœur.

Chapitre 9

Une fois que Déborah fut partie, je me concentrai enfin sur Lucas. Apparemment, il en savait beaucoup sur moi et sur ce qui s'était passé. J'étais déterminée à rééquilibrer la balance. Lui, par contre, essayerait probablement de maintenir mon attention sur d'autres choses, évitant soigneusement de commencer une vraie discussion sur lui. Après tout, il n'aimait pas répondre aux questions, selon la règle numéro quatre. Il m'avait préparé un grand plat de spaghettis à la sauce napolitaine. Il se débrouillait dans une cuisine, du moins avec le peu que l'on pouvait trouver dans mes placards.

— C'est super bon, jugeai-je.

— Merci, je suis content que ça te plaise. J'aurais bien tenté de te faire un repas plus original, mais le frigo était désespérément vide.

— Oui, je ne devais revenir que dans trois jours de chez Déborah.

— Il ne me reste plus qu'à débarrasser.

— Non, attends. Nous devons parler, tous les deux.

Je venais de me lever et me tenais debout près de la table du salon, je le regardai droit dans les yeux. Je ne lui laisserais aucune chance de détourner la conversation, cette fois-ci. Il était temps qu'il m'explique son comportement à mon égard et deux ou trois autres petites choses.

— Est-ce que tu vas enfin tout me dire ou bien est-ce que je dois te tirer les vers du nez ?

— Qu'est-ce que tu veux savoir ?

— Pourquoi es-tu venu à cette fête ?

En voyant mon air déterminé, il renonça à me sortir l'alibi qu'il avait donné à mes amis.

— J'ai toujours conscience de là où tu te trouves. Mais je regrette, je n'ai pas été assez rapide. Quand j'ai senti ton esprit embrumé, j'ai pris la route pour te rejoindre. Heureusement que quelqu'un t'a entendue crier et t'a porté secours.

Je m'en souvenais maintenant. Mon corps tuméfié me faisait souffrir et il me fallut m'accrocher à la chaise qui était à côté de moi, à portée de main. J'hésitais entre mon envie de savoir ce qui s'était passé pendant ma perte de connaissance et mon désir de rester dans l'ignorance. Par contre, j'avais la certitude de ne pas avoir réussi à produire le moindre son. À moins d'être rentré par hasard dans la salle où nous nous trouvions, mon sauveur avait dû se laisser guider par quelque chose de fort. Décidément, j'en revenais toujours à m'interroger sur cet homme mystérieux. Mais pour l'instant, je devais concentrer mon attention sur Lucas.

— Tu devrais aller dormir, nous aurons le temps de discuter de tout ça plus tard.

Il cherchait encore une échappatoire.

— Pas question ! Par quel miracle as-tu « senti » mon esprit embrumé ? Et pourquoi ai-je rêvé de toi avant de te rencontrer ?

— Parce que... Comment pourrais-je te l'expliquer ? Nous sommes unis, tous les deux. Et l'autre... Tu veux vraiment que je te parle de ton agresseur ?

— Euh... non... on va éviter...

C'était une sage décision à la vue des tremblements qui reprenaient déjà possession de mon corps, mais un jour, il nous faudrait aborder ce point. En attendant, il avait beaucoup de choses à m'apprendre.

— Ne peux-tu pas m'en dire plus ? Pourquoi avons-nous ces dons ? Qui es-tu réellement pour moi et qu'est ce que je représente pour toi ? Tout à l'heure, pour essayer de comprendre comment tu as pu sentir que j'étais en danger, j'ai même envisagé que tu sois mon jumeau, mais on ne se ressemble pas du tout.

— Je te rassure, je ne suis pas ton frère. Mes réminiscences restent vagues, je ne sais pas encore pourquoi ce lien existe, mais j'ai la certitude que je dois être ici, à tes côtés. Je me suis souvenu de toi et j'ai ressenti le besoin de te chercher partout.

— Pourquoi crois-tu que nous sommes ainsi connectés ?

— Je m'en suis simplement souvenu plus rapidement. Nous avons un passé en commun, toi et moi. Tu en auras bientôt conscience aussi. Je ne peux pas tout t'expliquer. Tu dois le découvrir toute seule. Cependant, je peux te révéler un peu de mes connaissances. Nos aptitudes se développent au moment où nous nous trouvons à proximité de personnes qui partagent les mêmes facultés que nous. Pour moi, cela s'est produit l'année dernière. Ce n'est que le début, cela ne fait que commencer et tes capacités vont s'accroître. Tu verras, peu à peu, tout va devenir plus clair dans ton esprit. C'est comme essayer de se rappeler quelque chose qui te serait arrivé quand tu avais trois ans. Cela demande beaucoup de concentration. J'ai eu besoin de huit mois pour me souvenir d'assez d'éléments et je suis encore loin de maîtriser mes dons.

Même si j'ai obtenu quelques réponses, il reste évasif. Qu'est-ce que cela peut être frustrant ! Ce serait mieux s'il me disait simplement de quoi il s'agit.

— Si tu ne m'avais pas retrouvée, rien de tout cela ne se serait produit, c'est bien ça ?

La façon dont j'avais ressenti la mort de mon grand-père, la tentative de viol, tout ceci avait commencé dès son entrée dans ma vie. Il provoquait les événements, les attirant sur moi telles des mouches avec un pot de confiture. Je me rappelai quand une camarade m'avait tiré les cartes, quelques années auparavant. J'étais censée rencontrer l'amour, avec un grand A, mais tout un lot de problèmes l'accompagnerait. Je ne pensais pas que Lucas soit l'homme qui m'était destiné. Par contre, les ennuis, eux, étaient déjà là.

— Oui, je le suppose, mais je n'en avais pas conscience. Je te jure que je ne t'aurais jamais approchée si j'avais su ce qui allait se produire par ma faute.

Il n'avait pas eu besoin que ma question soit plus explicite.

— Je te crois. Est-ce que les catastrophes vont s'arrêter ?

— J'espère. Je ferai tout pour limiter les dégâts.

Il s'était déplacé pas à pas pendant notre discussion. Il se tenait si près de moi, à cet instant, que sa chemise frôlait mon bras. Sentant son désir pour moi m'envahir, je le repoussai.

— Tu devrais m'expliquer cela aussi.

Il n'était pas nécessaire que je précise ma pensée, j'étais certaine qu'il comprenait ce à quoi je faisais allusion.

— Tu as le don d'empathie, répondit-il.

— Merci, Captain Obvious[15], j'en ai conscience depuis longtemps. Mais pourquoi est-ce que j'ai l'impression que je me comporte comme une chatte en chaleur avec toi ? Dis-moi pourquoi je perds le contrôle à ton contact.

— Parce que j'ai les mêmes capacités à percevoir les choses que toi. Et au lieu d'ajouter simplement nos émotions, nous les multiplions à l'infini. Pour que tu aies une image plus concrète, tu pourrais nous comparer à deux miroirs placés face à face. Je crois que l'on appelle ça une « mise en abîme ».

— Ceci explique pourquoi nous nous sommes presque retrouvés au lit, la dernière fois.

— Et aussi pour quelle raison, lorsque tu as annulé notre rendez-vous, cela a pris des proportions considérables ! lui répondit-il, tendu.

— C'est sûr, admis-je. Qui est la personne qui t'a permis de développer tes dons ? Tu m'en as parlé un peu plus tôt.

— Je préférerais garder cette partie de la conversation pour un autre jour, je t'en ai déjà beaucoup révélé pour ce soir.

— Tu n'y échapperas pas, tu le sais ?

— Oui, ne t'inquiète pas pour ça. Tu devrais dormir, je vais ranger tout ça avant de me coucher, me dit-il en montrant les cahiers éparpillés partout, ainsi que la vaisselle sale.

---

15 Expression venant de la culture geek, captain obvious est une sorte d'anti-héros qui a le don de faire remarquer quelque chose d'évident.

— Je préfère t'aider.

Je ne voulais pas rester seule. Je craignais de perdre tout le sang-froid dont je faisais preuve depuis le matin et de m'effondrer. Il ne me contredit pas et nous mîmes de l'ordre dans la cuisine tous les deux. Il m'accompagna jusqu'à mon lit, une main autour de mes hanches. Après m'avoir bordée, il s'adossa à la cloison près de mon bureau et prit un nouveau livre.

— Tu ne viens pas dormir ? demandai-je.

— Non, je n'ai pas encore sommeil.

Je me réveillai au milieu de la nuit, agitée et couverte de sueur. Lucas, qui s'était installé contre un mur pour lire à l'autre bout de ma chambre, se précipita à mon chevet en essayant de croiser mon regard lorsqu'il m'entendit crier, mais je n'arrivais pas à m'apaiser. J'avais l'impression d'être engluée dans mon cauchemar, bien qu'ayant ouvert les yeux, et je me débattais pour y échapper. Afin de me calmer, il m'embrassa. Le contact de ses lèvres me sortit de ma torpeur. Je me figeai, incrédule. Il venait d'absorber toutes mes craintes avec ce baiser. Mais très vite, je sentis mes émotions dévier. Je voulais en avoir plus. Voyant ma réaction, Lucas s'éloigna prestement.

— J'aimerais te soutenir, mais je ne crois pas que ça t'aidera si je reste là ce soir, dit-il.

— Tu décides à ma place encore une fois.

— Tu me reprocheras d'avoir profité de la situation à ton réveil.

— Et si c'est l'inverse ?

— Alors il sera toujours temps d'y remédier.

— C'est ce dont j'ai besoin, je suis rassurée quand je te sais à mes côtés. Tu ne peux pas me rejeter comme ça.

— Je le désire aussi et je n'ai pas envie de te paraître froid, mais je risque de perdre mon contrôle. Je ne suis pas fait de marbre, surtout quand tu te trouves si près de moi. Tu dois te rendormir, maintenant, tu ne feras plus de cauchemars. Fais-moi confiance. Je vais descendre me coucher sur ton canapé. Et puis, on a cours, demain matin, nous devons être en forme.

Je le vis sortir, les yeux emplis de regrets. Je le mettais au supplice, j'en avais conscience. Il avait beaucoup de mal à m'abandonner, mais il ne voulait pas profiter de la situation en demeurant dans la même pièce que moi. Au lycée, ça serait peut-être plus facile pour lui puisque nous serions soumis à moins de tentations, pour l'un comme pour l'autre. Ou, pour être plus précis, Lucas n'aurait ainsi pas autant d'occasions de céder à ses pulsions que si nous restions seuls tous les deux dans ma chambre toute une nuit. Je me sentais frustrée par sa décision. Je me tournai et me retournai dans mon lit pendant plusieurs heures. En écoutant attentivement les bruits de la maison, je sus que Lucas se trouvait dans un état proche du mien.

Chapitre 10

Je me levai tôt, le lundi matin. Je voulais avoir le temps de me préparer avant de réveiller Lucas. Il avait dû très mal dormir sur le canapé. J'avais les yeux à moitié fermés et je rêvais d'une bonne douche fraîche. En entrant dans la salle de bains, j'entendis le bruit de l'eau qui s'écoulait et sentis l'humidité de l'air ambiant. Me forçant à les ouvrir correctement, j'aperçus le corps athlétique de Lucas à travers la paroi vitrée. La température monta tout de suite de quelques degrés. La buée ne me permettait pas de le distinguer clairement. J'aurais dû détourner le regard, mais le spectacle qui s'offrait à moi ne m'en donnait pas du tout envie. Je découvris avec plaisir que le tatouage qui m'avait tant fait fantasmer était encore plus magnifique avec les gouttes qui ruisselaient dessus. Cette scène m'hypnotisait. Le liquide mettait en valeur sa musculature. Tout était parfait, tel que je l'avais imaginé.

J'étais demeuré immobile un long moment pour l'admirer. Quand il eut fini, je le vis tendre le bras afin d'attraper de quoi s'essuyer sans sortir de la douche. Il ne m'en fallut pas plus pour me ressaisir et j'essayais de m'esquiver, mais avant que je puisse atteindre la porte, il me saisit par le poignet.

— Tu peux rester, j'ai terminé.

— Merci, je viens d'arriver.

— Menteuse !

Il afficha un large sourire. Il m'avait laissée l'observer tout ce temps sans prononcer un mot. C'était déloyal, mais je devais reconnaître que c'était bien joué.

— Mais puisque je te dis que... Et puis, à quoi bon ? Chacun son tour. Après tout, tu en as profité, la dernière fois.

— Je dois aussi faire tomber la serviette ?

— Ne te moque pas de moi.

— Je n'en ai pas envie. Là, tout de suite, je voudrais plutôt retourner sous la douche avec toi.

Il m'enlaça passionnément. Nous étions l'un contre l'autre et tous les deux presque nus. Je ne portais qu'un tee-shirt et une culotte en guise de pyjama. Je m'accrochai à son cou et il m'embrassa comme le premier jour, dans ma chambre. Je sentais sa peau à travers le tissu qui se gorgeait peu à peu d'eau. Le désir envahissait mon corps jusque dans les profondeurs les plus intimes. Sans lâcher la main de Lucas, j'entrai dans la cabine en omettant de retirer mes vêtements. Je l'activai et attirai Lucas contre moi. Mon regard devait en dire long sur mes intentions. Le sien s'alluma lorsque j'effleurai son torse. Son contact était si doux, bien plus que ce à quoi je m'étais attendu.

Une sensation puissante s'empara de moi. J'avais toujours voulu rencontrer le « grand amour » avant d'être en mesure de m'abandonner à ce plaisir, mais ce matin-là, dans cette salle de bain, j'étais prête à oublier tous mes principes. Le jeune homme collé contre moi me rendait folle. J'avais envie de me laisser entraîner par cette pulsion et de ne plus réfléchir aux conséquences de mes actes. À cet instant précis, je me sentais libre.

L'eau était chaude et la cabine de douche se remplissait déjà de vapeur. Lucas me caressa le dos à travers mon tee-shirt complètement trempé. Ses mains se promenèrent sur moi et ses baisers furent pleins d'entrain. Il s'était plaqué contre moi afin que la serviette, qu'il portait à la taille, ne tombe pas sous le poids du liquide dont elle était gorgée. Il massait mes courbes. En l'observant, je compris qu'il me convoitait avec une intensité que je n'aurais jamais crue possible. Les romans érotiques m'avaient donné une vague idée de là où la fougue pouvait conduire, mais ce n'était en rien comparable à ce que je voyais dans son regard. Je me doutais qu'il n'avait aucune envie de me laisser sortir de cette pièce sans que nous ayons été consumés par le désir. Il se montrait tendre et passionné à la fois. Il me retira mon tee-shirt avec des gestes doux et commença à me savonner. Le gel se transforma en mousse presque instantanément. Le contact de nos peaux me transporta et je perdis pied. L'attirant avidement contre moi, je l'embrassai à nouveau. Le parfum dans l'air étouffant décuplait mon ardeur.

— Dis-moi si je vais trop loin.

— Ne t'inquiète pas...

Lucas me plaqua contre le mur. Il fit tomber mon haut de pyjama et sa serviette à nos pieds, mouillés comme des éponges. Il parsema une traînée de baisers sur mon cou et, sans s'arrêter, descendit peu à peu jusqu'à ma poitrine. L'une de ses mains s'immisça entre mes cuisses et massa mon intimité pendant qu'il me maintenait fermement par la hanche. Malgré mon inexpérience, je n'hésitai pas à lui faire subir la même torture en saisissant son membre en érection. Il suça, l'une après l'autre, les pointes de mes seins durcies par le feu grondant qui me consumait de l'intérieur.

Ses gestes étaient pleins de tendresse et impatients à la fois. La tête en arrière, je laissai couler l'eau sur mon visage avant de chercher sa bouche pour l'embrasser avec fougue. Il s'écarta de moi afin de me contempler avec avidité. Il m'avait séduite et obtenait enfin ce pour quoi il avait œuvré depuis des mois. Mais si, à ce moment précis, j'avais pu lui appartenir, j'eus tout à coup la certitude que ce ne serait jamais le cas. Cette pensée me troubla, mais je ne m'y attardai pas. J'avais envie de profiter de ses caresses qui faisaient frémir mon corps tout entier. Je ne pouvais retenir mes gémissements. Il plongea dans mes yeux et y vit tout le plaisir qu'il me procurait.

Quand il fut incapable de résister plus longtemps à son besoin de me posséder, il retira ma main et la plaça sur son épaule. Il me souleva d'un seul bras en écartant mes cuisses de l'autre. Ses gestes étaient sûrs. Il faisait preuve d'une grande expérience en la matière. Du moins, c'était l'impression qu'il me donnait. Il m'interrogea du regard et à cet instant, j'eus la sensation que ce serait comme de lui arracher le cœur si je lui avouais toute la vérité. Je ne pouvais lui dire que je ne tomberais jamais amoureuse de lui et qu'il serait malsain d'aller plus loin. Cette révélation me laissa un poids sur l'estomac. J'appréciais énormément Lucas, mais je n'avais pas de réels sentiments pour lui, et j'étais certaine que cela n'arriverait jamais malgré toute l'affection et l'attirance que j'éprouvais pour lui.

Décelant mon hésitation, il s'interrompit.

— Tu n'es pas vraiment là. J'aurais dû m'en rendre compte avant. C'est encore trop tôt. J'ai cru que tu en avais envie, toi aussi, dit-il en reculant, me reposant au sol en douceur.

— Je suis désolée, j'ai besoin de plus de temps.

— Ne t'inquiète pas, on n'est pas pressés. Et rien ne m'empêche de te procurer du plaisir. Je vais même m'y atteler dès maintenant, conclut-il.

Lucas essayait de faire bonne figure et espérait que je changerais d'avis plus tard. Il se montrait compréhensif, acceptant que je ne me sente pas prête à franchir le cap, surtout après les événements du week-end, mais il ne se doutait pas du revirement de situation dans mon esprit. Il recommença alors ses caresses, tentant de me faire plonger dans les affres de la jouissance. Mais mon corps ne réagissait plus aussi facilement à ses attentions, il se tendait imperceptiblement.

Nous n'avions jusqu'à présent échangé aucune promesse d'amour éternel et je n'en attendais pas. Il me fallait rester avec lui, c'était maladif. J'appréciais les moments que nous partagions ensemble. Étrangement, alors que nous étions sur le point de nous unir, j'avais pris conscience qu'il n'était pas l'homme qui m'était destiné. Il faisait partie de ma vie et j'étais liée à lui d'une façon inexplicable, mais je ne pouvais pas aller plus loin avec lui pour l'instant et j'ignorais si j'en serais capable dans l'avenir. J'avais tout de même ressenti le besoin compulsif de demeurer dans ses bras. C'était cruel et égoïste de ma part, mais je me sentais en sécurité avec lui et je ne voulais pas que cela cesse. Pour la première fois, j'avais le sentiment d'être presque « normale », j'avais une amie fiable, un petit copain. Je refusais de perdre tout cela. En plus, lorsqu'il était près de moi, j'avais l'impression que mes dons déployaient leurs ailes et s'affûtaient.

Après nous être séchés et habillés en toute hâte, nous quittâmes ma maison pour nous rendre en cours. Main dans la main, je ne pouvais m'empêcher de rougir après ce moment volé sous la douche. J'avais la sensation que l'on pouvait lire sur mon visage l'intimité que je partageais avec lui. Et je ne pensais même plus aux traces de coups encore visibles sur ma peau.

*

À quelques mètres des grilles de l'entrée, je m'arrêtai. Je sentis le vrombissement des pensées de près de deux cents étudiants.

— Que se passe-t-il ?

— Il y a tellement de monde dans ma tête ! Je n'ai jamais ressenti cela avant.

— C'est parce que ta sensibilité s'est accrue à cause de ce matin.

— Je ne comprends pas.

— Notre lien se renforce, ainsi que tes facultés. Tu t'épanouis à mon contact et ton esprit devient plus réceptif. Tes capacités se développeront. Tu n'as pas uniquement les dons de voyance ou de télépathie, tu vas peu à peu être en mesure de faire de la télékinésie. Et cela ne fait que commencer.

— Je n'arrive pas à faire le tri dans tout ce capharnaüm. Cela bourdonne trop !

— Concentre-toi sur moi ou sur Déborah. Ça t'aidera à tenir, au début. Tu apprendras vite à n'entendre que les pensées des gens vers lesquels ton attention se tournera.

— Tu y parviens, toi ?

— Oui, en général. Après les cours, je te donnerai une leçon particulière. Il va falloir que tu assimiles beaucoup de choses.

À dix-sept heures, ma tête ressemblait à une fourmilière. Trop de personnes avaient envahi mon esprit. Lucas me tendit une aspirine comme il l'avait déjà fait plusieurs fois au cours de la journée.

— Je te conseille de toujours en avoir sur toi. Bien que ce ne soit souvent pas assez fort.

— Merci. J'en ai vraiment besoin.

Il m'embrassa sur le front et me mena vers un parc près de l'école. C'était un petit square isolé en forme de carré, avec des rosiers grimpants au centre qui formaient une arche. On y trouvait des bancs de chaque côté, placés en vis-à-vis.

Lucas me demanda de m'asseoir sur l'un d'eux et s'installa à côté de moi sans me toucher.

— Mets tes problèmes et tes préoccupations de côté pour le moment, dit-il. Veille à ce que ta colonne vertébrale reste bien droite. Oui, comme cela... Tu dois pouvoir respirer tranquillement et librement. Maintenant, ferme les yeux et fixe ton attention sur le va-et-vient de ta cage thoracique chaque fois que tu inspires et que tu expires. Tu vas inévitablement vouloir réfléchir à des tas de trucs, mais laisse passer ces images. Ne t'attache pas à elles. Force-toi à demeurer concentrée sur le frottement de l'air contre tes narines. C'est une sensation tactile.

Je suivis les conseils de Lucas. Comme il l'avait prévu, un grand nombre de pensées traversèrent aussitôt mon esprit. Je nous revis sous la douche, puis l'agression dont j'avais été victime. Cela me perturba tant que je les rouvris brusquement et me tournai vers Lucas.

— C'est parfaitement normal, me dit-il.

— Tu as lu en moi ?

— Oui, je les ai perçues aussi bien que toi. Tu risques d'être envahie par des choses extrêmement pénibles, mais ne fais pas attention à elles. Tu dois apprendre à vaincre ta peur. Oblige-toi à te focaliser sur ta respiration. Cela nécessite de lutter et tu ne dois pas te montrer trop impatiente. Nous pouvons rester ici jusqu'à ce soir.

Après avoir refermé les yeux, je me concentrai sur mon besoin en oxygène. Mes souvenirs continuèrent à me harceler, mais je m'efforçai d'oublier leur présence. Mon esprit se calma peu à peu, tandis que les va-et-vient de l'air dans mes poumons emplissaient toute ma conscience. Je me sentais de plus en plus reposée, baignant dans un bonheur serein que je n'avais jamais encore ressenti. Des pensées s'élevaient toujours, mais de manière beaucoup plus subtile, sans me déranger. Je revis mes parents, Lucas aussi, tel qu'il m'était apparu dans mes rêves puis dans la réalité.

Je les ouvris de nouveau.

— Suis-je sur la bonne voie ? demandai-je.

— Oui, tu l'es. Tu as acquis la concentration nécessaire pour maîtriser et utiliser correctement ton don. Tu devras t'entraîner régulièrement. Assieds-toi sur moi. Essaye de regarder dans ma tête.

À cet instant, nous étions seuls. Il me rapprocha de lui, me forçant à m'installer à califourchon sur ses cuisses. Cette proximité m'émoustilla aussitôt. L'attirance physique qu'il exerçait sur moi me donna envie d'aller plus loin, me faisant oublier les raisons qui, sous la douche, m'avaient retenue. Son corps réagissait déjà au mien. Mais le visage de Lucas était déterminé. Ce n'était pas le moment.

— Tu dois découvrir comment juguler le flux des pensées d'autrui pour que l'on poursuive nos leçons, tous les deux, sinon tu deviendras très vite folle. Ce matin, tu as vu que tu pouvais percevoir involontairement un grand nombre d'informations. Ce serait irresponsable de ma part de te permettre de repartir seule dans cet état. J'aurais d'ailleurs dû t'y préparer avant même de te toucher. Je me suis laissé guider par mes instincts et c'est très dangereux. Il ne se passera plus rien entre nous tant que je ne t'aurai pas enseigné comment faire face à toutes ces pensées. Tu risques de perdre la raison et tout ce qui construit ta personnalité si tu n'apprends pas cette technique. Tu ne pourras plus différencier tes désirs et tes craintes de celles des gens autour de toi. Et ça empirera, car ton périmètre de perception augmentera de plus en plus. Tu dois savoir identifier à qui appartiennent les esprits que tu captes, mais surtout, arriver à dresser des barrières solides afin de ne plus être affectée par ce flux constant.

Je me focalisai à nouveau sur ma respiration pour me calmer. Progressivement, je ressentis une sorte d'onde magnétique autour de Lucas. J'en créai une semblable et je m'aperçus que je ne percevais plus aucune voix. Nos auras se comportaient tels des murs.

Un son me déconcentra. Rouvrant les yeux, je découvris que Lucas me tendait mon téléphone. Je venais de recevoir un message. Dans l'état de transe où j'étais, la sonnerie ne m'avait pas atteinte. Je décidai que le texto attendrait.

— Alors, tu entends les bruits, mais plus les pensées ? me dit-il en me souriant.

— Oui.

— En continuant à t'entraîner, tu sauras comment faire pour percevoir volontairement les esprits de personnes précises sans être envahie par celles des autres, et même pour trouver des souvenirs spécifiques.

Je refermai les paupières. Cette fois-ci, même si nos âmes étaient toujours présentes, je décelais un accès menant aux pensées intimes de Lucas. Je pus distinguer plusieurs images et lui décrivis tour à tour une maison, un garçon qui jouait au ballon. Après une heure d'exercices, il me demanda si nous étions encore seuls. Je devais bien sûr répondre sans regarder. Je n'entendais aucune voix dans ma tête, hormis les siennes.

— Il n'y a personne avec nous, lui affirmai-je.

— C'est bon. Tu peux ouvrir les yeux, maintenant.

Je me tournai alors pour découvrir que le square était rempli d'enfants qui s'amusaient avec leurs parents et plusieurs groupes d'étudiants. Je pris tout à coup conscience de la position choquante dans laquelle je me tenais et du fait que tous ces gens nous fixaient. Je m'éloignai de Lucas, rouge de honte.

— Tu as réussi. Tu es très douée.

Chapitre 11

Je me retrouvai seule ce soir-là. La famille de Lucas ne voulait pas qu'il découche en semaine. Après avoir pris des nouvelles de mes parents, je me mis au travail et me penchai sur mes révisions afin d'être prête pour mon contrôle en management du lendemain matin.

En ouvrant mon manuel de cours, je dus cligner des yeux plusieurs fois. Certains paragraphes semblaient ressortir, comme s'ils étaient en gras. Je connaissais mon livre pour l'avoir feuilleté à de nombreuses occasions depuis la rentrée, mais ce phénomène était nouveau. Je n'étais pas capable de me concentrer sur les autres passages, puisque ceux-ci se troublaient lorsque mon regard se portait dessus. Après un moment d'hésitation, je décidai de focaliser mon attention sur les parties que j'étais en mesure de lire. Cela serait un moindre mal, car je ne pouvais tout bonnement pas arriver en classe sans avoir bossé.

Le lendemain matin, le professeur nous distribua les énoncés. Je fus stupéfaite de constater que chaque point correspondait à ce que j'avais pu étudier la veille. Observant mon enseignant, je fus surprise de capter ses pensées :

Aucun d'eux ne risque de développer la question sur l'analyse stratégique. C'est pourtant tellement simple. Cela consiste à examiner les ressources et les compétences de l'organisation, de l'environnement économique, social et concurrentiel... ainsi que les intentions stratégiques des clients, du gouvernement, des créanciers, des fournisseurs. Enfin, le déploiement stratégique concerne la gestion du changement, les structures, le contrôle et l'allocation des ressources. Le management stratégique conduit donc à la segmentation de l'organisation. Si un seul de ces idiots argumente son devoir, je lui mets la meilleure note de ma carrière.

Dans mon champ de vision, j'aperçus Lucas. Il me fit un clin d'œil. Il avait visiblement du mal à se retenir d'éclater de rire. Je sentais qu'il avait envie de me communiquer d'autres choses, mais je me concentrai pour fermer mon esprit et répondre consciencieusement aux questions sans faire appel à mes facultés. Lorsque j'arrivai à celle concernant la stratégie, je tâchai de reformuler la définition que je venais de percevoir, de manière à ne pas être trop « scolaire ». Après tout, je l'avais étudiée. Mais je devais bien reconnaître que je n'aurais pas eu l'idée de les développer. Partant de cette réflexion, je me dis que je pourrais appliquer ce principe de base là où je me serais habituellement satisfaite d'une phrase ou d'un seul mot. J'aurais pu obtenir une bonne note sans cela, mais cette fois, j'étais en mesure de les argumenter. Je pouvais y ajouter des précisions et des exemples.

Je réalisai à cet instant que c'était une chose que je n'avais jamais essayé de faire. Jusqu'à présent, je m'étais contentée de faire au plus simple et je n'avais jamais cherché à pousser mes connaissances plus loin. C'était une erreur. J'avais envie d'avoir mon diplôme et, plus tard, d'être comblée par ma vie professionnelle. Je devais maîtriser toutes ces notions pour cela et ne plus m'arrêter au minimum. Ça m'ouvrirait les portes d'écoles de commerce ou d'entreprises dans lesquelles je pourrais faire carrière.

Je vais devoir retenir cette leçon pour la suite et en faire profiter Déborah dès que possible. Elle aussi mérite de réussir ses études haut la main.

*

Il y avait un foyer pour les étudiants dans les locaux de l'école. Je n'y étais jamais venue, ne m'y sentant pas à ma place, mais ce jour-là, Lucas m'y entraîna.

Nous pénétrâmes dans une pièce très vaste équipée d'un véritable bar. En parcourant l'espace du regard, je me trouvai face à un grand comptoir. À gauche de l'entrée, dans l'angle, je découvris un écran plat et, tout autour, des tables et des chaises. Une pancarte au-dessus d'une porte indiquait les toilettes au fond de la salle. Sur ma droite, on pouvait jouer sur plusieurs billards ainsi que des baby-foot.

— Salut, Lucas ! lança l'élève responsable du service à cette heure-là.

Il portait ses cheveux bruns mi-longs, retenus par un bandeau pour qu'ils ne lui tombent pas dans les yeux.

— Comment ça va, Nicolas ? Je te présente Cassandre.

— Eh, salut, toi ! Tu es nouvelle ?

— En fait, non, c'est ma troisième année dans ce lycée.

— Je ne me rappelle pas t'avoir déjà vue.

— Je n'ai jamais eu de raison de venir au foyer.

— Tu faisais quoi avec tes copines, après les cours, alors ?

— C'est que je n'avais pas beaucoup d'amies, jusqu'à présent.

Il était triste de constater à quel point j'étais passé à côté d'une grande partie de ma vie d'étudiante. À cet instant, je me fis la promesse de revenir avec Déborah.

— Ne t'inquiète pas, ici tout le monde est le bienvenu. On peut y entrer seul, on ressort toujours en bonne compagnie.

— Ne la taquine pas trop, Nicolas, ou elle va repartir, lui dit Lucas.

— OK, je ne veux pas l'embêter, j'essayais de la mettre à l'aise. Qu'est-ce que je vous sers à boire ? demanda-t-il. À moins que vous ayez envie de manger un truc ?

Lorsque Nicolas alla débarrasser une table non loin, je découvris qu'il était de taille moyenne, des épaules larges, mais bien proportionnées par rapport au reste de son corps. Il nous apporta nos verres et des sandwichs. Tout en continuant à servir d'autres étudiants, il discutait avec Lucas. J'appris, grâce à cela, qu'ils avaient eu la même nourrice. Nicolas était son meilleur ami et il me raconta plein d'histoires. Lucas avait été un enfant turbulent et, durant les étés où Nicolas était allé lui rendre visite après son départ pour l'Angleterre, ils avaient fait les quatre cents coups ensemble. J'étais heureuse d'en connaître plus sur lui. J'aimais cette nouvelle facette de sa personnalité. Elle le rendait plus humain. Nous ne nous trouvions plus dans un rapport de séduction. Non, là, je le voyais tel qu'il était au naturel, lorsqu'il baissait sa garde.

Après une heure, l'une des tables de billard finit par se libérer et Lucas me tendit la main.

— Viens faire une partie.

— Je n'y ai jamais joué.

— Tu vas adorer, j'en suis sûr.

Il commença par m'apprendre comment tirer, en me prenant entre ses bras sous prétexte de corriger ma position.

— N'en profite pas trop, sinon on risque de nous regarder de travers. On est loin d'être seuls.

— Ne t'inquiète pas pour cela, aucun des types présents ici ne me reprocherait de me tenir aussi près de toi. Ils en meurent tous d'envie, mais il y a un temps pour tout. Concentre-toi !

— C'est ce que j'essaye de faire.

— Tu dois penser au résultat que tu veux obtenir.

— Tu ne devrais pas m'expliquer comment viser ?

— C'est ce que je fais, à ma façon. Fixe ton attention.

Après quelques coups infructueux, plusieurs étudiants de la table d'à côté vinrent nous proposer de jouer contre eux.

— Le perdant paye la suivante, dit l'un d'eux en installant les boules rouges et jaunes dans le triangle, un sourire confiant sur les lèvres.

— OK, pas de soucis, lui répondit Lucas.

Il amorça la partie. Après avoir cassé, il me céda sa place. Lucas me chuchota de me concentrer sur ce que je ressentais en visualisant le plateau.

Si je réussissais à faire le vide, je pourrais peut-être faire rentrer ces deux-là.

Je perçus des fourmillements. Ceux-ci me parcoururent de la tête vers les mains. Celles-ci commencèrent à dégager un véritable champ de force, semblable à celui que j'avais connu quand une camarade m'avait tiré les cartes, mais en plus puissant. Je frappai la blanche avec la queue de billard. Incrédule, je la vis heurter une des rouges. Celle-ci se dirigea aussitôt vers la poche. Le résultat était improbable, pourtant, j'y étais parvenue. J'enchaînai ensuite plusieurs coups avec succès sans chercher à libérer l'énergie qui s'accumulait tout le long de mes bras. Cette force magnétique progressait et prenait peu à peu possession de tout mon corps, me donnant l'impression que je pouvais tout faire.

Quand ce fut à nos adversaires, j'échangeai un regard avec Lucas. Il posa une main sur la table et m'incita à l'imiter. En me concentrant, je sentis de subtiles vibrations sur toute la surface du tapis vert, et quelque chose relia chaque élément qui était présent sur le plateau à mes doigts. Au moment où le joueur qui attendait son tour prit place pour tirer, je visualisai alors mon objectif.

La boule ne doit en heurter aucune autre.

Les choses se passèrent comme je les imaginais. À plusieurs reprises, nous les laissâmes mener la partie en leur faisant rater les coups décisifs. Lucas était plié en deux de rire et Nicolas essayait tant bien que mal de le calmer pour ne pas vexer nos concurrents. Après avoir perdu deux fois, ils abandonnèrent.

— Cela doit être la chance du débutant, marmonna le plus froissé d'entre eux.

Le pauvre, je l'avais sûrement dégoûté de cette discipline. Il semblait très doué, mais contre nous, ces copains et lui n'auraient jamais pu gagner. J'aurais peut-être dû me concentrer uniquement sur mon jeu et ne pas fausser les siens. Cela aurait été plus fair-play.

En reprenant les cours, je m'installai entre Lucas et Déborah. Il garda discrètement la main posée sur ma cuisse.

Je décidai que je rentrerais directement chez moi en début de soirée. Mes parents revenaient ce jour-là et je devais m'assurer que tout soit prêt. Déborah m'accompagna pour m'aider dans mes corvées.

— Ça se passe bien entre Lucas et toi, constata-t-elle. T'a-t-il expliqué pourquoi il est venu à la fête, finalement ?

— Oui, mais je ne suis pas certaine de pouvoir tout te dire, mais tout va bien.

— Pas de soucis, je n'ai pas besoin de connaître les détails. Du moment que tu as confiance en lui.

— Merci, c'est sympa de réagir comme ça.

Après avoir rangé la maison, Déborah prit congé et je refis mon maquillage. Ma famille serait terrifiée en voyant les traces des coups que j'avais reçus.

Quand ils arrivèrent, je me retrouvai sous le choc de la souffrance que dégageait mon père. La perte du sien l'avait marqué plus que je ne l'aurais imaginé. Il était aussi éprouvé par le deuil que moi. Je savais que mon grand-père lui manquerait, mais il s'était toujours montré si inexpressif. Ses émotions restaient en général enfouies sous un masque impénétrable pour qu'il puisse réaliser au mieux son travail, alors je ne m'attendais pas à ce que cela se lise à ce point sur son visage.

Il était cerné et avait les yeux éteints. Il n'avait pas dû dormir plus de quelques heures par nuit.

Mon père me surprit d'autant plus en m'entourant de ses bras un long moment. Il ne l'avait plus fait depuis mon enfance. À bien y réfléchir, la dernière fois devait remonter à mes six ans, lorsque nous patientions pour prendre le ferry afin d'aller en Angleterre. Ce jour-là, nous nous trouvions dans une salle d'embarquement inconfortable et il m'avait installée sur ses genoux pour que je m'y repose. Je chérissais ce souvenir depuis toujours. Mais je ne l'avais jamais vu ainsi. Il était épuisé, pourtant il ne voulait pas me lâcher. Je savais qu'il n'avait pas arrêté un seul instant de vaquer à ses occupations, afin de ne pas montrer sa faiblesse à ma mère. Il laissait aux autres le soin de deviner ses sentiments. Au lieu de s'ouvrir à nous, il se réfugiait dans l'action. Le découvrir dans cet état me faisait souffrir et j'aurais aimé pouvoir dissiper sa peine.

Mais pourquoi ne pourrais-je pas y arriver ? J'ai pu percevoir les pensées d'autrui, contrôler des objets. Qu'est-ce qui m'empêche d'essayer ?

Mon père finit par reculer après un long moment. Après le dîner, durant lequel il avait à peine touché à son assiette, il demeura assis à table et tria le courrier reçu pendant son absence. J'étais installée en face de lui et je fis mine de lire un livre tout en me focalisant sur son esprit. Je prenais un risque en tentant de réparer son cœur brisé, surtout que je ne voulais pas le rendre amnésique ni même insensible, mais juste atténuer son affliction. Lucas m'avait dit de me concentrer sur le résultat que je désirais. Je perçus à nouveau un tourbillon de sensations en moi. Il me fallut visualiser sa souffrance et je dus faire de mon mieux afin de la diminuer, je la ressentais au fond de moi. C'était douloureux, mais après un instant, je pus voir ses épaules se redresser. Son corps se décrispa légèrement. Il se détendait et son visage était beaucoup moins accablé. Il fallait que je m'arrête là, je ne souhaitais pas m'aventurer trop loin dans l'esprit de mon père. Le deuil et tout ce qui y était lié étaient des émotions utiles, elles empêchaient l'être humain d'aller au-delà de ses limites. Je ne devais donc pas l'effacer totalement au risque de le rendre vide. Je devais faire particulièrement attention à mon intrusion dans sa psyché. Je ne voulais pas le couper du monde réel. J'avais découvert où cela pouvait mener. Je l'avais expérimenté et m'isoler de ma peine et de ma souffrance m'avait conduite à me mettre en danger, à suivre Yannick... Non, il devait être en mesure de continuer le cours de son cheminement vers l'acceptation. Je désirais juste le soulager un peu.

Il était resté muet depuis qu'il était rentré. J'aurais mille fois préféré entendre une de ses réflexions désagréables sur le fait que je ferais mieux de me trouver dans ma chambre pour travailler si je n'avais pas envie d'échouer de nouveau. Dès que je lui avais annoncé ma décision de changer de voie après l'obtention de mon diplôme, il m'avait fait ressentir cela comme un échec...

Oui, même la manière dont il me dévalorise toujours dans mes moindres faits et gestes me manque... Je suis pathétique, mais c'est mon père et je veux le retrouver.

En m'endormant ce soir-là, je rêvai de l'homme sans visage. Il était, une fois de plus, présent afin d'alléger mon chagrin. À cet instant, ce fut comme si je pouvais sentir la chaleur de son corps contre le mien. Et il me murmurait des paroles de réconfort, comme pour me consoler de la peine et de la douleur que j'avais absorbées et qui étaient devenues miennes. Même si j'ignorais tout de son identité, je me blottis un peu plus au creux de son épaule. Je désirais tout oublier. Étrangement, c'était lui que je recherchais dans mon songe et dont j'avais besoin, pas de mon petit ami…

Deuxième partie :

Ébranlement

Chapitre 12

Les semaines s'étaient écoulées très calmement.

Thomas m'avait fait parvenir tout ce qu'il avait trouvé concernant la soirée. Étrangement, toutes celles de la bagarre étaient complètement ratées. On parlait des vampires qui ne se reflétaient pas dans les miroirs, mais lui semblait être insaisissable. Dans son cas, quel que soit le support, qu'il soit question de photos ou de films tournés avec les téléphones portables, on pouvait qualifier mon sauveur « d'homme flou ». Même lorsque les clichés étaient parfaitement cadrés, je n'avais aucune image nette de celui qui m'avait secourue.

Lucas et moi ne nous étions plus retrouvés seuls depuis le matin où je l'avais surpris sous la douche. Mes parents n'étaient pas repartis depuis un moment et cela m'avait permis d'ordonner mes pensées. Je m'attachais de plus en plus à lui. Notre attirance physique ne redescendait pas d'un cran, mais les sentiments n'étaient toujours pas apparus. Je me liais à lui, mais je ne pouvais pas appeler cela de l'amour. Toutefois, je n'avais pas envie de mettre un terme à ce que nous partagions. Pour la première fois depuis longtemps, je me sentais convoitée et je voulais en profiter. Je n'avais plus l'impression d'être une bête curieuse. À ses yeux, j'étais une femme et il me faisait ressentir des choses inédites.

Contrairement à Lucas, j'avais eu beaucoup de mal à contrôler mes pulsions. Je devais bien l'avouer, le désir que j'éprouvais pour lui se renforçait jour après jour. J'étais sans cesse à deux doigts de lui grimper dessus dès qu'il se trouvait près de moi. C'était une réaction compulsive... Et mon petit ami était loin de s'en plaindre. J'avais le sentiment qu'il mettait tout en œuvre pour que je me comporte ainsi en sa présence. Aussitôt que je m'endormais, il en profitait pour s'immiscer dans mes rêves et les transformait invariablement en une version plus charnelle. Exception faite des moments que je partageais avec l'homme mystère.

Étrangement, les songes où il apparaissait différaient souvent. À chaque fois, nous changions d'époque. Pourtant, je ne doutais pas que nous nous y retrouvions tous les deux, quelles que soient nos enveloppes corporelles. Dans ceux-ci, il dégageait une aura et une force que j'avais appris à reconnaître, j'avais alors eu conscience que j'avais déjà ressenti cette présence en étant éveillée. Il s'agissait de celle de mon sauveur.

Lucas m'avait expliqué que l'épanouissement jouait un rôle essentiel. Il refusait toujours de m'en dire plus à propos de ces « autres », même si je commençais à envisager que l'inconnu en faisait également partie. Il me raconta juste qu'après avoir rencontré l'un de ces « autres », une femme, il avait rêvé de moi et depuis lors, il n'avait pu m'oublier. Cependant, Lucas évita soigneusement de me donner plus de détails concernant celle qui était responsable de cette révélation. Après quelques mois de recherches infructueuses, Nicolas lui avait envoyé des photos prises au campus, datant de la fin de l'année précédente. Mon petit ami avait tout de suite reconnu mon visage dans la foule en arrière-plan. Il l'avait alors laissée en Angleterre et était venu me rejoindre. Il avait opéré une sorte de lavage de cerveau sur ses parents pour qu'ils reviennent en métropole et l'inscrivent dans le lycée de son choix. Personnellement, je considérais que sa façon de procéder était extrême. Il était prêt à tout pour se trouver près de moi et n'avait pas tenu compte de la carrière de son père ni du reste...

Franchement, sa copine a dû l'avoir mauvaise quand Lucas l'a abandonnée comme ça.

Depuis qu'il m'avait révélé ces quelques détails, je faisais de plus en plus de cauchemars. C'était toujours le même. On aurait pu croire que je rêvais de la soirée avec Yannick, mais il n'en était rien.

Chaque nuit, en m'endormant, je me retrouvais dans la salle des colonnes où j'avais rencontré Lucas, ainsi que l'homme mystère. À chaque fois, je ressentais une aura maléfique. Elle semblait être partout à la fois et trop proche de moi. Dès que je prenais conscience de la présence de cet être nuisible, des mains commençaient à m'étrangler. Lucas était alors près de moi et me regardait comme s'il ne me connaissait pas. Il ne réagissait pas à mon affolement et je sombrais peu à peu dans le néant. Je me réveillais en criant, totalement bouleversée et à bout de souffle.

Je n'arrivais pas à trouver le courage d'évoquer mes cauchemars avec lui. J'étais terrifiée, convaincue que si je lui avouais mes craintes, elles se réaliseraient. Je gardais donc le silence, en espérant qu'il s'agisse seulement de mauvais rêves et non de prémonitions. Je me torturais l'esprit en cherchant ce qui avait déclenché la répétition de ceux-ci et à propos de l'aura oppressante qui habitait mes songes. La fatigue perturbait mes journées et les sensations de mal-être commençaient à apparaître, même lorsque j'étais éveillée. Je m'affaiblissais de plus en plus.

Ignorant mon état de profond épuisement, Lucas m'imposait de m'exercer pour que j'apprenne à utiliser mes facultés tous les jours, pendant plusieurs heures. J'arrivais maintenant à contrôler mes dons. Il me demandait de lire les pensées d'un élève choisi au hasard. J'avais souvent très mal à la tête avant la fin d'après-midi, mais cela se passait de mieux en mieux, du moins en ce qui concernait la maîtrise de la télépathie.

Un soir, mon petit ami finit par m'avouer qu'il ne pouvait plus rien m'enseigner, ce qui l'arrangeait bien puisque cela signifiait qu'il allait pouvoir reprendre ses manœuvres de séduction là où il les avait arrêtées.

J'étais très fière de moi. Cependant, beaucoup de questions demeuraient en suspens.

Qui sont ces autres ? Pourquoi possédons-nous ces dons et que sommes-nous censés en faire ? Pourquoi cette présence néfaste cherche-t-elle à me nuire ?

Lucas avait gardé ses distances depuis que j'avais appris à lire dans les pensées. Cela avait nécessité beaucoup de temps. J'avais pourtant l'impression que depuis quelques jours, il voulait me faire languir.

J'imagine qu'il en avait assez que l'on se tourne autour et il devait espérer que nous franchissions enfin un cap important dans notre relation. Que j'insiste pour qu'il reste dormir avec moi... M. Parfait, surnom que je lui avais attribué au fil des semaines, était un grand maître dans l'art de la manipulation : un véritable démon sous l'apparence d'un ange. Il désirait que je sois à l'initiative de nos ébats, que je m'offre à lui. Et, bien que cela m'en coûte de l'admettre, mon petit copain avait réussi à venir à bout de ma patience et j'aurais pu céder à son stratagème.

Ce soir-là, Valérie avait organisé une fête pour Halloween, dans un bar de la ville avec d'autres filles de son école, à laquelle elle nous avait invités tous les deux. Mais je n'avais aucune envie que nous nous y attardions. Mes parents étaient enfin partis en déplacement et je comptais profiter de leur absence pour le retrouver. Mon amie voulait absolument que je lui présente Lucas. Son insistance me surprenait. Elle ne s'était jamais réellement intéressée à mon entourage.

Lorsqu'il se trouva devant ma porte, je ris, amusée de voir à quel point nous nous étions accordés sur les costumes sans nous être concertés. Nos tenues étaient très réussies, sans tomber dans le vulgaire. Je m'étais déguisée en démone : un pantalon noir taille basse auquel j'avais attaché une queue de diable, et un haut échancré rouge vif. Je portais un serre-tête avec des cornes pailletées. Je m'étais maquillée de façon à rendre mes lèvres écarlates et mes yeux charbonneux. Lui était en ange. À croire qu'il avait connu mes pensées. Le blanc lui allait remarquablement bien. Il s'était habillé avec un tee-shirt à manches longues, un jeans large et de grandes ailes sur le dos. En disant qu'il avait les traits d'un saint, j'étais loin d'imaginer qu'il aurait le culot d'arborer ce look pour cette soirée.

— Tu es magnifique en chérubin.

— Merci, le côté diablesse te sied à la perfection, me répondit-il. Si je n'étais pas un être pur, je me laisserais volontiers appâter.

— Oh, j'ai bel et bien l'intention de faire de toi un déchu, mon cœur !

— » Mon cœur », c'est nouveau ça, comme petit nom. Ça me plaît.

— On y va et après, on pourra être enfin seuls, tous les deux.

— Ne me tente pas, vile démone. Je resterai impassible.

— On verra bien tout à l'heure. J'ai envie de relever le défi.

La fête battait déjà son plein lorsque nous entrâmes. J'aperçus Valérie et nous nous faufilâmes jusqu'à elle.

— Bonsoir. Whaou ! Il y a de l'ambiance, m'exclamai-je.

— Salut, ma puce ! Tu arrives juste à temps.

— Je te présente Lucas. Lucas, voici Valérie, ma meilleure amie depuis que j'ai six ans.

— Enchanté. Alors, dis-moi ? Que fais-tu comme études ? demanda-t-il, ne sachant pas vraiment par où commencer la conversation.

— Je suis des cours de coiffure.

À cet instant, quelque chose d'étrange se produisit. Le regard de Valérie changea complètement lorsqu'elle croisa celui de mon copain. C'était comme si, d'un seul coup, je n'avais plus affaire à la même personne. Je n'en saisis pas tout de suite la raison.

Très vite, elle s'éloigna pour discuter avec d'autres filles et Lucas me laissa pour nous prendre à boire. Comme j'étais seule au milieu d'inconnus, mon malaise alla en grandissant.

Quelque chose clochait dans cette soirée. Je me sentais oppressée. Je me dépêchai de rejoindre Lucas pour lui dire que je voulais partir. Je savais que nous ne devions pas nous attarder ici plus longtemps. Cette fête risquait de mal tourner.

Cherchant à comprendre ce qui était à l'origine de l'attitude de Valérie à mon égard ainsi que ce qui avait transformé l'ambiance, je découvris qu'elle était en pleine conversation avec une blonde que je n'avais encore jamais vue. Aussitôt, elle ne m'inspira pas confiance. Dès les premières secondes, je ressentis une irrépressible aversion pour cette femme, alors que je ne l'avais jamais rencontrée et sa présence me glaça le sang. Quand elle m'aperçut, son expression changea, elle semblait me connaître et partageait mon hostilité. Ses yeux étaient chargés d'une colère et d'un dégoût qui m'étaient personnellement destinés.

Je ne lui ai jamais parlé auparavant, mais elle me méprise, cela ne fait aucun doute.

J'allais me retourner pour rejoindre Lucas, mais je n'en eus pas le temps. Il se dirigeait déjà vers Valérie et son amie. Cette dernière lui fit un grand sourire et le serra dans ses bras en m'adressant un regard victorieux par-dessus son épaule. Une fois encore, mes poumons refusèrent de fonctionner et je commençai à manquer d'air. J'avais l'impression de revivre éveillée l'un de mes cauchemars. Du moins, c'était ce que je ressentis. Je portai instinctivement mes mains à ma gorge, essayant en vain de faire lâcher prise aux doigts invisibles qui la comprimaient. Malgré moi, je m'avançai de quelques pas vers mon petit copain, j'avais besoin de m'éloigner des deux filles avant que les choses n'empirent et je ne voulais pas qu'il s'attarde non plus. Je n'avais aucune envie de l'abandonner avec elles. Mais il était déjà trop tard. Lorsqu'il se retourna vers moi, je sentis son regard vidé de toute expression, son esprit refermé. Il ne me reconnaissait plus. Que s'était-il passé ? L'un des spots lumineux éclaira son visage, j'y aperçus une trace de rouge à lèvres sur sa joue.

Elle a laissé sa marque, elle tentait de le contrôler sur lui.

Je savais que son changement d'attitude venait de cette poupée Barbie[16] grandeur nature, mais je ne comprenais pas comment elle s'y était prise pour provoquer une telle transformation dans son comportement en si peu de temps. L'inaccessibilité de leurs pensées me rendait extrêmement mal à l'aise. Je ne pouvais m'appuyer sur rien pour trouver mes repères dans ce revirement de situation.

Rien, à l'exception des regards hostiles de cette blonde.

Tout tournait autour de moi, je me sentais nauséeuse et j'avais besoin de quitter cet endroit au plus vite. Finalement, je pus franchir les quelques mètres qui me séparaient encore de Lucas.

— Est-ce qu'on peut partir ? interrogeai-je mon petit ami. Je ne suis pas à l'aise ici.

— Rentre si tu veux.

— Qu'est-ce que...

J'avais des difficultés à prononcer un mot de plus. Ses paroles me blessaient. Lui, qui avait semblé si enthousiaste à l'idée de la seconde partie de soirée, était devenu tel un étranger.

16 Barbie est une poupée de 29 cm commercialisée depuis 1959 par Mattel.

— Tu ne vas pas rester collée à moi ! ajouta-t-il en haussant la voix pour que tout le monde l'entende.

— Pourquoi me parles-tu comme ça ? ne pus-je m'empêcher de lui demander.

Le ton glacial qu'il employa me fit monter les larmes aux yeux.

— J'en ai marre de toi, d'attendre que tu arrêtes de jouer les vierges effarouchées. Dégage de là ! dit-il en me tournant le dos, assez fort pour que tous les invités se sentent mal à l'aise en croisant mon regard peiné.

Je pris aussitôt la fuite en pleurant, non sans remarquer le rire de la grande blonde près de lui. Elle était fière d'elle et se réjouissait d'avoir réussi son coup. Me retournant pour voir si Lucas réagissait à mon désarroi, je l'aperçus alors, elle l'enlaça de nouveau et l'embrassa de la façon la plus vulgaire possible.

— *Il est à moi cette fois, tu ne l'auras plus jamais !*

La Barbie cria ce message dans mon esprit, comme pour m'achever, un sourire triomphant sur les lèvres.

Une fois dehors, je pus enfin respirer un peu plus normalement. Perdue, je continuais à courir sans regarder où j'allais. J'eus besoin d'un long moment avant de prendre conscience qu'il pleuvait. Je n'avais pas pris le temps de récupérer mon manteau et j'étais trempée. Je finis par m'abriter sous un arrêt de bus. Le froid me faisait grelotter et les transports en commun ne circulaient plus à cette heure-là. Même dans le cas contraire, sans argent sur moi pour payer, je n'aurais pas pu monter dedans, car je le savais d'expérience que, dès que j'oubliais mon passe Navigo[17], j'étais contrôlée. J'essayai de joindre Déborah et Thomas, sans résultat. Ils étaient partis rendre visite à leur famille, tout comme mes parents.

Qu'est-ce que je vais faire ?

Quand je m'interrompis, je réalisais que j'avais couru dans la direction opposée à celle de mon domicile. De là où je me trouvais, il m'aurait fallu plus de deux heures de marche pour rentrer. Ma tenue détrempée par la pluie était devenue très inconfortable, sans ajouter le côté démone sexy qui était loin de passer inaperçu. Me promener comme ça, dans la rue, après l'agression que j'avais subie quelques semaines plus tôt, n'était vraiment pas une bonne idée…

L'absence de Lucas me perturbait tellement que je rejetai sans le vouloir toutes les tentatives de contact dans mon esprit. Je n'étais pas en mesure de rester à l'écoute, il n'y avait que les derniers mots de mon petit ami tournaient en boucle dans ma tête : « J'en ai marre de toi, d'attendre que tu arrêtes de jouer les vierges effarouchées ! Dégage de ma vue ! »

Quand le temps commença enfin à se calmer, je décidai de prendre sur moi et de marcher. Je me sentais désespérément seule. Depuis que je connaissais Lucas, j'avais toujours eu conscience qu'il était près de moi. Ce soir-là, un mur s'était dressé entre nous et la solitude m'avait envahie. Il m'avait appris à détecter son aura partout grâce à notre lien, mais même en l'appelant de toutes mes forces, je n'entendais

17 Un passe Navigo est une carte à puce sans contact, qui sert de support pour certains forfaits d'abonnement utilisables dans les transports en Île-de-France.

rien d'autre que ma propre voix. J'avais peur de ne jamais réussir à le retrouver.

Est-ce que c'est un mauvais rêve ?

Non, malheureusement c'était réel. Mon cauchemar avait pris vie et mon univers s'effondrait. Cette présence maléfique que j'avais ressentie depuis des semaines, c'était cette blonde. Aurais-je pu éviter ce drame si j'avais parlé à Lucas de mes doutes ? Je crois que je n'aurais jamais la réponse à cette question. De toute façon, on pouvait refaire le monde en se demandant sans cesse : « Et si ? » Cela ne me mènerait à rien.

Chapitre 13

Après trois quarts d'heure de marche, je m'apaisai légèrement. La fatigue m'aida à faire le vide, je pus alors ressentir une présence. Je m'y accrochai désespérément comme à une bouée de sauvetage en pleine tempête. Rien d'autre n'aurait pu m'empêcher de sombrer dans les ténèbres. La force que je percevais était réellement rassurante et enivrante ! Tel un papillon par une flamme, je me sentais attirée par celle-ci. Mon corps vibrait de plus en plus intensément à mesure que je me focalisais sur cette aura et m'en approchais. Je devais la retrouver. Qui que cela puisse être.

Regardant autour de moi, je remarquai un arrêt de bus à quelques mètres de là et m'y précipitai. Je me concentrai sur le plan qui y était affiché. Vidant mon esprit, je localisai ce que je recherchais près du centre commercial et m'y rendis aussi vite que possible. J'avais l'impression d'être un chasseur en quête de sa proie. Je suivis mon instinct et la traquai sans relâche. Au bout d'une heure, je fus devant un UGC[18]. Le bâtiment était immense et possédait de nombreux accès. À cette heure-là, les files d'attente étaient longues et les salles se remplissaient. Dans ma ville, le cinéma et les restaurants étaient les seules distractions ouvertes tard le soir. Il était ironique de constater que ce lieu était très animé à minuit alors que les bus, eux, arrêtaient de circuler en dehors d'un certain périmètre avant vingt-deux heures.

Je dois me concentrer. Où es-tu ? Qui es-tu ?

Je fixai mon attention sur les films à l'affiche. L'un d'eux venait tout juste de commencer et se distinguait sur l'écran indiquant la programmation. Lorsque j'avais vérifié le contenu de mon sac un peu plus tôt à la recherche de monnaie ou d'une carte de crédit, j'avais aperçu mon pass UGC et j'espérais qu'il restait encore une place à utiliser dedans. Au pire, je guetterais la sortie de la salle. Mais, heureusement, celle-ci n'était pas périmée et je pus prendre une entrée pour la séance que mon intuition m'avait soufflée. Je descendis l'immense escalier en fermant les yeux. Ce n'était pas prudent, mais je me concentrais beaucoup mieux de cette façon, mes dons remplaçant mon sens de la vue.

Une vague de chaleur m'envahit quelques marches avant de parvenir au premier rang. Gauche, droite ? À gauche, c'était une certitude. En les rouvrant, je découvris alors qu'un seul homme était assis de ce côté. Au moment où je m'installai dans le fauteuil le plus proche, il m'observa un moment puis reporta son attention sur les bandes-annonces qui débutaient, un sourire satisfait sur le visage. Mon attitude avait dû lui paraître bizarre : une jeune femme qui

---

18 Chaîne de cinémas proposant une programmation de sorties nationales, des avant-premières et des événements.

s'asseyait ainsi à côté de lui bien que beaucoup d'autres places soient disponibles, mais je n'avais aucune envie de le laisser m'échapper. Sa présence me rassura aussitôt, tout en me rendant nerveuse à la fois. Il dégageait une chaleur qui réchauffait mon corps et mon âme, comme dans mes songes, une sorte d'aura protectrice. C'était réellement étrange. Son magnétisme se ressentait avec bien plus de force à son contact. Le doute n'était pas permis, il s'agissait bien de l'inconnu qui m'avait sauvée de Yannick. Il s'agissait de celui dont j'avais rêvé à plusieurs reprises et qui m'avait consolé à la mort de mon grand-père. Il avait été d'un grand réconfort avant que mes cauchemars n'envahissent mes nuits, celui dont, jusqu'à présent, je n'avais jamais réussi à voir le visage.

Je n'avais pas fait attention au titre du film en achetant la place. C'était une histoire d'anges venus condamner l'humanité. Du moins, c'est ce que je compris en n'ayant que le son, puisque je passai l'intégralité de la séance à fixer mon voisin. Je voulais découvrir ses traits malgré la pénombre. Il était beau, et je ne me lassais pas de ressentir sa présence. À la fin, je restais assise avec lui pendant que le générique défilait à l'écran. Quand la salle fut vide et que les lumières se rallumèrent, je sursautai en constatant qu'il tournait la tête pour m'observer à son tour. Je ne sus pas quoi inventer pour justifier mon attitude. Le silence commençait à devenir embarrassant, mais comment expliquer que je l'avais cherché dans toute la ville ?

— Tu vas te décider à me parler ou bien nous devons regarder à nouveau le film ?

— Je...

— Allez, viens, je te paye un café. Tu es encore mouillée, tu dois être gelée. On dirait un chat de gouttière perdu.

Au moment où l'inconnu se leva pour sortir, je pus enfin l'admirer. Il était magnifique, mais le plus marquant était ses yeux. Ils m'envoûtaient bien plus que dans mes rêves.

Il devait avoir à peu près la trentaine, sans doute un peu moins. Il portait une barbe de quelques jours et sa stature était imposante. Ses cheveux étaient coupés court, brun foncé. Beaucoup de charisme émanait de son corps et le parfum qu'il dégageait était puissant et viril.

Il y avait un café ouvert plus d'une heure après la dernière séance dans les locaux du cinéma. Nous nous y installâmes et restâmes un long moment sans prononcer le moindre mot tandis que je buvais lentement mon chocolat chaud. J'avais peur d'être abandonnée une fois ma tasse terminée. Après tout, Lucas en avait été capable, alors comment pouvais-je en attendre davantage d'un inconnu ? Je recommençais à paniquer. Même si on m'avait déjà sauvé par le passé, Yannick hantait mes rêves. Je ne voulais plus me sentir seule, je devais dire quelque chose. Pourtant, j'avais l'impression qu'une étrange substance grouillait en moi et rongeait peu à peu mon âme fragilisée. Elle agissait sur moi comme un poison et avait remplacé la sensation de vide dans mon esprit laissée par la perte du lien qui m'unissait à Lucas. Si je n'arrivais pas à lui répondre, il finirait par partir et cette gangrène reprendrait du terrain en moi.

— Tu vas arrêter de te comporter comme si je voulais te manger ? gronda-t-il. Je ne te ferai rien, sauf si tu me demandes de me montrer plus téméraire. Mais vu ton état, je doute que tu y sois réceptive, surtout après ce que tu as vécu, l'autre soir.

— Quoi ? Qu'est-ce que...

Je demeurai un instant sans voix. Pourquoi me parlait-il de cela tout d'un coup ? Je ne m'attendais vraiment pas à ce qu'il évoque aussi ouvertement des événements où il avait dû sauver ma vie et j'en restais un moment stupéfaite. À ce moment-là, j'eus la certitude que, tout comme Lucas, il me ferait tourner en bourrique. Était-ce une condition sine qua non pour posséder des dons psychiques ? Mais repenser à lui, à sa façon de jouer avec mes nerfs pour que je sorte de mes gonds, me serra le cœur. Je percevais des points communs entre lui et cet inconnu.

— Tu viens te coller à moi au cinéma et maintenant tu n'assumes pas ? enchaîna-t-il avec un sourire en coin.

— Ce n'est pas du tout ça ! Pour qui me prenez-vous ?

— Pour une jeune fille curieuse à la recherche d'un homme capable de lui apprendre des choses. Je ne me suis pas présenté, je suis Aaron.

— Je... Cass... Je m'appelle Cassandre, bredouillai-je.

Le ton de sa voix était taquin. Il savait manier les mots. Sa phrase prouvait beaucoup de manières différentes. Mais Aaron, puisqu'il se nommait ainsi, avait conscience que je n'avais pas la tête à la bagatelle, cependant il n'avait pas réussi à s'empêcher de se moquer de moi en glissant des sous-entendus à peine voilés. Je piquai un fard. Je n'avais pas songé à l'impression qu'avait pu donner mon attitude en me comportant de cette manière. Pour être honnête, j'avais même oublié ma tenue provocante. Mes agissements pouvaient toutefois prêter à confusion. À cette pensée, j'imaginai ce qu'il pourrait m'apprendre, promenant ses mains sur mon corps et m'enseignant mille et une façons de prendre du plaisir et d'en procurer. Je sentis que mes joues s'empourpraient d'autant plus. Je perdais l'esprit. Comment pouvais-je envisager cela ? C'était un inconnu et je venais d'avoir le cœur brisé par Lucas...

— Allez, arrête de rougir ! Tu veux manger quelque chose ? Tu sembles vraiment avoir passé une mauvaise soirée. Je vais finir par croire que c'est une constante chez toi.

— Euh... Oui, merci.

Aaron appela la serveuse et lui demanda une crêpe sucrée avec de la glace, de la chantilly, des fruits et des amandes grillées. Tout ce que j'aimais. Celle-ci refusa la commande sous prétexte qu'il n'y avait plus de pâte prête et que le cuisinier était sur le point de partir, mais Aaron obtint le dessert grâce à ses magnifiques yeux. En l'observant, je compris qu'il en avait l'habitude et qu'il profitait sans vergogne de son charme naturel ainsi que de ses dons. Contrairement à moi, il ne se contentait pas de lire les pensées, il les manipulait aussi. Même moi, j'aurais cédé aux désirs de cet homme au regard ravageur. Je me serais soumise à toutes ses envies avec plaisir tout en sachant que sa belle gueule n'aurait pas été la seule responsable de mes actes. Aaron pouvait essayer de m'envoûter, j'étais déjà une victime consentante.

En fermant les paupières, je tentai de le sonder. Il sembla percevoir mon approche alors que je frôlais son esprit et je n'osai pas aller plus loin dans mon expérimentation. Lucas n'avait jamais rien senti quand je cherchais quelque chose en lui. J'avais toujours eu la discrétion d'un chat pour cela. Pourtant, il m'avait remarquée. Aaron resta silencieux. Il était puissant et troublant à la fois et me regardait avec intensité.

— Vous faites souvent ce genre de chose ? Je veux dire profiter de vos dons pour attirer de jeunes et jolies filles ?

— Voyez-vous ça ! Mademoiselle joue les offensées après avoir hurlé pendant près d'une heure pour qu'on ne la laisse pas seule... Sans oublier que tu n'as même pas pris le temps de me remercier pour mon aide, l'autre fois.

— Je... euh...

Que pouvais-je répondre à ça ? Il faisait clairement référence à la tentative de viol et au fait qu'il m'avait sauvée. Encore maintenant, il m'avait guidée jusqu'à lui en sentant mon désarroi. Ce jour-là, j'étais partie comme une voleuse après que Yannick m'eut agressée. Sans mon témoignage, Aaron aurait pu aller en prison pour coups et blessures si la police l'avait arrêté... Où avais-je eu la tête ? Certes, je ne voulais pas m'exposer, mais j'aurais dû penser à celui qui m'avait porté secours. Pourtant, j'avais écouté Lucas et fuis mes responsabilités...

— Je suis désolée... je ne pouvais pas rester. Je n'aurais pas pu répondre aux questions... Merci, sans vous je n'aurais...

Je m'interrompis, incapable de finir ma phrase.

— Et pour ce soir...

Les souvenirs de la tentative de viol que j'avais subie remontèrent à la surface, me faisant perdre le fil du temps, et une boule se forma dans ma gorge. Je refusais d'évoquer ce qui s'était passé dans cette pièce sombre. Le regard qu'Aaron posa sur moi, à ce moment-là, me détendit tout de suite. Il n'avait parlé de ces événements que pour me sortir de mon silence et lorsqu'il constata que j'avais de nouveau le contrôle de mes émotions, Aaron reprit la conversation :

— Tu ne sembles pas encore m'avoir reconnu.

— Que voulez-vous dire par là ?

— Je m'expliquerai une autre fois. Il est trop tôt pour avoir cette discussion. En attendant, que cherches-tu ? Tu dois bien avoir une raison pour être venue jusqu'à moi, aujourd'hui, et avoir commencé à me sonder. Je te remercie d'ailleurs de ne pas être allée jusqu'au bout. Je n'aimerais pas avoir à effacer notre petit tête-à-tête de ta mémoire.

— Pourquoi feriez-vous cela ?

— Je n'apprécie pas que l'on essaye de savoir des choses sur moi que je n'ai pas décidé de dévoiler. Jusqu'à présent, tu es la seule qui ait repéré ma présence ici malgré les précautions que j'ai prises.

— Je n'ai rien fait de particulier pour en arriver là. Mais ce soir, je me sentais très mal et, tout d'un coup, votre aura s'est imposée à moi. Je... vous ai cherché dans toute la ville pour vous retrouver... Mince, je ne comprends même pas pourquoi je me suis comportée comme ça ! Vous allez croire que je suis une folle hystérique, maintenant.

— Tu dois bien avoir conscience que si je le veux, je découvrirai tout ? Ça serait plus agréable pour toi que tu me l'expliques. Pourquoi m'avoir cherché ?

J'hésitai un moment, ne sachant pas ce qui serait le plus douloureux pour moi : lui parler ouvertement de ma situation de vive voix ou le laisser fouiller ma tête. Je choisis le compromis. Après plusieurs respirations visant à faire le vide et à me concentrer, je lui envoyai les bribes d'informations directement, sous la forme d'images et de sensations. Aaron n'avait pas besoin de connaître tous les détails, et ainsi, je n'aurais ni à m'exprimer ni à craindre qu'il n'en apprenne trop sur moi. Son visage se figea subitement, comme si je lui avais fait mal. Je n'avais pas eu envie de le faire souffrir, j'étais juste censée lui transmettre une partie de mes souvenirs. Sa réaction me sembla extrême, à moins qu'il n'ait ressenti mon état psychologique en même temps. Il ne devait pas me penser capable d'un tel transfert mental et son esprit protestait contre cette intrusion. Je le sentis dresser des barrières de protection contre le déferlement de mes émotions. Je les avais accumulées depuis mon agression et elles resurgirent violemment sans que je m'y attende.

— Je vois, ton histoire n'est pas simple.

— Ça ne l'est jamais.

— Je crois que je n'ai jamais été témoin d'une situation comme celle-ci, je n'ai aucune idée de ce qui arrive à ton... Lucas, dit-il avec un moment de flottement. Mais je vais essayer de t'aider à t'en sortir. Tu as le don de te mettre dans une position délicate. Si seulement, je t'avais trouvée plus tôt, j'aurais pu t'éviter tout cela. Ce gosse a toujours eu un talent particulier pour m'énerver. Il n'a jamais su te protéger. Tu mérites tellement mieux...

Il suspendit sa phrase, comme s'il avait réalisé qu'il en avait trop révélé, mais je devais me concentrer sur tellement de choses que je ne relevai pas son hésitation. Ce n'est que bien plus tard, en y repensant, que je finis par me rendre compte qu'il avait failli tout me raconter, ce jour-là.

Je le sentais prêt à m'aider. Aaron voulait me voir heureuse. C'était une certitude, mais son appui ne consisterait pas à faire revenir mon petit ami. Il songeait à une autre forme de soutien. Malgré les barrières mentales qu'il avait dressées autour de lui, il laissait s'échapper une aura de désir qui s'intensifiait chaque fois qu'il posait les yeux sur moi.

Arriverais-je un jour à faire abstraction de tout ce que j'avais vécu avec Lucas, le bon comme le mauvais ? Resterait-il indéfiniment ainsi, telle une coquille vide ? Et si c'était le cas, pourrais-je l'oublier dans les bras d'Aaron ? Dès l'instant où j'avais pris conscience de la chaleur dans les regards d'Aaron, j'avais eu envie de m'abandonner à lui. C'était une réaction étrange. Je venais à peine de perdre mon petit ami, pourtant, mon corps et mon cœur répondaient à la présence d'un autre homme. Pourquoi ? Était-ce parce que je me sentais trahie ? Je savais que Lucas n'était pas responsable de ses derniers agissements, mais il m'avait fait souffrir et j'allais devoir le croiser chaque jour en cours. Cela risquait d'être l'enfer. Cependant, je reprenais confiance. Avec l'aide d'Aaron, j'arriverais à me reconstruire et à avancer.

Peut-être est-ce parce que j'ai rêvé de lui, nuit après nuit, au point de développer un lien puissant.

Lorsque le café avait fermé ses portes, nous nous étions rendus dans un parc, et assis sur un banc, nous passâmes de nombreuses heures à discuter tranquillement. Aaron enseignait le kendo[19] dans un dojo en ville et était propriétaire d'un club à la mode où il officiait comme barman. Avec son bagout, je ne doutais pas une seconde qu'il soit le genre à sortir tous les soirs avec une cliente, ou deux, au bras. Et qu'il soit étranger au succès de son établissement.

À la façon dont je buvais ses paroles, il aurait pu tout obtenir de moi, mais, pourtant, en gentleman, il ne tenta rien, me laissant perdue dans mes pensées. Il agissait probablement ainsi à cause des émotions

19 Le kendo (voie du sabre) est la version moderne du kenjutsu, l'art du sabre pratiqué autrefois au Japon par les samouraïs.

que je lui avais transmises. Elles avaient stoppé le séducteur dans son élan et son côté protecteur avait pris le dessus, mais il ne tarderait pas à revenir à la charge et je devais m'y préparer. Ce serait très difficile de lui résister. À bien y réfléchir, je fus certaine de ne pas en éprouver l'envie.

Il y avait quelque chose chez cet homme qui me captivait. Cependant, je n'étais pas prête pour tout cela et j'espérais qu'il m'accorde le temps de mettre de l'ordre dans ma vie avant d'envisager quoi que ce soit d'autre.

Il me raccompagna chez moi sur une belle moto sportive noire. Il n'y avait rien à redire, ce mec avait la grande classe. C'était réellement surprenant pour un simple professeur d'art martial. Je doutais que ce genre d'emploi lui permette de se payer une telle bécane, mais après tout, je devais me souvenir qu'il était propriétaire d'un club à la mode. À y regarder de plus près, même ses vêtements provenaient de magasins de haute couture.

À mon avis, il ne m'a pas tout raconté.

Nous avions discuté jusqu'à l'aube et le soleil commençait à se lever lorsqu'Aaron me déposa devant mon domicile. Il me confia sa carte de visite afin que je l'appelle si j'en ressentais le besoin, mais il ne fallait pas être devin pour savoir qu'il espérait surtout que je le fasse parce que j'en avais envie.

Je rentrai alors à pas de loups dans ma maison pour ne déranger personne, j'avais prévenu que je ne serais pas là de la nuit, cela n'étonnerait donc personne que je dorme jusqu'à midi. En m'écroulant dans mon lit, j'essayais de faire le point sur les événements qui venait de se dérouler. Je me sentais impuissante face à ma situation actuelle. Si Lucas avait vraiment effacé tous les souvenirs que nous partagions, de mon côté, je n'avais pas fini d'en souffrir. Nous étions le premier novembre, le jour des Morts et je pleurais la perte de celui qui m'avait fait vivre ma première histoire d'amour.

Ma rencontre avec Aaron sera-t-elle suffisante pour m'aider à avancer ? Comblera-t-il le vide que je ressens ? Et qu'a-t-il voulu dire plus tôt quand il avait déclaré : « Ignores-tu toujours qui je suis ? »

J'étais bien trop épuisée pour trouver les réponses à ces questions et je ne pus m'empêcher de m'appesantir sur mon triste sort et ne m'endormis qu'une fois le flot de mes larmes tari.

Chapitre 14

En reprenant le lycée en début de semaine suivante, j'appréhendais la fin de la journée, car j'avais un cours de comptabilité. L'idée de m'asseoir à côté de Lucas, alors qu'il était devenu un parfait étranger pour moi, me retournait l'estomac. J'avançai en ayant l'impression de me déplacer à reculons, un pas en avant, deux en arrière. Pourtant, j'atteignis la grille. Là, je vis Nicolas. Il semblait m'attendre et je l'entendis m'interpeller dès qu'il m'aperçut.

— Salut, ça va ? m'interrogea-t-il, même si, dans son regard, je pouvais lire qu'il savait que ma réponse serait négative.

— Ne me demande pas ça, le suppliai-je.

Comment lui expliquer l'étendue des dégâts ? Qu'une Barbie diabolique avait lobotomisé son meilleur ami ? Je ne pouvais pas. Constatant que mes yeux s'emplissaient de larmes, il m'attira à lui.

— Et mince, ne craque pas ! Viens par ici. On pourra parler, tous les deux.

— Il...

— OK. Tu n'as pas besoin de m'en dire plus. Je l'ai croisé hier avec une nana blonde. Mais quel idiot !

— Je ne comprends pas comment c'est possible, mais d'un coup, c'était comme si je n'existais plus pour lui.

— Je n'arrive pas à savoir ce qui a pu passer par la tête de Lucas, alors que vous étiez si bien ensemble. Ça ne lui ressemble vraiment pas.

Il me prit dans ses bras pour me consoler.

— Je vais discuter avec lui. Il te doit au moins une explication. Il ne s'en tirera pas à si bon compte. Et la fille, est-ce que tu la connais ?

— Je l'ai aperçue qui parlait à une de nos camarades un peu avant qu'elle le salue... Enfin, quand cela s'est produit. Mais j'ignore qui elle est, j'ai seulement eu l'impression qu'elle m'était très hostile.

Les cours allaient commencer. Déborah nous rejoignit.

— Déborah, tu n'as pas encore rencontré Nicolas, le meilleur ami de Lucas.

— Non, en effet, juste de vue. Tu diras à ton pote de ma part que c'est un imbécile ! déclara-t-elle en le toisant.

— Euh... enchanté, du moins, je crois, répondit Nicolas. Pour Lucas, j'ai déjà tenté de le faire. Je vous abandonne les filles. Je dois aller à l'autre bout du campus. Je vais avoir des soucis si je ne me dépêche pas. Courage, Cassandre.

Je me demandai comment Déborah avait appris mes déboires du week-end, puis je me rappelai lui avoir laissé un message larmoyant pendant que j'attendais que la pluie s'interrompe sous l'arrêt de bus. Cela m'était complètement sorti de la tête après que j'ai rencontré Aaron, j'avais oublié mon téléphone sur mon bureau déchargé sans même me préoccuper du fait que l'on puisse chercher à me contacter ou non.

Déborah resta près de moi toute la journée, me soutenant chaque fois que j'apercevais Lucas. Mais je ne réussis pas à pénétrer dans la salle où nous avions cours de comptabilité. Je ne pouvais pas me retrouver assise à côté de lui. En me voyant sur le point de défaillir, mon amie me stoppa et me força à m'accroupir contre le mur avant d'interpeller notre professeur.

— Monsieur Gimenez, appela-t-elle.

— Oui, mademoiselle Delage ? Dépêchez-vous, on doit commencer.

— Monsieur, je crois qu'elle ne va vraiment pas bien. Est-ce que je peux l'amener à l'infirmerie ? Je ne serai pas longue.

— En effet, vous êtes toute blanche, jeune fille. Revenez dès que possible. Et je veux un mot signé à votre retour.

Une fois à l'abri dans la petite officine, Clara me donna plusieurs sucres pour que je les laisse fondre sous ma langue afin de faire reprendre quelques couleurs. J'étais épuisée et je n'avais pas mangé depuis un moment. Lorsque je bus une gorgée d'eau dans le verre qu'elle m'avait tendu, je m'aperçus dans un miroir accrocher au-dessus d'un lavabo. J'étais livide.

— Depuis quand n'as-tu rien avalé, ma chérie ?

— Je ne sais plus, samedi midi, peut-être. Non, j'ai bu un chocolat chaud, le soir, et grignoté une crêpe aussi.

— Une crêpe en quatre jours ? Mais tu es complètement folle, tu ne peux pas infliger ça à ton corps.

— Il y avait de la crème chantilly, des fruits et des amandes dessus, bredouillai-je.

J'étais pathétique et Clara leva les yeux au ciel. Tout le monde n'arrêtait pas de me dire que les choses s'arrangeraient, que je devais me montrer forte et que Lucas n'avait pas pu m'oublier comme ça, d'un seul coup. Comment leur expliquer que c'était pourtant le cas ? Que cela ne s'était pas produit comme ça. Que quelqu'un lui avait fait occulter tout ce que nous avions partagé...

Je ne dois pas abandonner, il doit bien y avoir un moyen pour qu'il redevienne lui-même.

Lorsque Clara me permit de sortir de l'infirmerie, ce fut pour me faire rentrer chez moi. Son verdict était sans appel, je n'étais pas en état de reprendre les cours. À cet instant, je ressentis le besoin d'être auprès d'Aaron, je voulais lui demander de m'aider à trouver une solution. Mais je résistai à cette pulsion et je finis par obéir aux consignes qu'on m'avait données en retournant me réfugier dans ma chambre.

Durant quelques semaines, j'avais continué ainsi, Déborah m'avait énormément soutenue et, peu à peu, j'avais réussi à aller en classe et à endurer l'intégralité de mes cours. Mais je fonctionnais comme un zombie, en suivant l'expression métro, boulot, dodo. Je n'éprouvais aucun sentiment. Je voyais Lucas évoluer naturellement parmi les autres. Il discutait avec tout le monde, sauf avec moi, m'ignorant royalement et faisant comme s'il n'y avait jamais rien eu entre nous.

C'était à peine s'il ne demandait pas à nos camarades pourquoi l'une de ses camarades n'arrêtait pas de pleurer dès qu'elle le croisait. Mais j'essayais de me montrer forte. Je serrais les poings et j'avançais en évitant son regard pour ne pas y lire que je n'existais plus à ses yeux.

Tous les jours, je composais le numéro d'Aaron avant de l'effacer. Je refusais de l'enregistrer, car, si je le faisais, je pourrais céder trop facilement à la tentation de l'appeler, mais à force de le faire, j'avais fini par l'apprendre par cœur.

Je n'avais eu aucun contact avec lui depuis notre soirée au cinéma, cependant, toutes les nuits, il me rejoignait dans mes rêves, comme il l'avait déjà fait à de nombreuses reprises avant notre rencontre. Sa présence me réconfortait et chassait le poison qui envahissait mon âme par le biais de mes cauchemars. Grâce à lui, j'arrivais à dormir et à retrouver peu à peu mes forces. J'attendais avec impatience le moment où je le reverrais dans mes songes, comme s'il s'agissait d'un rendez-vous.

Après un mois, rattrapée par mes émotions, je fus sur le point de craquer. Mais avant même d'avoir l'occasion de recommencer mon petit manège en saisissant mon téléphone après les cours, je perçus son aura aux abords de l'établissement. Il se tenait là, à la sortie du campus, dans un costume sombre avec une chemise noire et s'était posté près d'une voiture de sport rutilante.

Dieu qu'il est beau ! Mince, je n'ai pas pensé ça, quand même ?

Le sourire qui se dessina aussitôt sur ses lèvres prouva que, malheureusement, il m'avait entendu. Je devais apprendre à faire attention. Il me fallait créer des barrières pour protéger mon esprit.

Bizarrement, je voulais sentir le regard de Lucas peser sur nous. Jusqu'à maintenant, il avait toujours été extrêmement jaloux lorsqu'un garçon me parlait. Mais à cet instant, il ne montra aucune réaction en nous voyant. Aaron, qui venait de le remarquer, se concentra sur lui. Je percevais facilement l'aura d'Aaron. Elle s'étirait pour atteindre mon ex et le sonder, comme je l'avais fait instinctivement à notre rencontre. Comme il ne décela aucune trace d'intérêt pour moi en Lucas, il profita de la situation et m'embrassa sans que nous ayons échangé la moindre parole. Malgré ma stupéfaction, je le laissai faire. Quelque part au fond de moi, j'espérais que cela provoquerait quelque chose en lui, mais sans succès. Je mis, cependant, plus de temps que nécessaire pour mettre fin à ce baiser surprenant et me dégager de son étreinte. Je voulais m'accrocher à lui, car il constituait le dernier rempart, celui qui empêchait la folie de m'envahir.

Sans parler du feu intérieur qu'il avait éveillé en moi.

Après quelques instants, je sentis la présence de Déborah. Elle s'approchait de nous. Je pris mes distances avec lui sans ménagement, croisant les doigts pour qu'elle n'ait pas eu l'occasion de voir ce qui venait de se passer. Elle me soutenait énormément depuis ma rupture et je ne l'imaginais pas comprendre ce qui me poussait à embrasser un homme que je connaissais à peine alors que je pleurais sur mon cœur brisé quelques heures auparavant. Il sembla se vexer, mais, après tout, il n'avait pas à profiter de la situation. Je ne lui avais pas demandé de débarquer ici, encore moins qu'il m'enlace comme il l'avait fait.

Mais je devais admettre que je mourais d'impatience de renouveler l'expérience. Plus tard...

Je fis signe à Déborah lorsque nous nous retrouvâmes dans son champ de vision.

— Déborah, je te présente Aaron. Je l'ai rencontré à Halloween.

— Enchanté, dit-il. J'allais proposer à Cassandre de venir prendre un verre avec moi dans un café. As-tu envie de te joindre à nous ? l'invita-t-il sans se départir de son sourire.

Mon amie le regarda d'un air perplexe. Jusqu'à maintenant, j'étais restée silencieuse sur les événements du week-end de la Toussaint. Nous n'avions pas évoqué ce qui s'était passé après mon départ de la fête organisée par Valérie. Elle percevait Aaron comme une menace et je vis les rouages de son cerveau se mettre en branle. Elle imaginait déjà qu'il m'avait fait du charme durant la soirée et que Lucas et moi traversions tout simplement une énorme crise de jalousie où il avait décidé de m'ignorer royalement.

— Pourquoi pas ? répondit elle. Je suis curieuse de faire votre connaissance.

Elle insista sur le vouvoiement, afin de montrer ouvertement son scepticisme. Elle ne lui faciliterait pas les choses et, étrangement, cela me rassura. S'il réussissait à la convaincre, je pourrais réellement m'appuyer sur Aaron. Le jugement de mon amie était fiable.

— Alors, allons-y.

Aaron n'avait rien ajouté, ne voulant pas entrer en conflit frontal. Il avait toutefois relevé, je le savais, que Déborah ne l'accepterait pas immédiatement comme l'un de mes amis. Je devrais peut-être lui dire qu'il était l'homme qui m'avait sauvée lors du concert. Mais cette histoire était encore trop douloureuse dans mon esprit pour que je puisse aborder le sujet de vive voix sans me sentir aussitôt mal. Je décidai d'envoyer un texto à Deb pendant que nous nous trouvions sur la route pour la prévenir discrètement. Dans le rétroviseur, je vis son expression se transformer au fur et à mesure de sa lecture, affichant tour à tour de l'hostilité, de la stupeur pour finir par un masque impassible. Elle tentait de ne pas montrer à quel point elle était dubitative.

Aaron, toujours égal à lui-même, nous conduisit au centre-ville et nous paya des cafés accompagnés de viennoiseries. Je m'étonnai de constater à quel rythme il passait d'une vision de moi à une autre. Pour lui, j'étais à la fois une maîtresse potentielle et une gamine écervelée à laquelle il offrait des friandises. Mais cette fois, ça m'arrangeait. Mon amie n'aurait pas compris l'alchimie qui circulait entre nous. Moi-même, je n'y arrivais pas. Elle avait pourtant déjà été témoin d'un phénomène similaire avec Lucas. Déborah le trouvait arrogant et, à ses yeux, cela lui ôtait tout le charme qu'il aurait pu avoir. L'expression amusée qu'Aaron affichait me permit de prendre conscience qu'il savait exactement ce qu'elle éprouvait à son égard et qu'il faisait exprès de l'agacer. Il tira profit du fait qu'elle se soit attardée devant une vitrine pour m'attirer à lui et me dire d'une voix rauque qui déclencha des frissons sur tout mon corps :

— Pour cette fois, j'accepte d'être un gentil garçon, mais la prochaine…

Voyant que Déborah se rapprochait, il ne termina pas sa phrase et s'éloigna. Je n'avais pas besoin d'en entendre davantage. La chaleur de son souffle près de mon oreille avait suffi à ce que la température monte entre nous et à rendre moites certaines parties de mon anatomie.

—*Je ne veux pas ressentir ça. Arrête tout de suite, je n'ai vraiment pas la tête à ça !* lui intimai-je mentalement.

L'ordre fut si violent qu'il recula d'un pas, comme si je l'avais frappé. Mais très vite, un sourire réapparut sur son visage. Aaron adorait les défis et venait d'en trouver un de taille : me pousser à oublier mon passé avec Lucas et m'encourager à me retrouver dans ses bras... Mais il n'avait pas l'intention de me laver le cerveau. Cet homme aurait pu facilement manipuler mes émotions. Il aurait tout simplement pu faire comme Yannick s'il n'avait eu aucun respect pour moi. Avec la puissance de son esprit, cela ne faisait aucun doute. Mais Aaron souhaitait obtenir bien plus, il voulait que je succombe à son charme.

J'avais ressenti quelque chose de similaire avec Lucas, ce désir de me posséder et que je finisse par tomber amoureuse de lui. Mais alors qu'avec mon ex-petit ami, j'avais sans cesse eu besoin de me retenir, avec Aaron, j'avais envie de me jeter dans le grand bain et de profiter de toutes ces émotions. Je craignais surtout d'aller trop vite. Je n'éprouvais pas les mêmes scrupules qu'avec Lucas, au contraire. Mais ma seule résistance venait du fait qu'on ne me comprendrait pas si je tournais la page ainsi.

Chapitre 15

Finalement, nous ne pûmes parler de Lucas. Déborah ne voulut pas me laisser seule avec Aaron. Après nous être promenés pendant plus de deux heures, il renonça à se débarrasser d'elle. J'appréciais qu'il n'ait pas tenté de manipuler son esprit pour qu'elle parte ou qu'elle l'accepte sans broncher. Mais il avait cherché par tous les moyens « classiques » à l'agacer.

Nous nous trouvions devant une petite boutique de lingerie fine.

— Et si l'on entrait ? Venez, les filles ! Je vous offre ce qui vous plaît. Je suis d'humeur généreuse aujourd'hui, surtout avec deux belles jeunes femmes comme vous, insista-t-il lourdement dans le seul but de faire tourner en bourrique mon amie et m'arracher un rire.

— Tu ne veux pas aussi qu'on te fasse un défilé pendant l'essayage ? réagit Déborah.

C'était déplacé, mais elle commençait à comprendre qu'il jouait avec ses nerfs depuis le début de notre balade pour me détourner de ma peine. L'opinion qu'elle se faisait de lui évoluait peu à peu. Je pouvais le lire en elle. Elle appréciait les efforts qu'il déployait pour que j'oublie Lucas et avait du mal à cacher son petit sourire en coin.

— C'est justement la condition pour que vous repartiez les bras chargés de cadeaux, répondit-il.

Il n'est vraiment pas sortable.

Je trouvai toutefois sa proposition très alléchante : faire le plein de lingerie pour avoir défilé en sous-vêtements devant un homme très sexy ! J'aimais surtout l'idée qu'il m'observerait les yeux chargés de désir. Je voulais qu'il ne pense plus à l'étudiante et ne voie plus que la femme en moi. Mais Déborah ne l'entendait pas de cette oreille.

L'ambiance devenait électrique entre Aaron et moi. Pourquoi mon corps réagissait-il ainsi au regard brûlant qu'il braquait sur moi ? Il me semblait que tout ce qui s'était passé avec Lucas n'était rien en comparaison.

Mais j'avais assez de soucis comme cela et je les entraînai loin de la boutique, presque en courant. Je devais mettre un terme à cette discussion et à ce qu'elle suscitait en moi.

Subitement, je trébuchai alors que je marchais sur un trottoir parfaitement lisse. Aaron me rattrapa d'une main avant que je ne percute le sol. Pendant un instant, je sentis qu'une très forte colère était dirigée contre lui sans pouvoir discerner sa provenance. J'eus l'impression étrange qu'on lui reprochait de ne pas m'avoir laissée tomber et, à bien réfléchir, c'était comme si l'on m'avait poussé…

D'où est-ce que ça vient ? Pourquoi quelqu'un voudrait-il que je souffre ?

Je fus alors prise de tremblements en reconnaissant la présence négative de mes cauchemars et de la soirée d'Halloween. C'en était trop pour moi, des larmes coulèrent le long de mes joues sans que je ne puisse les retenir. J'étais désemparée et à bout de nerfs. La haine qu'elle me vouait me brûlait la peau.

Aaron avait lui aussi perçu l'intention de me nuire. Il fit rempart de son corps pour contrer cette menace invisible. Déborah, qui observait la scène, ne comprit ni mes pleurs ni la réaction d'Aaron. Après tout, je ne m'étais pas fait mal. Nous nous immobilisâmes tous les trois, sans dire un mot.

— *Il ne pourra pas être avec toi tout le temps, tu finiras bien par rester seule et je serai là pour en profiter.*

Cette voix dans ma tête me glaça le sang. Aaron n'était pas venu devant le campus uniquement pour me séduire, je n'en prenais conscience que maintenant. Il voulait me protéger et, en attendant pour l'appeler, je m'étais exposé au danger. Certes, il me désirait, cela ne faisait aucun doute, mais son souci principal consistait à me préserver de toutes sortes d'attaques. Encore une fois, il endossait le rôle du sauveur. À cet instant, Aaron m'apparut sous les traits d'un chevalier en armure, quelqu'un qui n'obéissait à aucun ordre, mais suivait le code d'honneur qu'il s'est fixé. J'avais la sensation d'être sur le point de me souvenir d'une information essentielle. Cette vision de lui sous cette cuirasse était tellement précise que je pouvais distinguer tous les détails de la gravure sur son bouclier qui représentait des dragons entrelacés.

Des bruits de pas nous tirèrent de notre immobilité. À quelques mètres de nous, un petit groupe franchit le coin de la rue. J'en reconnus deux sans avoir besoin de les voir. Le son de leurs voix m'atteignit aussi sûrement que des couteaux plantés dans mon cœur. Ils se trouvaient à une faible distance.

Idiote, rappelle-toi la « règle numéro un ». Lucas est toujours là où l'on ne l'attend pas...

Lucas passa sans me remarquer, discutant de tout et de rien. Avec lui, je repérai Valérie, qui m'ignora complètement. Elle était subjuguée par l'aura de la troisième personne. La grande blonde. Cette garce ne nous lâchait pas du regard et ne desserrait pas les dents de colère.

Le pressentiment que j'avais eu concernant ma relation avec Valérie prenait vie devant mes yeux. Elle n'avait pas choisi de me trahir, mais elle suivait aujourd'hui quelqu'un qui voulait me briser. Après un instant, j'eus la certitude que la Barbie avait le don de manipuler les esprits, comme Yannick ou Aaron. Cela expliquait les changements de comportement de Lucas et de mon amie.

Aaron se tenait dans une position défensive et Déborah les dévisageait, tendue elle aussi. Elle savait que Lucas m'avait quittée, mais je n'avais pas parlé de la fille vers laquelle il s'était tourné. Ni du fait que Valérie m'avait rejetée également.

— Tu es un idiot insensible ! lui cria Déborah en plein milieu de la rue.

Tous les passants braquaient leur regard sur nous et la blonde rigola en voyant l'attitude farouche de Deb.

— Pour qui te prends-tu pour me dire ça ? répondit Lucas.

— Je croyais que tu étais quelqu'un de bien ! Mais bon sang, n'as-tu pas conscience du mal que tu lui fais ? hurla-t-elle pour s'assurer qu'il saisisse ses paroles malgré les bruits de la circulation et la distance qui nous séparait encore. Ça fait un mois que je me retiens de te secouer pour te remettre les idées en place.

— À qui ? demanda-t-il, sincèrement surpris par sa question.

En entendant ces mots, j'eus l'impression que l'on m'arrachait le cœur. À Halloween, Lucas s'était montré cruel lorsqu'il m'avait quittée, mais maintenant, il ne se souvenait plus du tout de moi. C'était comme si j'étais devenu totalement invisible à ses yeux.

— Tu dois être Lucas ? l'interrogea Aaron qui me tenait toujours par le coude. Tu sembles avoir oublié comment on traite une femme. Tu n'es qu'un gamin. Je ne sais pas pourquoi elle te pleure, tu ne la mérites pas.

Lucas se figea. Il se considérait comme quelqu'un de bien. Par sa remarque, Aaron l'avait blessé dans son orgueil. Même s'il ne se souvenait pas de moi, il ne pouvait pas accepter qu'on le perçoive comme un goujat.

— Tu ne me connais pas, répliqua-t-il. Tu crois que ça ne me fait rien de voir cette fille en larmes ? Je ne comprends même pas pourquoi elle chiale à chaque fois qu'elle me croise.

— Comment tu as pu oublier ce que vous avez vécu, tous les deux ? intervint Déborah. Tu es tombé sous son charme dès que tu l'as aperçue !

Elle l'aurait secoué par le col si elle l'avait pu. Elle ne savait pas que pour moi il n'avait pas été question de grands sentiments. Je ne lui avais pas tout raconté et je le regrettais en entendant sa réaction. Pour moi, Lucas avait représenté plus qu'un petit ami. Il avait été mon premier amour et m'avait fait découvrir tant de choses sur mes capacités.

— Je pense que je me rappellerais un truc comme ça, dit-il, penaud.

— Laisse-les, mon chéri ! Tu n'as pas à te soucier d'eux.

Je reconnus immédiatement la voix qui m'avait menacée quelques minutes auparavant. Cette fille était décidément une vraie garce.

— Mais, Jennifer, je ne vais pas leur permettre de m'accuser sans aucune raison ! protesta Lucas.

Elle resserra sa main et il n'ajouta plus un mot alors qu'il cherchait à se rebeller un instant plus tôt. Elle en faisait tout ce qu'elle voulait.

— Tu n'es plus rien pour lui, même pas un souvenir, cracha-t-elle. Tu devrais savoir que je gagne toujours contre toi. Cette fois, j'ai trouvé une façon de te faire encore plus souffrir que de tuer ceux à qui tu tiens. Tu vas les voir partir vers moi, les uns après les autres. Ils ignoreront qui tu es.

— Tu oublies une petite chose, Blondie. C'est qu'elle n'est pas seule. Je ne suis pas aussi influençable que ta copine, répondit Déborah en désignant Valérie du doigt.

— Hé, je...

Valérie n'avait pas pu finir sa phrase. Jennifer, puisqu'elle s'appelait ainsi, l'avait stoppée dans son élan d'un geste.

— Tu crois qu'une personne comme toi peut me résister ? rétorqua-t-elle à Déborah. Si lui n'a pas réussi avec ses capacités, alors tu n'as aucune chance face à moi. Tu n'es qu'une fille banale.

Elle venait de confirmer ce que j'avais deviné depuis la perte de Lucas. Lorsqu'elle l'avait manipulé, elle savait qu'il faisait partie des « autres », comme moi-même. Et mon instinct me disait qu'elle en faisait partie aussi, mais une face cachée de ce groupe étrange, noire et maléfique, à l'image de cette Barbie et de Yannick... S'en était-il pris à moi pour les mêmes raisons ?

— Tu n'as aucune importance. Tu es insignifiante, ajouta-t-elle. Tu peux rester près d'elle, ça ne la protégera pas.

Je ne pouvais pas lui permettre de la traiter comme cela. Tous mes amis comptaient à mes yeux...

— Laisse cette garce penser ce qu'elle veut, sinon cette peste s'attaquera à elle.

Aaron n'avait prononcé aucun mot. Mais en voyant le visage de Déborah se détendre, je compris qu'il venait de prendre contact avec son esprit comme avec le mien et qu'il lui expliquait pourquoi je n'avais pas contredit cette fille. Ou du moins, c'était ce que j'espérais. Il aurait très bien pu tout simplement lui faire oublier les paroles de Jennifer ou le lien qui l'unissait à moi... Les possibilités étaient infinies. Mon protecteur avait, d'une façon ou d'une autre, agi pour contrer la réaction violente que Déborah aurait naturellement dû avoir. Je devais me concentrer sur l'idée que nous devions la protéger de tout cela. Mais cette mise au point mentale, car j'optai pour ce choix, allait soulever bien d'autres questions. À moins qu'il ne décide d'effacer toute cette scène de sa mémoire une fois la bimbo partie, après tout, il était en mesure de le faire.

Chapitre 16

Ils partirent comme ça. Sans un regard, Lucas avait déjà oublié la discussion que nous venions d'avoir.

Déborah risquait de gros ennuis si je continuais à être son amie, je ne voulais pas la voir changer comme mon ex. Je ne pourrais pas encaisser ça en plus de tout le reste. Aaron s'était montré assez puissant pour se défendre, il était l'unique personne qu'elle n'avait pas défiée. Cette fille avait vraisemblablement eu peur de lui, il serait donc le seul sur lequel je pourrais m'appuyer. Je n'aurais pas à craindre de lui attirer des problèmes.

Tout en marchant vers sa voiture, Aaron échangea quelques mots avec Déborah. Les derniers événements m'avaient tellement préoccupée que je ne saisis pas le sens de ce qu'il lui expliquait. Après un court instant, je sentis qu'elle m'embrassait sur la joue et faisait demi-tour.

Que lui a-t-il dit ?

Il m'ouvrit la portière côté passager, afin que je m'y installe, puis contourna le véhicule pour s'asseoir derrière le volant. Il démarra, conduisit pendant une trentaine de minutes avant de s'arrêter sur le parking d'un hôtel au bord de la Seine. Il s'agissait d'un magnifique bâtiment, datant des années vingt, récemment rénové.

—Je loge ici pour l'instant. C'est plus pratique pour moi, car je dois assister à un congrès pendant quelques jours dans l'un de leurs salons. On pourra discuter dans ma chambre sans être dérangé.

Son histoire de séminaire ne m'avait pas convaincue, mais cela m'importait peu. Pour être franche, j'espérais qu'il ne voulait pas uniquement parler. De toute façon, je ne me sentais pas encore prête à évoquer tout ce qui se passait autour de moi. J'avais besoin de sortir de ma torpeur et de ressentir des choses. En temps normal, je l'aurais envoyé promener. Suivre un homme dans un hôtel était loin de mes mœurs, mais je n'avais aucune volonté de lui dire non. Il était le seul à avoir réussi à faire éclater ma bulle. Le contact de ses lèvres, un peu plus tôt, m'avait transportée et je ne doutais pas que celui de son corps pourrait enfin me réchauffer. Depuis notre rencontre avec Jennifer, j'étais glacée de l'intérieur et je devais me retenir de trembler.

Étonnamment, il me conduisit vers l'ascenseur sans s'arrêter à la réception en arrivant, puis dans un couloir. Aaron connaissait les lieux et y avait ses habitudes. Il ne m'avait peut-être pas menti quand il m'avait raconté qu'il résidait déjà ici depuis quelque temps.

J'entrai dans une chambre spacieuse qu'une immense baie vitrée illuminait. Je m'avançai vers la fenêtre et y découvris une magnifique vue panoramique sur le fleuve. Si nous n'avions pas été en décembre, je serais sortie pour profiter de la grande terrasse délimitée par une rambarde en fer forgé. La pièce principale était décorée dans des tons taupe et violets, qui, avec les meubles blancs, rendaient l'ensemble très moderne.

Est-il coutumier du fait d'amener des femmes dans des hôtels ? Pense-t-il vraiment à moi comme à une amante potentielle ?

Je souhaitais qu'il le fasse. Je ne supportais pas l'idée qu'il me perçoive comme une gamine sans expérience, même si c'était le cas, ou qu'il me considère comme la petite chose apeurée que j'avais été, il y a une heure encore. Je n'avais pas la force de lutter contre mon envie de coucher avec lui et de tout oublier. Mon attirance pour Aaron était aussi impérieuse que mon besoin d'échapper à mes soucis. Je voulais me laisser aller, profiter de l'instant sans avoir à réfléchir. Mais j'avais surtout un désir fou de découvrir ce que j'éprouverais lorsqu'il poserait enfin ses mains sur moi. Les rêves que nous avions partagés avaient créé quelque chose de puissant entre nous. Contrairement à ce que j'avais ressenti avec Lucas, je n'avais aucun doute, cette fois, sur le fait que cette décision soit la bonne. J'avais toutefois conscience que celle-ci survenait de manière incroyablement rapide. Nous n'avions échangé qu'un seul baiser, je ne connaissais rien de lui, et pourtant, je savais que ce serait avec lui que je vivrais cela.

Aaron se contentera-t-il de posséder mon corps ou prendra-t-il aussi mon cœur ?

Perdue dans mes pensées, j'étais debout devant la fenêtre et je tenais mon manteau dans mes bras pour me donner contenance. Je pouvais ainsi crisper mes doigts dessus sans que ma nervosité devienne trop visible. Ayant observé ma posture défensive, Aaron demeura un peu plus loin. Il retira sa veste et la jeta sur le dossier d'une chaise qui faisait face à un immense bureau blanc laqué. La chambre était vraiment luxueuse avec son décor où se mêlaient le moderne et le baroque. Je ne me sentais pas encore le courage d'affronter la suite des événements et j'évitais de croiser son regard. Au plus profond de moi, j'avais conscience que celui-ci déclencherait énormément de choses en moi, des choses qui m'habitaient depuis la première fois où j'avais rêvé de lui. J'avais peur qu'il déchiffre tous ces désirs inavouables au fond de mes yeux.

Au lieu de quoi, je me concentrai sur ma découverte du lieu où nous nous trouvions et j'aperçus une cloison ajourée qui séparait la pièce du grand espace salle de bain attenant. Cette suite correspondait à l'image que je m'étais toujours faite du luxe dans un hôtel. Comment pouvait-il s'offrir ce genre de fantaisie ?

— Est-ce que tu veux boire quelque chose ? s'enquit-il.

— Non. Merci.

Il s'approcha de moi doucement, me débarrassa de mes affaires, les posa sur une seconde chaise pour me libérer les mains et me tendit la sienne. À cet instant, je relevai le regard sur lui, et l'observai pour tenter de décrypter son attitude. Si je la prenais, j'acceptais ce qui suivrait. Jennifer m'avait réellement perturbée et j'avais beaucoup de questions en tête. Mais encore une fois, j'essayais de les ignorer et me réfugier dans un tout autre univers. J'espérais chasser cette présence négative qui envahissait mon esprit depuis trop longtemps et me laisser aller à éprouver autre chose. J'avais besoin de tendresse et c'était justement ce que me proposait Aaron. Il me donnait une nouvelle occasion de changer d'avis, mais je n'en voulais pas. Lorsque je fis un pas vers lui, une expression conquérante se dessina sur son visage.

Sans un mot, il commença à m'embrasser le poignet, puis remonta peu à peu avant de s'arrêter dans le creux de mon coude. Chaque baiser qu'il parsemait sur mon épiderme m'électrisait. Nos corps se rapprochaient de plus en plus et irradiaient de désir. Je ressentis comme un magnétisme tout autour de lui quand je pris appui sur son épaule pour me retenir. Le contact de sa peau contre ma paume déclencha quantité de frissons tout au long de ma colonne vertébrale, me laissant pantelante dans ses bras. Il me regarda, le sourire aux lèvres, satisfait de l'effet qu'il produisait sur moi, et reprit de plus belle. J'entrepris alors de défaire les boutons de sa chemise, un à un, le convoitant plus encore à mesure que sa musculature se dévoilait sous mes yeux. Il massait le bas de mon dos, au creux de mes reins, d'une poigne ferme et douce à la fois tout en déposant mille baisers dans mon cou. Au moment où il frôla mon oreille, il me murmura de le supplier si je ne voulais pas qu'il s'arrête là. Il désirait me rendre folle et y parvenait à merveille. Au son de sa voix, mon intimité se contracta, anticipant les futures caresses qu'il me dispenserait. Je les appréhendais tout autant que je les appelais de tous mes vœux et je ne pus m'empêcher d'exiger de lui qu'il poursuive, incapable de concevoir l'idée qu'il m'abandonne dans un tel état d'excitation.

Aaron m'entraîna jusqu'au lit à reculons. D'une main, il maintint ma nuque, m'embrassa avec passion tout en se débattant pour retirer ses chaussures. De mon côté, je n'étais pas en reste, tirant avec impatience sur sa chemise pour la sortir de son pantalon. Je finis par rencontrer le bord du matelas et m'y asseoir. Lui demeura quelques instants debout, la chemise grande ouverte, ce qui me permit d'admirer son torse d'Apollon. Je convoitais cet homme. La moindre parcelle de mon corps réclamait ses caresses et ses baisers. Empressée, je me délestai de mon pull et emportai avec le tee-shirt qui se trouvait en dessous dans un même mouvement et lui souris, un peu gênée. En voyant mon enthousiasme à me dévêtir et mon regard concupiscent, Aaron eut la confirmation que je ne changerais pas d'avis. Rassuré sur ce point, il entreprit alors d'ôter mon jeans.

Installée sur le lit en sous-vêtements, je l'entraînai plus près de moi en l'attirant par sa ceinture. Intuition ou coup de chance, ce matin-là, j'avais choisi un ensemble de dentelle noire qui me mettait vraiment en valeur. Aaron parut l'apprécier et décida de me le laisser encore un moment. À cet instant, je sentis l'équivalent d'une caresse dans mon esprit, elle faisait écho à celles que prodiguaient ses mains sur ma peau et dans mes cheveux. Aaron n'avait pas l'intention de se contenter de mon corps, il voulait aussi mon âme. Son pantalon était distendu sous l'effet du désir qu'Aaron éprouvait. Lorsque je détachai sa ceinture, son sexe n'attendait qu'une chose : que je le libère.

Nerveuse à l'idée de ce qui allait suivre, je me mordis la lèvre inférieure. Il m'adressa un regard surpris.

— Quelque chose ne va pas ? Tu sembles tendue tout d'un coup, me demanda-t-il.

— Je dois t'avouer que…

Je devais le prévenir que je n'avais jamais eu aucune relation intime avec personne, mais j'avais du mal à trouver mes mots. Me voyant ainsi, Aaron devint agité à son tour.

— Si c'est trop tôt, ou que tu penses que ça va trop vite pour toi, tu peux me le dire. Je ne vais pas te manger.

— Non ! criai-je presque. C'est juste que je n'ai jamais... Enfin, tu sais... ce qu'on s'apprête à faire.

— Oh ! fit-il, perplexe. Tu as bien fait de m'en parler. Ce n'est pas un problème, c'est au contraire un honneur d'être le premier, mais ce genre de détails, nous devons en discuter ensemble. Maintenant que je suis au courant, je peux m'arranger pour que ça se passe au mieux. Bon, je ne me serais pas comporté comme une brute, loin de là même, mais perdre sa virginité n'est jamais évident. J'aurais pu y aller un peu trop fort et ta première expérience aurait été inconfortable. Je ne suis pas un expert, mais avec mes dons, je peux peut-être rendre les choses indolores.

Sur ses mots, il m'embrassa, et reprit ses attentions avec plus de douceur, cette fois-ci. Chacun de ses mouvements était destiné à accroître mon désir. Il gémit lorsque je le libérai enfin de l'entrave de son boxer, me fit basculer en arrière et m'allongea sur le matelas ferme. Ses paumes glissèrent le long de mes cuisses et je fermai les yeux. Impossible de savoir exactement où se trouvaient ses mains, je ressentais des caresses sur toute ma peau. Je le vis se pencher sur moi pour déposer des baisers sur le galbe de mes seins au travers de la fine dentelle. Je ne pus m'empêcher de laisser échapper un soupir au moment où ses lèvres me frôlèrent. Son esprit entrait en contact avec le mien par vagues. Toutes ces nouvelles sensations me submergeaient. Il détacha mon soutien-gorge sans que je puisse déceler le moindre geste de sa part et embrassa ma poitrine avec fougue, me poussant à me cambrer de plaisir.

Quand je rouvris les paupières, je fis parcourir mes paumes sur son torse, descendre jusqu'à son entrejambe et les faufilai sous son boxer. Malgré l'obstacle que représentait mon manque d'expérience, je saisis son membre dressé. L'expression main de fer dans un gant de velours prit un tout autre sens à mes yeux. Son sexe était ferme et doux à la fois. Je me sentis électrisée par le râle de contentement qui lui échappa sous mes caresses. Tout en moi l'appelait à prendre possession de mon corps. Ses baisers devinrent plus ardents. Après s'être débarrassé de ses vêtements qui s'étaient amassés à ses chevilles, il me retira le peu de tissu qui me recouvrait encore. Aaron me mit alors au supplice, ses doigts allaient et venaient en moi, ce qui déclencha des vibrations dans tout mon corps. Des larmes de pur plaisir menacèrent de couler le long de mes joues.

Tout en continuant à m'embrasser, Aaron attrapa un préservatif dans le tiroir de la table de chevet et l'enfila. Nerveuse, je l'observai tandis qu'il prenait place entre mes cuisses. Il glissa une main afin de stimuler la zone la plus sensible de mon intimité et les sensations qu'il provoquait en moi eurent vite raison de mes dernières craintes. Alors que mon bassin se cambrait sous l'effet de ses attentions, il commença à progresser lentement en moi. Au moment où il fut obligé de donner un coup de reins plus franc pour franchir la barrière de ma virginité, je m'étais préparée à ressentir un minimum de la douleur. Pourtant, celle-ci ne fit jamais son apparition. Aaron avait pénétré mon esprit pour m'aider à décrisper mes muscles et empêcher la transmission des informations liées à la souffrance entre mon bas-ventre et mon cerveau. Quand il eut la certitude que je n'avais pas eu mal, il se mit à onduler doucement et fit monter peu à peu la tension en moi.

J'avais l'impression que mon sang se transformait en lave, en fusion et j'adorais cette sensation. Je réussis enfin à me détendre, assez pour accompagner ses assauts.

Aaron n'attendait que cela pour accélérer la cadence. Ses va-et-vient devinrent plus profonds et il prit totalement possession de moi, et combla l'appétit qui me consumait. Je crus être sur le point d'éclater en mille morceaux, mais avant que l'orgasme n'arrive, il changea pour un rythme plus langoureux.

Il me rendait folle et je me délectais des spasmes de plaisir qu'il me prodiguait. Il modifiait l'amplitude de ses mouvements dès qu'il me sentait au bord du gouffre, voulant que ce moment ne s'arrête jamais. Il m'amenait à chaque fois plus loin pour que je découvre des myriades de sensations enivrantes. Mon corps et mon âme se mirent alors en résonance. Je fus submergée par un ouragan de volupté. Il se laissa lui aussi aller à son tour par sa propre jouissance. Tout en m'embrassant, il poussa un râle viril, satisfait.

— *Tu m'as tellement manqué !* pensa-t-il.

Cette phrase me fit prendre conscience que j'avais toujours eu l'impression d'appartenir corps et âme à une personne et que cette personne, c'était lui. Il s'allongea contre moi, m'enveloppant de ses bras protecteurs comme il l'avait fait si souvent dans mes songes. Il avait été là, près de moi, et m'avait soutenue bien avant notre rencontre.

Je fermai les yeux, apaisée et soulagée de mes angoisses. Le son des battements de son cœur près de moi et sa main dans mes cheveux me détendaient. Lorsqu'il se releva pour se débarrasser du préservatif et prendre une douche, Aaron me laissa dans le lit, je découvris le tatouage tribal sur son épaule qui représentait des dragons. Il s'agissait de ceux que j'avais vus, gravés sur le bouclier... Épuisée, je m'endormis avant son retour.

Chapitre 17

Je rêvai aussitôt de la grande salle aux colonnes. J'y étais seule, mais je me sentais observée.

— Qui êtes-vous ? demandai-je.

— Ton passé, ton présent et ton futur, me répondirent une dizaine de voix tout autour de moi.

Montrez-vous !

— C'est encore trop tôt, tu ne te rappelles pas.

Je vis plusieurs ombres se déplacer entre les colonnes.

— Tu n'en auras peut-être pas l'occasion, dit une femme.

Je reconnus sans mal celle de Jennifer.

— Pourquoi t'en prends-tu à moi ?

— Parce que nous aimons te tourmenter, répliqua un homme dont les inflexions m'étaient familières et me glacèrent instantanément le sang.

Il s'agissait de Yannick. Terrifiée, je tournai sur moi-même à sa recherche. Je voulus le localiser, mais n'y arrivai pas. Presque aussitôt, le corps d'Aaron se matérialisa près de moi. Il m'enveloppa de ses bras et le rêve se dissipa. Mon esprit put vagabonder dans une série de songes plus apaisants les uns que les autres.

En me réveillant, je m'aperçus que mon amant s'était installé pour travailler sur un ordinateur. Il avait juste enfilé un jeans. J'aurais préféré profiter du spectacle sans qu'il en ait conscience, mais il sentit mon regard sur lui.

— Tu as réussi à te reposer malgré ce rêve ?

— Oui, merci. J'étais complètement affolée.

— Bien. Tu as envie que je fasse appel au room-service ou dîner au restaurant avant de remonter ?

— Remonter ?

— Tu croyais peut-être que j'allais jouer les goujats en te laissant devant chez toi ?

— Mais c'est que j'ai cours demain matin !

— Je te ramènerai à temps pour que tu prennes de nouveaux vêtements et que tu arrives à l'heure. Par contre, tu n'auras sans doute pas assez dormi.

Il me promettait une nuit brûlante. Mon visage s'enflamma sous l'effet de l'excitation. Cependant, les raisons de mes rougeurs changèrent très vite. Lorsque je me levai, je découvris les traînées écarlates sur le lit. Je n'avais pas du tout anticipé mes règles, d'ailleurs, à bien y réfléchir, ce n'était pas du tout la bonne période du mois. Il me fallut quelques secondes pour assimiler ce que j'avais sous les yeux et la douleur lancinante entre mes cuisses.

Finalement, pour la débauche, on repassera.

Quand il vit mon embarras, Aaron vint m'entourer de ses bras et me rassura sur le fait que c'était tout à fait normal qu'il y ait quelques taches et que cela ne se reproduirait plus par la suite. Par contre, cela ne résolvait pas du tout mon problème de sang et je commençai à m'acharner sur le drap pour le retirer et tenter de le laver.

Je ne veux pas qu'une femme de ménage tombe là-dessus. C'est trop gênant.

Après ma petite séance de lessive improvisée dans l'un des lavabos de la salle de bain et une douche rapide, Aaron réussit à me convaincre de sortir de la chambre pour descendre dîner. Nous pourrions ainsi avoir une vraie discussion pendant le repas. J'en profitai pour prévenir mes parents que je prévoyais de dormir chez une camarade de classe pour pouvoir étudier avec elle. Ils ne me questionneraient sans doute pas, mais s'ils me faisaient des difficultés, je savais que Déborah accepterait de me servir d'alibi. Cependant, l'idée d'avouer à mon amie que j'allais découcher me posait tout de même un cas de conscience.

Le bâtiment était encore plus luxueux que je ne l'avais supposé plus tôt. En voyant le logo de l'hôtel au-dessus du bouton d'appel de l'ascenseur, je sus que nous étions dans le plus grand palace du département. J'avais regardé un reportage à son sujet dans les journaux et à la télévision. Où avais-je eu la tête quand qu'il m'avait conduite ici ? J'étais probablement trop occupée à ruminer mon face-à-face avec une poupée Barbie grandeur nature et diabolique. Heureusement, à cet instant précis, j'étais capable d'ouvrir les yeux et d'en profiter, même si j'avais surtout envie de l'homme à mes côtés.

Nous pouvions trouver dans cet endroit où tout était dédié au bien-être : un restaurant gastronomique, un bar luxueux, et même une piscine couverte et un spa. J'avais conscience d'avoir beaucoup de chance. De nombreuses filles se retrouvaient dans une chambre minable, une voiture ou pire. Moi, j'avais eu droit à une suite dans un hôtel cinq étoiles.

Pendant le repas, j'essayai d'en savoir plus sur ce que j'avais entendu tout au long de la journée, et aussi depuis ma rencontre avec Lucas, mais Aaron éluda chacune de mes questions. Il m'interrogea sur ce que je comptais faire une fois que je serais diplômée. Quelques semaines auparavant, j'avais envisagé de pousser mes études commerciales. Mes pouvoirs psychiques me semblaient être un bon atout dans ce domaine. Il évoqua la possibilité de poursuivre avec une licence en alternance et me proposa un contrat d'apprentissage dans sa société.

— Je ne voudrais pas être malpolie, mais ce n'est pas dans un club que je vais pouvoir construire une carrière.

— Je crois que je ne me suis pas montré très clair. Certes, je suis le propriétaire du bar, mais mes activités ne s'arrêtent pas là. Je ne m'y rends qu'occasionnellement pour m'y faire de nouveaux contacts et changer d'air. Je me trouve en fait à la tête d'une start-up qui réussit très bien dans le monde des assurances, c'est dans cette entreprise-là que je te suggère de travailler. Nous avons un bon service marketing pour tout ce qui concerne la communication et les relations clients. Je dispose également d'un secteur événementiel de premier ordre. Et puis, je ne te parlais pas que d'un enseignement professionnel.

Son ton était plein de sous-entendus et je rougis encore une fois. Cet homme ne me laisserait pas dîner en paix. Je sentais que son esprit insatiable commençait à me frôler, il cherchait à me faire atteindre des sommets de plaisir sans avoir à me toucher. Il était très doué à ce jeu-là. Je devais me retenir de gémir, nous étions en public, tout de même ! Mais je crois que cela l'émoustillait.

Il m'expliqua aussi que j'allais devoir subir un entraînement pour apprendre à me protéger. Jennifer était une adversaire redoutable, car, contrairement à moi, elle avait déjà une totale maîtrise de ses capacités. Selon lui, elle pouvait se montrer mortellement dangereuse, même si, pour l'instant, elle s'était contentée de s'amuser avec moi, comme un chat avec une souris. Il ne fallait pas que je me retrouve sans défense face à elle ou à Yannick. J'en avais fait l'amère expérience.

Avant de remonter dans la chambre avec lui, j'appelai Déborah. Elle se faisait sûrement du souci et je ne savais toujours pas ce qu'Aaron lui avait dit plus tôt.

— Allô.

— Tu vas bien ? Tu étais sous le choc, tout à l'heure. J'ai cru que tu n'arriverais plus à parler. Tu n'es pas seule ? Vous êtes chez toi ? Aaron se tient correctement, j'espère ! Je ne suis pas certaine que l'on puisse avoir confiance en lui, mais il semble en mesure de t'aider, contrairement à moi.

— Calme-toi, je vais bien, je t'assure.

J'évitai soigneusement de répondre à toutes ses questions. Pour l'instant, je n'avais pas trop envie de réfléchir à ce qui se passait entre Aaron et moi ni à la raison pour laquelle j'avais couché avec lui aussi vite. Enfin, je le savais, mais je ne pouvais pas lui expliquer sans devoir tout lui dire. Et ce n'était pas le genre de conversation que l'on pouvait avoir au téléphone. Mais je refusais de lui mentir.

Omettre de l'informer sur l'endroit où je me trouve réellement, ce n'est pas un mensonge, n'est-ce pas ?

— Tu es sûre ?

— Oui, on se voit demain matin.

— Je viens te chercher avec Thomas en voiture. Comme ça, il nous déposera en cours.

J'hésitai un moment. Je n'allais tout de même pas lui dire comment je comptais occuper mon temps et je ne voulais pas risquer d'arriver chez moi après elle. Il me faudrait me lever encore plus tôt pour éviter que cela se produise.

— OK, pas de problème, à huit heures ?

— D'accord.

La nuit va être très courte.

Finalement, nous n'avions pas remis le couvert une fois de retour dans la chambre, mon corps étant trop sensible après ma première fois. Nous avions discuté longuement et je m'étais assoupie dans ses bras sans même m'en apercevoir.

Aaron était déjà habillé et rasé de près lorsque je me réveillai un peu moins d'une demi-heure avant de devoir repartir. Il avait préféré me laisser dormir pour que je retrouve des forces. Je me faufilai dans la salle de bain pour prendre une douche rapide, j'espérais pouvoir atténuer les courbatures dues à ma soirée. Il me fallut renoncer à un petit déjeuner alléchant, car nous étions pressés. En m'observant dans le miroir, je fus soulagée de découvrir que j'avais repris des couleurs.

J'arrivai chez moi quelques minutes avant mon amie. En me voyant, mes parents m'interrogèrent sur ma présence et je leur expliquai que j'avais oublié de passer récupérer une tenue de rechange avant d'aller rejoindre ma copine. J'eus tout juste le temps d'enfiler des habits propres et de rassembler mes affaires pour la journée. Dans ma chambre, la fresque de Lucas me fit une impression étrange. Elle symbolisait toute ma relation avec lui.

Je vais devoir repeindre les murs.

Je sortis juste à temps. Thomas était en train de chercher une place de stationnement. Heureusement pour moi, Déborah n'avait pas sonné à la porte.

Chapitre 18

La journée allait être longue. Aaron ne s'était pas attardé, ce matin-là. Dès que Déborah avait fait son apparition au bout de la rue, j'avais vu sa voiture repartir en toute discrétion dans le sens opposé. C'était la première fois que je n'arrivais pas à déterminer l'état d'esprit d'une personne. Lucas m'avait un jour expliqué que nous pouvions partager des émotions uniquement si nous le désirions tous les deux. Ce jour-là, lorsque je tentais de sonder Aaron, je n'en fus pas capable.

La nuit précédente avait été un vrai délice. Mais je ne pouvais m'empêcher de me demander si, pour lui, ce qui nous liait se limiterait à une relation purement physique ou si je pouvais rêver d'autre chose. Au début, j'avais voulu un moyen pour m'évader et oublier tout ce qui m'oppressait, mais à l'instant où il m'avait touchée, j'avais eu la certitude que pour moi, ce ne serait pas aussi simple que ça. Je n'arrivais pas à savoir ce que je représentais pour lui et j'en étais blessée. Je me plaisais à imaginer qu'il considérait cette connexion entre nous de la même façon que moi, mais je n'oserais jamais lui poser la question. Je ne cessais de ressasser la pensée qu'il avait eue juste avant de verrouiller son esprit : « Tu m'as tellement manqué ! »

Déborah était perturbée, je le sentais. Depuis que nous étions seules, je voyais qu'elle se retenait de m'interroger, je pouvais le lire sur son visage chaque fois qu'elle me regardait. Depuis la veille, je me creusais la tête, à la recherche des mots qui pourraient lui expliquer les événements dont elle avait été témoin. Depuis le début de notre amitié, Déborah avait conscience que je n'étais pas tout à fait comme les filles de notre âge, mais elle semblait ne pas en avoir tenu compte en m'accordant sa confiance. Cependant, tout avait basculé avec l'arrivée de Jennifer, et nous avions besoin de crever l'abcès, toutes les deux et, pour cela, il allait falloir que nous discutions.

Dans l'amphithéâtre, je fus choquée par le bourdonnement des pensées de l'ensemble des élèves. Elles étaient toutes dirigées vers moi et la manière dont tous m'observaient m'empêcha de me concentrer pour me couper de l'extérieur. Cela prenait des proportions inouïes. Les réactions des étudiants, à mon approche, me paraissaient excessives. Il me fallut un moment pour comprendre ; la veille, en quittant l'école, j'avais voulu que Lucas me remarque. Malheureusement, si mon souhait n'avait pas réussi à l'atteindre, lui, tout le reste de l'établissement en subissait les effets. Je n'avais aucun doute, mon don avait fait des siennes sur toutes les personnes que je croisais. Ce sort défaillant affectait chacun des mecs présents. À cause de lui, mon besoin de ne plus être invisible avait été exaucé, tous les mâles sur mon chemin n'avaient d'yeux que pour moi, excepté Lucas, qui passa devant moi sans même me voir. Tout le monde savait maintenant « qui j'étais », alors que j'avais toujours essayé de me montrer discrète. Jusque-là, on m'avait méprisée, au mieux j'inspirais de l'indifférence. J'avais été exclue, mais d'un coup, j'étais devenue le nouveau centre d'attention de l'ensemble des étudiants. Les filles voulaient des détails croustillants sur ma relation avec l'homme sexy qu'elles avaient aperçu avec moi la veille ; les garçons ne me considéraient plus comme quelqu'un d'insignifiant, mais plutôt en femme attirante et désirable. Trop, si l'on tenait compte des images lubriques que je captais. J'aurais préféré ne jamais sentir leurs regards se poser sur mon corps, à tel point que j'eus l'impression d'être sale.

Les mecs ne pensent donc jamais à autre chose ?

Puis je perçus une personne qui ne suivait pas le mouvement. Mon esprit se tendit vers cette présence apaisante. Celle-ci éprouvait un intérêt sincère pour moi, qui n'avait pas été déclenché par un sort quelconque, mais qui exprimait une réelle compassion. M'accrochant à celle-ci, je me laissai guider et trouvai rapidement d'où elle provenait. Il s'agissait de Nicolas qui semblait avoir échappé par miracle au lavage de cerveau général. J'en étais heureuse, ce serait devenu problématique si mon ami avait lui aussi été zombifié ou lobotomisé et qu'il avait à son tour été attiré par... mon charme irrésistible ? Je n'aurais pas eu d'autre choix que de demander à Aaron de lui faire oublier mon existence. Je devais déjà l'informer de mon énorme bourde. J'allais en prendre pour mon grade.

Je réfléchissais de plus en plus à ma relation avec mes proches, mais la conclusion qui s'imposait à moi n'était pas celle que j'aurais espérée. Ils se trouvaient en danger en restant à mes côtés et il me faudrait m'éloigner d'eux un jour ou l'autre.

Lorsque Nicolas réussit enfin à me rejoindre, il me salua d'un signe de tête. Il voulait visiblement me dire quelque chose, mais n'en eut pas l'occasion, à ce moment-là, à cause du monde. Le plus surprenant, dans toute cette histoire, était qu'il ne semblait pas se formaliser du comportement plus que flippant des gens autour de nous.

La matinée fut infernale, je crus un instant que je pourrais suivre mes cours normalement une fois en groupes restreints dans la salle de classe, mais je m'étais fait des illusions. Les élèves, autour de moi, m'empêchaient de me concentrer et toute cette accumulation de pensées me donnait la migraine. Rapidement, je m'isolai à l'infirmerie en attendant de pouvoir voir Nicolas. À midi, je m'éclipsai juste avant la sonnerie et ne pris pas le temps de manger. Si je le rejoignais dès cet instant au foyer, nous y serions seuls et nous pourrions discuter sans être dérangés pendant au moins quelques minutes.

— Eh, salut ! Comment vas-tu, ma puce ?

— On fait aller.

— J'ai des nouvelles pour toi. Avec la foule agglutinée autour de toi, tout à l'heure, je n'ai pas voulu t'embêter. J'avais l'impression que tout le monde essayait de te toucher. C'était plutôt bizarre, je n'ai pas eu envie d'en rajouter.

— Ne m'en parle pas, j'ai dû m'enfuir de la salle de classe pour leur échapper avant que les couloirs ne se retrouvent envahis. C'est quoi, tes informations ?

— Mon idiot de pote m'a présenté sa nouvelle copine, hier. En fait, ils se connaissent depuis longtemps. C'était son ancienne petite amie. Il l'a rencontrée en Angleterre quelques mois avant de revenir vivre ici.

— Son ex… Il l'avait vaguement évoquée, mais il avait refusé de m'en dire plus.

C'était donc elle, celle dont il avait soigneusement évité le sujet.

Je savais qu'elle était une de ces « autres », mais cette révélation me fit l'effet d'un coup dans l'estomac sur moi. Je comprenais maintenant une partie de la rancœur qu'elle m'avait exprimée jusque-là. Lucas l'avait quittée pour venir me rejoindre en France…

— Il m'en a parlé aussi une ou deux fois avant la rentrée. Ils étaient bien tous les deux, mais après avoir… Enfin…

Nicolas, embarrassé, tenta de mimer deux corps qui s'emboîtaient avec ses mains.

— Il m'a déjà dit qu'ils avaient couché ensemble tous les deux, si c'est ce qui te gêne.

— Oui, c'est ça. Bah, après, il l'a larguée. Il ne ressentait plus la même chose pour elle et il était obsédé par l'idée de te rencontrer.

— Comment ça ?

— Il m'a raconté pour vous, à propos de la connexion qui vous liait, entre autres choses.

Voilà qui expliquait pourquoi Nicolas ne se posait pas trop de questions, Lucas lui avait donné pas mal de renseignements à mon sujet.

— Oh… Eh bien, il faut croire que Jennifer, cette espèce de Barbie diabolique, est parvenue à reconquérir son ex.

Nicolas se leva et alla fermer la porte du foyer. Il voulait s'assurer que nous ayons tout notre temps pour parler de ce qu'il savait, puis il s'assit à nouveau face à moi. D'après Nicolas, dès le moment où Lucas avait couché avec Jennifer, il avait commencé à rêver de moi.

Rapidement, il l'avait quittée pour regagner la France. Selon lui, elle avait été furieuse après la rupture, ce qui, à mes yeux, lui fournissait un certain nombre de raisons de me détester. Mais un problème subsistait : de quelle façon s'y était-elle prise pour le manipuler et le faire revenir vers elle ?

— Est-ce qu'ils t'ont dit comment ils se sont retrouvés ?

— Elle s'en est vanté. Il serait retombé sous son charme dès qu'elle lui avait fait la bise.

— Un seul contact ?

— D'après elle.

À cet instant, je me rappelai la trace de rouge à lèvres qui m'avait frappée, ce soir-là, sur la joue de Lucas. De cela, et du moment où elle l'avait de nouveau embrassé devant moi alors que l'âme de Lucas semblait se rebeller. Les choses s'éclaircissaient. Nous devions les éloigner l'un de l'autre pour dissiper l'emprise qu'elle avait sur lui, assez pour qu'il redevienne lui-même.

Il passait la journée à l'école sans la toucher, et pourtant cette distance restait insuffisante. Cette fille devait user d'autre chose que de simples baisers, mais quoi ? Il ne faisait aucun doute que Jennifer s'assurait de garder le contrôle sur Lucas. Une marque, peut-être ? En tout cas, autre chose que du maquillage.

— Nicolas, est-ce que tu pourrais observer Lucas et me dire s'il y a quelque chose, un objet ou un vêtement qu'il porte sur lui en permanence ?

— OK, j'essayerai. Je n'aime pas cette nana. Elle l'a réduit au silence. Mais toi, comment te sens-tu ?

— Un peu mieux. Mais je déteste le voir dans cet état. Je suppose que tu ne vas pas forcément me comprendre et j'espère que tu ne me jugeras pas, mais je suis passée à autre chose. Tu n'as donc pas à t'inquiéter pour moi. On doit surtout s'occuper de Lucas, mentis-je à moitié.

Nicolas prit le temps de réfléchir à ce que je lui avais avoué et acquiesça. Il acceptait l'idée que je ne pleure plus son ami, mais cela se compliquerait lorsque nous aurions réussi à faire revenir mon ex parmi nous. Il parut même rassuré et, sachant que je ne voulais pas m'étendre sur le sujet, il se dirigea de nouveau vers la porte du foyer pour l'ouvrir, cette fois. Le moment était venu pour moi d'affronter l'un de mes problèmes. Nous continuâmes à discuter tous les deux. Quand des élèves entrèrent en nombre dans la grande salle, ils s'agglutinèrent à nouveau autour de moi. Cela commençait franchement à m'énerver, ce truc ! Je détestais vraiment ça et décidai que les choses ne pouvaient pas demeurer ainsi indéfiniment. Je tentai de leur envoyer un nouvel ordre mental, mon dernier recours avant de devoir appeler Aaron à l'aide.

— *Débarrassez le plancher tout de suite ! Foutez-moi la paix et oubliez-moi pour de bon !*

À peine avais-je fini de formuler cette pensée que les étudiants sortirent les uns après les autres, aussi rapidement que possible. Certains laissèrent leurs sacs sur place, d'autres me marchèrent dessus sans même s'en rendre compte, ils n'avaient plus conscience de ma présence. Nicolas me regarda, perplexe. Encore une fois, il avait échappé à une manipulation collective. Il n'avait rien de commun avec les élèves, j'en étais maintenant convaincue, mais étrangement, j'étais certaine qu'il n'était pas comme moi. Non, il était différent.

— Me voilà bien avancé. Avec ma chance, tu les as tous fait fuir du foyer pour l'année entière.

— Ce n'est pas ce que j'avais l'intention de faire, en tout cas pas sur une durée trop longue. Comment sais-tu que c'est moi qui ai provoqué ça ?

— Lucas m'a un peu parlé de lui. Et de toi, par la même occasion. Mais principalement parce que j'ai clairement entendu ton ordre, j'y suis juste insensible.

— Oh...

— Tu ne dois donc pas avoir peur, mon esprit ne peut pas être contrôlé par l'un de vous. Je suis, comme qui dirait, immunisé. Lucas a une théorie là-dessus. Il croit que cela vient d'un truc que l'on a fait tous les deux avant son départ en Angleterre pour être frères de sang, un moyen de rester proches malgré la distance qui allait nous séparer. Ça aurait agi comme une sorte de vaccin, du moins c'est ce qu'il suppose. Bref, si quelqu'un essaye de lire mes pensées de force, tout ce qu'il y trouvera, c'est un gros vide.

— Alors, tu as de la chance. Ton âme ne craint rien de sa copine.

— Elle peut toujours tenter de me faire du charme, elle n'arrivera à rien.

— Tu es sûre que personne ne peut ? Te manipuler, je veux dire...

— Oui, Lucas s'y est cassé les dents, nuit et jour, pendant plus d'un mois.

— Je le vois mal faire ça.

— Je te rassure, ce n'était qu'à titre expérimental et avec mon accord pour découvrir ses limites et les miennes.

— Oh ! ça lui ressemble déjà beaucoup plus. Et pour la séduction, pourquoi n'obtiendrait-elle aucun résultat ?

— Tout simplement parce qu'elle n'a aucun atout à mes yeux, en fait, je suis gay, déclara-t-il.

— Ah oui, en effet ! Ses formes ne risquent pas de te convaincre.

Jennifer était tout de même bien plus puissante que Lucas. Nicolas était-il réellement hors de portée de ses griffes ? Si ça se trouvait, il n'était immunisé que des dons de Lucas, et les miens avaient échoué, car je ne maîtrisais rien lorsque j'avais accidentellement manipulé les autres, à moins que je ne sois juste trop faible. Une seule personne avait une chance de me donner la réponse : Aaron. Je devais le contacter. J'espérais toutefois ne pas l'effrayer en le rappelant aussi vite après notre nuit. Il avait beau m'avoir dit de ne pas hésiter à le faire, je ne voulais pas me montrer envahissante. Pourtant, il fallait au moins qu'il essaye une ou deux choses sur mon ami, il en allait de sa sécurité. Si Nicolas restait impénétrable, je n'aurais pas à me faire de soucis pour lui. Dans le cas contraire, je me mettrais à l'écart. Je devrais prendre mes distances avec ma famille, Nicolas et Déborah... Ma présence à leur côté leur faisait courir de grands dangers.

Je suis prête à les abandonner et à tout quitter si ça s'avère nécessaire pour qu'ils soient à l'abri.

Mais si Aaron me confirmait qu'un échange de sang pouvait immuniser les personnes normales, je savais ce que je devais faire avec Déborah.

Chapitre 19

J'avais beaucoup de mal à réaliser que nous étions déjà en décembre. Dans les prochains jours, nous devions avoir une réunion sur le campus pour organiser un voyage afin d'y fêter la fin de l'année. Je m'étais inscrite au bureau des élèves avec Lucas et Nicolas, plusieurs semaines auparavant. Ça m'était sorti de la tête.

— Déborah, tu veux bien m'accompagner tout à l'heure ? lui demandai-je en quittant notre dernier cours.

— Pas de soucis. Tu sais qui doit venir ? m'interrogea-t-elle.

— A priori, il y a quelques étudiants de la section littéraire, d'autres en droit, Nicolas, Lucas et moi.

— Nicolas ? Le gars qui s'occupe de la salle ? C'est super, je le trouve sympa, dit-elle avec le sourire. Et l'on ne sera pas trop de deux pour t'épauler.

— J'espère n'avoir bientôt plus besoin de soutien face à Lucas. Je commence à en avoir assez de ressembler à une épave quand il est dans le coin. Je déteste être comme ça, mais ne t'inquiète pas, je vais mieux.

J'enrage seulement parce qu'il se fait manipuler par sa nouvelle copine.

Je pensais sincèrement que ma peine finirait par passer, mais il me faudrait encore un peu de temps. Le plus énervant, c'était qu'il soit tellement indifférent en ma présence. Il n'était plus le jeune homme effronté que j'avais rencontré en septembre et n'était plus que l'ombre de lui-même.

— Je ne peux même pas lui en vouloir. Lucas subit les choses. C'est cette Barbie infernale qui est à l'origine de tout, dis-je d'un ton acerbe.

— Elle ne perd rien pour attendre. Au fait, bien vu pour le surnom. J'adore !

— Je trouve que ça lui colle à la peau.

Je ris avec elle de bon cœur. Je préférais réagir ainsi, j'étais une personne seule avant de connaître Lucas. J'étais isolée, mais sereine. Autant reprendre ma vie comme elle l'était avant lui, mais avec, en bonus, les quelques amis que je venais de me faire. Nicolas et Déborah étaient formidables, sans parler d'Aaron…

Oui, je sais. Il faut que je redescende sur Terre. Rien ne serait jamais plus comme avant.

Ces derniers jours, je n'avais pas vraiment pu retrouver Aaron. Chaque fois que je l'apercevais, il s'assurait que j'allais bien avant de disparaître à nouveau. C'était un homme occupé qui avait du travail à faire, malgré tout, il veillait sur moi. D'une certaine façon, il me manquait. Il était étrange de constater la vitesse à laquelle je m'attachais à lui. Même avec son comportement arrogant, il s'était révélé être une des pièces du puzzle que constituait mon existence.

Jusqu'à ma rencontre avec lui, je n'avais pas eu conscience de ce trou béant en moi, mais maintenant que je me sentais entière, j'étais certaine, au plus profond de moi, qu'il me serait impossible de m'éloigner de lui. Cette présence qui n'en était pas vraiment une me pesait énormément. Je n'osais jamais l'appeler, de peur de le déranger pendant une réunion. Je me contentais de croiser son regard lorsque je le pouvais. Malgré la distance qui nous séparait, je le savais proche de moi. Chaque nuit, dans mes rêves, il était près de moi, ses bras m'entouraient. Aaron veillait sur moi et attisait mon désir, prouvant qu'il ne m'oubliait pas et que lui aussi éprouvait le besoin d'être avec moi.

Déborah ne m'avait posé aucune question au sujet de ma relation avec Aaron ni au sujet de mes sentiments concernant Lucas. Elle m'avait juste fait comprendre qu'elle avait conscience qu'il me protégeait et qu'elle appréciait sa démarche. Mais elle restait sur ses gardes, considérant étrange qu'un homme ayant presque la trentaine s'intéresse à une jeune étudiante. Parmi les derniers mecs qu'elle avait trouvés sympathiques, l'un d'eux s'était avéré être un violeur et l'autre m'avait laissée tomber en l'espace de quelques minutes. Mais un jour, il faudrait que nous évoquions tout cela clairement et ce ne serait pas simple du tout.

Ce soir-là, je pensais parler à Aaron de mes interrogations à propos de Nicolas et de ce qu'il risquait si Jennifer s'attaquait à lui. Je croisais les doigts pour l'entendre me confirmer que mon ami ne craignait rien d'elle.

À dix-neuf heures, il passa me récupérer. Mes parents croyaient que je prenais enfin mes études plus au sérieux qu'auparavant et m'étais inscrite à des cours particuliers afin de préparer mes partiels, ainsi, ils ne me poseraient pas trop de questions et je pourrais sortir tard. Lorsqu'il sonna à la porte, mon père vint lui ouvrir.

— Bonsoir, dit Aaron en lui tendant la main. Je suis là pour venir chercher Cassandre. Est-elle prête ?

— Oui. J'espère qu'elle travaille bien. N'hésitez pas à être sévère avec elle. Je ne voudrais pas que vous perdiez votre temps à essayer de lui apprendre quelque chose.

Comme d'habitude, mon père me rabaisse devant tout le monde. Est-ce qu'un jour, il se montrera fier de moi ou bien est-ce que je représenterai toujours sa plus grande déception ?

J'avais oublié de prévenir Aaron de l'excuse bidon que j'avais donnée à ma famille. Allait-il jouer le jeu ? Lorsque je croisai son regard, j'y vis de la compassion. Il ne comprenait pas que l'on puisse parler ainsi à sa fille, toutefois, il lui répondit posément. Il avait conscience qu'il serait inutile d'entrer en conflit avec mon père.

— Ne vous inquiétez pas, Cassandre écoute attentivement et s'applique beaucoup dans les travaux pratiques.

Aaron me fit un clin d'œil avant que je puisse dire un mot. Il était bon acteur, mais chacun de ses sous-entendus me fit rougir un peu plus.

— Elle ne m'a pas précisé vos tarifs. Il faudra que vous m'indiquiez combien nous vous devons.

— Ne vous souciez pas de ça, c'est, en quelque sorte, un investissement pour l'avenir. Je suis à la tête d'une société commerciale et cette jeune femme présente d'excellentes dispositions pour ce métier. Je me suis proposé de lui trouver un contrat d'alternance dans mon entreprise si elle se lance dans une licence de marketing, mais elle doit réussir son BTS pour cela. Je m'assure donc qu'elle l'obtienne.

— C'est très bien, Cassandre ! Tu ne nous en avais pas parlé. Tu n'es pas prête ? Tu ne vas pas faire attendre ce monsieur... Je ne crois pas que vous m'ayez dit votre nom ?

— Appelez-moi Aaron, répondit mon amant.

— Papa, je risque de rentrer tard.

J'ai intérêt à me souvenir qu'il ne faut jamais que je laisse ces deux-là ensemble à l'avenir.

Avant de partir, Aaron lui tendit sa carte de visite. Un détail sur celle-ci attira mon attention : le logo de sa société, il s'agissait des dragons de mon rêve, ceux-là mêmes qui étaient tatoués dans son dos. Mais sans que j'aie eu le temps de la voir de plus près, il m'accompagna jusqu'à sa voiture. Avec toutes les allusions qu'il avait faites sur ma « formation », j'avais eu peur que mon père comprenne quel apprentissage je recevais réellement de la part de mon « professeur ». Je ne pouvais m'empêcher d'y penser alors que nous venions de nous installer dans l'habitacle et qu'il démarrait. À chaque clin d'œil de mon amant, j'avais rougi. Je devais être d'une jolie couleur pivoine. Il me conduisit dans les bois, à une dizaine de kilomètres de la ville.

— Ton entraînement commence maintenant. Je ne pourrai pas me déplacer chaque jour pour veiller sur toi, je dois quitter le pays quelques jours pour la fin de l'année. Pour le travail, précisa-t-il. Je vais m'assurer que tu sauras te défendre, à la fois physiquement et mentalement.

— Tu pars où ?

— En Espagne. J'y possède une villa. J'ai plusieurs réunions et je dois y organiser une fête pour le Jour de l'An avec certains de mes partenaires commerciaux les plus importants. On en reparlera tout à l'heure. Change-toi, je t'ai prévu des vêtements appropriés pour ce soir, même si tu dois aussi apprendre à te battre en talons hauts et mini-jupe. Je dois avouer que j'ai hâte d'en arriver à cette leçon.

J'aurais aimé lui poser d'autres questions sur son voyage, mais cela devait attendre. La tension dans sa voix indiquait qu'il ne voulait pas perdre son temps.

— On commence par quoi ? lui demandai-je.

— Tu dois tout faire pour m'échapper, sinon...

— Sinon, quoi ? Tu m'attrapes et je passe un très bon moment ? lui dis-je avec impertinence. Cela ne donne pas vraiment envie de courir, ça !

Je me mis tout de même en mouvement. Il affichait un regard déterminé, sans aucune trace de badinage sur son visage. J'avais intérêt à aller vite, très vite.

Il avait trouvé comment rendre la situation affolante. Il envoyait des messages d'alerte dans mon esprit, je ressentais du danger, imminent et oppressant. C'était plus fort que moi, je devais accélérer. Je détestais qu'il rentre dans ma tête pour faire ça. Il me le payerait plus tard. Il me faudrait apprendre à le bloquer comme il le faisait avec moi. Je tombai plusieurs fois. La terre était glissante et je me retrouvai rapidement couverte de boue.

Après une heure à un rythme effréné, j'étais épuisée. Je préférai m'arrêter et lui faire face, ignorant les signaux qui me poussaient à la fuite.

— Tu as décidé de te battre ?

— Et même de réussir à te blesser après la course que tu m'as imposée !

— C'est bien ! Je me demandais combien de temps il te faudrait pour comprendre que, quelle que soit la distance, je pourrais toujours t'atteindre. Maintenant, je vais te montrer comment te défendre.

Je me mis en garde, prête à recevoir son assaut. Il m'envoya une onde qui me frappa comme un poing. Je reculai de quelques pas. Il enchaîna les attaques, me martelant comme si j'étais un gros sac de sable... Ses coups étaient rapides. Mon corps tout entier tremblait de frustration face à mon manque de combativité. Je perdis l'équilibre après sa dernière offensive, me retrouvant à genoux devant lui. Je commençais à avoir mal partout et j'allais finir couverte de bleus s'il persévérait ainsi, mais sous toute cette boue, on ne verrait pas grand-chose. Mes côtes me faisaient souffrir et j'avais des difficultés à m'appuyer sur mes bras pour me relever.

Quand il s'approcha, les assauts arrêtèrent de pleuvoir sur moi. Il me laissa reprendre mon souffle un instant. Je le regardai, terrifiée à l'idée d'être frappée à nouveau et consciente de mon impuissance.

Pourquoi est-ce que je n'arrive pas à l'empêcher de m'atteindre ? Mes coups sont pourtant aussi violents que les siens.

L'observant pour me préparer à sa prochaine attaque, c'était étrange. Il me parut, tout à coup, constitué de granit, inébranlable. Même si j'avais continué toute la nuit, il n'aurait rien senti. Il pouvait me contrer simplement en touchant un rocher près de lui. Je tâtonnai derrière moi, mais je n'y trouvai aucune pierre, uniquement un tronc d'arbre.

Ça fera l'affaire. Essayons cette idée.

La situation devenait urgente. Il se rapprochait de plus en plus, mais je savais à présent ce que je devais faire. Il fallait que je parvienne à me concentrer. Il avait fait exprès de se montrer à la lumière de la lune afin que je puisse voir l'aspect de son épiderme. Je devais bloquer sa prochaine action. Si je réussissais cette métamorphose, je n'aurais plus à chercher à me défendre et je pourrais me focaliser sur l'attaque. Je devais renforcer mon corps, créer une cuirasse en granit ou bien, à défaut, en bois. Tout, sauf prendre des chocs !

Il recommença ses offensives de manière précise. Il trouvait toujours la faille dans ma posture, mais il me laissait également assez de temps pour observer la situation. Je devais m'améliorer. Encore un coup dans mes côtes !

Pas assez épaisse, l'armure.

Il fallait se concentrer plus fort. Ne pas relâcher mes efforts. Une nouvelle vague arrivait déjà. J'évitai l'impact.

— *Ça y est !*

— *Reste sur tes gardes,* me rappela-t-il à l'ordre

Une fois, deux fois. J'avais compris le truc. Je devais visualiser un bouclier sur tout mon corps. Si j'oubliais un centimètre de peau, j'étais certaine qu'il me frapperait à cet endroit.

S'il veut jouer à ça, pas de soucis, il va être servi.

J'en avais assez de me faire marcher sur les pieds. Il m'envoya plusieurs charges, mais je les repoussai sans mal en dressant une barrière mentale. Je lui renvoyai à mon tour plusieurs coups semblables aux siens. Il fut étonné de ma façon de m'adapter à la situation. Je lui faisais face et ça le surprenait agréablement.

— Pas mal ! Tu peux recommencer ?

— Tu n'en as pas eu assez ? Oui, je crois. Je m'interrompis un instant avant de reprendre d'un ton plus convaincant, non, je sais que je peux y arriver.

J'ouvris mon esprit à ce qui m'entourait. Je trouvai enfin ce qui fonctionnerait à coup sûr. Simultanément, je planifiais mon attaque sur plusieurs fronts, l'une visible, l'autre plus subtile. Comme prévu, il évita l'onde de force que je lui envoyai de front, mais il ne perçut pas à temps la branche morte qui s'élevait derrière lui. Il reçut le choc sans s'y être préparé. Son souffle en fut coupé. En se relevant, il me décocha l'un de ses sourires ravageurs. J'en oubliai presque les bleus sur mon corps.

— Cela ira pour ce soir, tu vas devoir courir tous les jours, une heure ou deux, afin d'avoir la forme. Pas en ville, dans les bois. C'est plus discret, il ne faut pas que cette fille découvre que tu t'entraînes. Un terrain irrégulier comme celui-ci est tout à fait adapté.

— Je me demandai si tu peux vérifier quelque chose pour moi. J'ai un ami qui semble insensible à toutes ces histoires. Est-ce que c'est possible ?

— J'imagine que tu as envie que je jette un coup d'œil ?

— Oui. Je veux être sûre qu'il est en sécurité.

— Décidément, il ne fait pas bon être proche de toi en ce moment. J'aimerais en savoir plus sur cette blonde.

Pendant qu'il me conduisait à son hôtel, je lui répétai tout ce que m'avait raconté Nicolas. Il prit le temps de passer une crème sur mon corps endolori avant de m'enseigner quelques notions de magie blanche. Il me confia des livres afin que je m'initie à la protection et la purification. Malgré tout ce qu'il m'apprenait, il refusait toujours de me parler des « autres ».

Puis, il me ramena chez moi. Sur la route, il m'en dit un peu plus de son voyage. Il allait à Barcelone, l'une des destinations envisagées par le bureau des élèves. Et si j'arrivais à convaincre Déborah, Nicolas et les autres étudiants...

J'exposai à mes amis mon désir de voir cette ville, car je n'avais vraiment pas envie d'être éloignée d'Aaron. Ils semblèrent adhérer à l'idée, je n'aurais donc pas à user de tous mes charmes sur eux. Quand nous rentrâmes dans la salle de réunion, avec quelques scrupules, j'imposai mon souhait dans les esprits des personnes récalcitrantes lorsque je leur serrai la main. J'étais fière de moi, je maîtrisais de plus en plus mes capacités psychiques. Le seul qui y échappait encore était Lucas. Mais, au départ, l'Espagne était son projet.

D'ailleurs, c'était certainement pour cela que ça me tenait tant à cœur. Lors de nos séances d'entraînement pour m'apprendre à contrôler mon empathie, il m'avait souvent montré des images de monuments. Il rêvait depuis longtemps de découvrir Barcelone et je voulais revoir cette étincelle dans son regard quand il en parlait.

Deux heures plus tard, nous sortîmes de la pièce. Un programme avait été décidé. Nous allions faire un maximum de visites en quatre jours et nous logerions dans un petit hôtel typique. Il ne nous restait qu'à diffuser l'affiche qui annonçait le voyage partout sur le campus et à patienter pour les réservations.

— C'est sympa, on va fêter le Jour de l'An en Espagne, dit Déborah.

Je n'avais même pas réalisé à quel point l'idée de partir en vacances me plaisait avant d'entendre mon amie aussi enthousiaste.

— Oui, ça me fera du bien de le passer loin de mes parents et de mes soucis. J'en aurai bien besoin pour me préparer à me défendre contre la Barbie diabolique !

— En effet, admit-elle. D'ailleurs, il faut vraiment qu'on parle de cette histoire, Cassandre.

— Ça va devoir attendre. Moins tu en sauras, mieux tu te porteras.

— Cassandre ! Tu devrais déjà avoir compris que tu peux me faire confiance.

— Mais je le fais ! C'est juste que je cherche à te protéger, c'est plus fort que moi.

— Et de qui exactement veux-tu me protéger ? D'une blonde platine qui détourne tes amis de toi ou bien du type qui te surveille tous les jours et qui s'est permis d'entrer dans ma tête, l'autre fois ? me demanda-t-elle.

— Euh, les filles, ce n'est pas le moment... nous dit Nicolas. Je vous rappelle qu'il y a pas mal de monde autour de vous. Cassandre, je vais lui expliquer, ça sera plus simple.

— Je... Oui, tu as raison, admis-je. Je dois y aller, je suis déjà en retard. Déborah, excuse-moi. J'espère que tu comprendras. Désolée de ne pas pouvoir te répondre, mais surtout j'espère que tu me pardonneras quand tu sauras tout.

Je partis en courant, osant à peine la regarder. Nicolas me laissa m'enfuir, compatissant. Comme il était passé par là avec Lucas, il avait conscience qu'il était difficile d'apprendre à quelqu'un qu'on lui cachait des choses importantes, mais il avait un avantage sur Déborah : on ne pouvait pas lui laver le cerveau.

Qu'allait-elle penser de tous mes secrets ? Déciderait-elle de me fuir ?

Un peu plus tard dans la journée, Déborah m'appela. Elle avait discuté avec Nicolas la majeure partie de l'après-midi et avait à peu près saisi les grandes lignes de l'histoire. J'étais membre d'un petit groupe de personnes qui possédaient des pouvoirs psychiques, tout comme Lucas, Aaron et Jennifer. Je lui expliquai que mes dons s'étaient récemment développés, je ne savais pas encore comment les contrôler et je n'avais qu'effleuré mon potentiel. Par chance, Déborah avait été élevée au contact de sa grand-mère qui était voyante. Elle n'avait donc guère eu de mal à accepter toutes les révélations qu'on venait de lui faire.

Elle me posa toutefois une question pour laquelle je n'avais pas de réponse.

Pourquoi ai-je ces dons ? Quel est le but de tout cela ?

Chapitre 20

Aaron fut d'accord pour tester les barrières mentales de Nicolas, mais j'avais peur que celui-ci réagisse mal. Personne n'aimerait que l'on sonde ses pensées. Je cherchais, depuis plusieurs jours, comment lui demander d'accepter de subir cet examen. Dans sa position, il n'était pas en sécurité. Si la grande perche apprenait que Nicolas faisait partie de mes amis proches, je ne donnais pas cher de son esprit.

Je trouvai enfin une solution à mon dilemme : après tout, Aaron pouvait le faire à distance, sans lui en parler, pourquoi évoquer le sujet ? S'il était vraiment impénétrable, il ne se rendrait compte de rien.

Et s'il ne l'était pas ?

De toute façon, dans ce cas-là, autant qu'il me fasse la tête, il aurait une raison valable pour prendre ses distances avec moi. J'espérais juste qu'il emmènerait Déborah. Je n'avais pas le courage de prendre la décision de m'éloigner d'elle.

Nous partirions dans trois jours. Il me restait plein de choses à faire avant le voyage, entre les formalités, les dernières confirmations de réservation et le planning des visites. Normalement, j'aurais dû faire cela avec Lucas, mais je préférais m'en charger toute seule. Inutile de m'imposer sa présence. J'avais fini par repeindre les murs de ma chambre, et je recommençais à vivre sans trop penser à lui. Je ne comprenais toujours pas le lien qui nous avait unis, mais il n'était plus là.

Je n'avais aucune envie d'être dépendante d'Aaron comme je l'avais été de Lucas, mais il prenait de plus en plus de place dans ma vie. Je voulais que mes sentiments pour lui se développent sans intervention de sa part, de manière naturelle pour une fois. Il était hors de question qu'il force les choses, comme avait tenté de le faire Lucas. Lui s'était imposé à moi. Avec Aaron, ce serait autre chose.

J'avais déjà du mal à me pardonner d'avoir faussé le choix concernant la destination du voyage. J'avais agi ainsi dans l'unique but de ne pas m'éloigner d'Aaron. Je sentais que s'il venait à le découvrir, il profiterait de la situation. Perspective à la fois délectable et intimidante. La nuit que nous avions passée ensemble avait été délicieuse, mais plus je restais avec lui, plus j'avais peur de me perdre. Avec lui, j'oubliais tout.

Le plus drôle, dans tout cela, était que j'avais tout fait pour être près de lui tout en m'arrangeant pour garder ce détail pour moi. Je me réjouissais à l'idée de partir quatre jours loin de tout, d'être entourée de mes amis, mais surtout loin de la grande blonde diabolique et de tous les soucis qu'elle me causait. Il y aurait Lucas aussi, c'est pour cela qu'il valait mieux qu'Aaron ne soit pas au courant de mes intentions.

Ce voyage devait demeurer un projet de ma vie d'étudiante, pas une escapade romantique avec mon amant. Car j'en étais certaine, s'il connaissait le planning de mon groupe, il trouverait un moyen d'être présent à tout instant, et cela malgré son travail. Il me fallait prendre du recul et réfléchir. Je voulais également tenter une expérience sur mon ex et, rien que pour cela, je devais garder Aaron à distance.

Il n'a pas à apprendre que Lucas sera avec moi. Si aucun événement ne se passe, il n'en découvrira jamais rien. Je suis juste rassurée de savoir qu'il ne sera pas trop loin de moi. Et que si j'ai besoin de lui, il me suffira de lui ouvrir mon esprit.

Le vingt-neuf décembre, Aaron vint me surprendre chez moi. J'étais en vacances et il avait pu se libérer pour l'après-midi. Je comptais lui présenter Nicolas et j'attendais beaucoup de cette rencontre.

— Nicolas, tu veux boire un café avec nous ? demandai-je.

— Oui, pourquoi pas ? Ça sera agréable de me retrouver de l'autre côté du bar et de me faire servir. À qui fais-tu référence quand tu dis « nous », au fait ?

— Aaron et moi. Désolée, j'ai oublié de vous présenter.

— Salut, c'est moi, Aaron.

— Non, pas possible ! Je n'en avais aucune idée.

J'adore le sens de l'humour de Nicolas, j'espère qu'il ne changera pas et qu'il est vraiment en sécurité près de moi.

— Tu es un petit malin, fit Aaron.

— C'est un de mes principaux charmes, répondit Nicolas.

— Je vois ça, on va s'entendre. Je prends un certain plaisir à mettre en boîte cette demoiselle. J'imagine que c'est aussi ton cas.

— Cela illumine ma journée.

Et voilà, ça va me retomber dessus.

J'aurais dû le prévoir. J'appréhendais tellement le résultat du test que je n'avais même pas pensé une seule fois qu'ils sympathiseraient tous les deux.

Je sentis les tentatives d'Aaron pour sonder Nicolas et sa réaction à lui. Il savait ce qui se passait, mais n'en avait pas peur. Il ne craignait nullement de dévoiler son âme à mon compagnon qui, de son côté, semblait perdre patience, car il n'y parvenait pas. La situation m'amusait au plus haut point maintenant que je n'étais plus le sujet des moqueries. Nicolas me fit un clin d'œil, me rassurant instantanément. Je n'allais pas être obligée de le mettre à l'écart.

Aaron finit par renoncer au bout d'une heure. À la fin, il ne parlait presque plus tant il se concentrait sur ses assauts contre Nicolas.

— Tu abandonnes déjà ? dit celui-ci. La nouvelle amie de Lucas s'est acharnée sur moi pendant une semaine entière.

— Si elle a du temps à perdre... répondit Aaron. Tu as un esprit plus que blindé. Je n'ai pas toute la journée, je dois prendre l'avion tôt demain matin et je sais maintenant que Cassandre pourra se fier à toi.

— Tu pars en vacances, toi aussi ? Nous, on va tous. Aïe ! Mais qu'est-ce que j'ai dit ? s'exclama-t-il.

Je n'avais pas pu m'empêcher de le pincer sous la table. J'espérais qu'Aaron ne chercherait pas à en apprendre plus, mais la réaction de Nicolas ne passait vraiment pas inaperçue. Aussitôt, il comprit que je lui cachais quelque chose d'important. Posant un regard inquisiteur sur moi, il commença tout de même par interroger Nicolas.

— Alors, comme ça, vous allez faire un voyage ? nous demanda Aaron.

— Oui, demain matin, lui avouai-je.

À quoi bon continuer à lui mentir ? Je m'étais fait démasquer.

— Tu ne voulais pas que je le sache ? m'interrogea Aaron. Tu me caches donc des choses. Je vais peut-être devoir sonder ton esprit.

— Je te l'interdis, répliquai-je. Et en effet, je ne te dis pas tout.

— J'ai l'impression que je suis de trop, déclara Nicolas. Désolé, Cassandre, j'ai sauté à pieds joints dans le plat.

Il semblait sincère, mais j'étais certaine qu'il était amusé, en son for intérieur, par mon expression à l'idée qu'Aaron mette ses menaces à exécution.

— *Vas-y, fuis. Tu as de la chance de pouvoir l'éviter, toi.*

Il ne put s'empêcher de rire en m'observant, je ressemblais à une souris prise au piège et Aaron tenait le rôle du grand méchant chat. Au départ, j'avais parlé pour moi-même, mais étrangement, s'il n'était pas possible de sonder l'âme de mon ami, nous découvrions tous les deux que nous pouvions discuter ensemble, d'esprit à esprit. C'était bon à savoir.

En y réfléchissant, je réalisai que même si je ne pouvais pas lire dans sa tête aussi clairement que celles de tout le monde, j'arrivais à percevoir quelques-unes de ses émotions, comme la colère et la fierté de me voir me rebeller, ou encore l'attirance. En vérité, je ne cherchais pas à connaître ses pensées, c'étaient elles qui sortaient de lui pour venir à ma rencontre. Nicolas pouvait communiquer avec moi sans crainte d'être manipulé. Aaron ne semblait pas se rendre compte de cette nuance chez lui. Je me surpris à sourire en comprenant qu'en cela, l'élève avait dépassé le maître. Peut-être était-ce une particularité que j'étais seule à posséder.

Mais mon mentor me tira de ma rêverie, me rappelant qu'il n'était pas content que je lui dissimule certaines choses.

— Pourquoi ces cachotteries ?

— Elles sont nécessaires.

— Tu ne me fais pas confiance ?

— Si. Mais je préfère conserver un minimum de secrets.

— Je pourrais essayer de les découvrir sans ton autorisation.

Il commençait déjà à étendre son aura vers moi. Je m'y opposai d'une simple pensée. L'entraînement avait porté beaucoup plus ses fruits qu'il ne l'avait supposé. Il n'arrivait pas à passer mes défenses et je lui fis un large sourire et des yeux de biche.

— Tu as progressé, constata-t-il après m'avoir jaugé.

— Avec tes méthodes d'enseignement, il valait mieux.

Après tout, Aaron n'aurait pas été fier de moi si j'avais cédé sous ses assauts sans résister, enfin, dans ce contexte. Il paya nos consommations et nous sortîmes tout en poursuivant notre conversation.

— Tu ne veux pas parler ? insista-t-il.

— J'accepte de discuter d'un certain nombre de choses, mais je refuse que tu rentres dans ma tête.

— Alors, dis-moi ce que j'ai le droit de savoir.

— Je pars quatre jours avec plusieurs élèves : Déborah, Nicolas et Lucas.

— Et pourquoi ne m'en as-tu pas parlé avant ? Tu ne comptes tout de même pas continuer à filtrer les informations !

— Non, simplement je prends le même avion que toi demain matin et j'étais impatiente de voir ton visage quand tu m'aurais découverte. À mon avis, ta mâchoire serait tombée encore plus bas qu'à cet instant.

— Je ne crois pas que ce soit une excuse valable.

— C'est la seule que je te donnerai.

— Et c'est ça que je ne devais pas lire dans ton esprit ?

— Non, c'est ce que je veux bien te laisser savoir. Une fille a le droit d'avoir son jardin secret.

Il m'embrassa d'un coup, sans prévenir. Il aimait que je lui résiste et il était fier que j'aie réussi à repousser son intrusion dans ma tête, même si mes cachotteries l'agaçaient. J'adorais ses baisers, mais je m'écartai de lui rapidement. Nous étions dans la rue et je n'étais pas très à l'aise avec les démonstrations d'affection en public. La lueur que je perçus dans ses yeux, au moment où je m'éloignais de lui, en disait très long sur les projets qu'il avait pour la fin de l'après-midi. Voyant les regards que nous nous échangions, Aaron et moi, Nicolas nous expliqua qu'il avait des choses à faire et nous abandonna sur place.

Plus tard, il me proposa de me raccompagner. Après s'être arrêté devant la maison de mes parents, il se tourna vers moi.

— Je n'apprécie pas vraiment les cachotteries que tu m'as faites, mais ton voyage est peut-être une bonne occasion.

— Je ne te comprends pas.

— Tu m'as bien dit que l'autre minus allait partir avec vous ?

— Oui.

— J'avais prévu de te donner quelque chose, ce soir, avant mon départ, pour que tu puisses tenter de briser l'emprise que cette fille a sur lui. Mais j'avais peu d'espoir. Par contre, si vous l'éloignez de celle qui l'a envoûté, cela aura peut-être beaucoup plus de chance de fonctionner.

— C'est une excellente nouvelle. Qu'est-ce que je dois faire ?

Aaron prit le temps de me décrire le rituel, étape par étape. Il était complexe et nécessitait un certain nombre d'objets qui me seraient fournis. Je devrais le mettre en œuvre le plus tard possible afin que le sort ne commence à agir qu'une fois que nous serions dans l'avion et que Jennifer n'ait pas l'occasion de le contrer.

— Je te préviens, me dit Aaron, ce ne sera pas simple. J'imagine sans mal qu'elle a renforcé son maléfice avec un talisman qu'il porte presque en permanence sur lui. Si nous réussissons, tu verras un changement dans son attitude. Tu vas devoir trouver cet objet et l'éloigner de lui pour lui permettre de retrouver ses esprits. Ce sera progressif, il lui faudra un peu de temps.

— Très bien. Je ferai le rituel juste avant de partir d'ici. Merci pour ton aide.

— Je passerai te chercher demain matin, si tu veux, puisque nous avons réservé le même vol. Tu pourras me dire si tout s'est déroulé comme prévu.

Sa voix était tendue. Il m'apportait son soutien, tout en appréhendant le résultat. Craignait-il que je l'abandonne pour Lucas quand celui-ci serait de nouveau lui-même ? C'était touchant. Malgré toute sa confiance en lui, il avait peur de me perdre. Je l'embrassai alors, en lui ouvrant mon âme pour qu'il ne doute pas un instant des sentiments que j'éprouvais à son égard. Lucas serait toujours quelqu'un à qui je tiendrais, mais Aaron serait le seul homme de ma vie. C'était sûrement stupide de m'engager ainsi à vingt et un ans. J'avais encore beaucoup à vivre, pourtant, j'étais convaincue que jamais je n'aimerais personne d'autre que lui. Si nous venions à être séparés, je ne pensais pas être capable de m'en remettre un jour.

Chapitre 21

À sept heures du matin, nous nous retrouvâmes à l'aéroport. Aaron avait une place en première classe. Il avait essayé de me convaincre de m'installer dans le siège à côté de lui, mais j'avais décliné son offre. Je comptais bien effectuer mon voyage comme je l'avais prévu avant qu'il ne soit au courant et rester avec mes amis.

— Je crois avoir aperçu Aaron à l'embarquement, m'annonça Déborah. Mais ça ne doit pas être lui.

— En fait, si, c'est lui, confirmai-je.

— Ne me dis pas que tu savais qu'il serait ici ! Je comprends mieux pourquoi tu souhaitais autant aller en Espagne.

— Oui, mais c'est surtout parce que c'était le projet de Lucas à l'origine. C'est l'une des dernières décisions qu'il a prises de lui-même avant que cette fille arrive.

— Ah, d'accord. En parlant de Lucas, il était avec sa poupée Barbie tout à l'heure.

— Je l'ai vu aussi. Du coup, je me suis tenue à bonne distance en attendant qu'elle parte. Elle l'accompagnait seulement. Le voyage est réservé aux étudiants de notre école. Elle a dû rester à l'aéroport. C'est peut-être une occasion de le désenvoûter. L'éloignement va affaiblir son emprise sur lui. Enfin, c'est sur ça que je compte. Ce matin, j'ai procédé au rituel qui brisera le contrôle qu'elle a sur lui. Il faut croiser les doigts pour que ça marche. C'est dur de constater tous les jours qu'il est si différent.

— Ce n'est vraiment pas évident, même Nicolas a du mal. Il est son meilleur ami, pourtant c'est devenu un inconnu.

— C'est lui qui t'a dit tout ça ?

— Oui et non.

Déborah rougit. Elle était tombée sous le charme de Nicolas et n'osait pas me l'avouer. Elle craignait que je me mette à pleurer sur mon amour perdu si elle partageait son coup de cœur. Il était temps que je lui parle de ma relation avec Aaron pour qu'elle arrête de prendre des pincettes avec moi. Elle ne l'appréciait pas beaucoup, mais elle ne se sentirait plus obligée d'être solidaire et de se taire.

— Tu sais, je crois que j'aurais dû te dire plusieurs choses à propos d'Aaron et de Nicolas, commençai-je.

— Peu importe. Pour le moment, je m'occupe de toi.

— Inutile, j'ai déjà quelqu'un qui le fait très bien. Tu peux être tranquille, Aaron est là pour ça.

— Je n'ai aucune confiance en lui. Et depuis quand est-il là pour ça ? Qu'est-ce qu'il fait pour toi ? Enfin, à part te surveiller comme un dragon garde son trésor.

— Il ne me fera rien que je ne veuille pas.

— C'est un vieux !

— Il n'est pas si vieux que ça.

Déborah me fixa, interloquée.

— On n'a que huit ans de différence, précisai-je.

— Tu parles ! Il fera tout pour te mettre dans son lit et quand ce sera fait, il disparaîtra.

— En réalité, c'est le cas depuis un moment.

— Quoi ? s'exclama-t-elle.

Avant qu'elle ait pu me poser d'autres questions, la voix de l'hôtesse de l'air nous interrompit. Elle nous donna toutes les consignes de sécurité. Dès qu'elle eut fini, je saisis la main de Déborah. C'était mon premier vol et j'étais très tendue. Quand l'avion eut atteint son altitude de croisière, je réussis à me décrisper.

— Ça va mieux ?

— Oui, je crois. Je n'avais pas prévu d'être aussi nerveuse.

— Rassure-toi, tout se déroulera bien. Et puis j'ai de quoi te distraire.

— Comme quoi ?

— Il est temps que tu me racontes toute l'histoire avec Aaron.

J'acceptai et je passai le reste du voyage à discuter. Je ne lui épargnai aucun détail, de notre rencontre à hier après-midi. Un petit moment avant l'atterrissage, Nicolas nous rejoignit avec Lucas. Celui-ci semblait plus détendu. Ils voulaient savoir si nous déjeunerions ensemble ou si nous nous séparerions à la sortie de l'aéroport. Lucas était plus vivant. Il nous parlait de façon spontanée et son regard brillait presque comme avant. Je leur proposai de manger dans un restaurant. Mon ex me souriait à nouveau. C'était tellement étrange, comme s'il me découvrait pour la première fois. J'aimais le voir ainsi. Il était doux et naturel.

C'était bizarre. L'homme devant moi ressemblait à celui qui m'avait fait fondre il y a quelques mois à peine et j'en avais les larmes aux yeux. D'un côté, j'appréciais de retrouver celui à qui je tenais tant, de l'autre, je craignais que cela ne soit que provisoire.

Déborah me fit signe d'attacher ma ceinture, l'avion allait atterrir. J'aperçus Aaron à travers le rideau qui séparait les voyageurs simples des privilégiés. Il me cherchait pour tenter d'engager une conversation mentale.

— *Que t'arrive-t-il ? Tu sembles agitée. Est-ce qu'il a été blessant ?*

— *Non, il ne se passe rien. Je le trouve juste changé, il y a un je ne sais quoi dans sa façon de me regarder. Je pense que le rituel a fonctionné. On se revoit plus tard.*

— *Tu ne restes donc pas avec moi ?*

— *Je croyais que tu devais travailler. Je vais déjeuner avec mes amis et je doute que tu aies envie de te joindre à une bande d'étudiants.*

— *On dîne ensemble ce soir, alors.*

— *Peut-être.*

Il parut agacé que je préfère la compagnie de Lucas à la sienne. J'avais déjà ressenti cela lorsque ce dernier avait insisté pour que nous quittions les lieux après mon agression sans que mon sauveur soit remercié. Si Lucas venait à retrouver ses esprits, leur relation allait devenir électrique.

C'était tout de même pratique de pouvoir communiquer de cette façon. Je me demandai si une personne, ayant les mêmes capacités que nous, pouvait écouter cette conversation. Il faudrait que j'essaye.

Une fois en ville, nous trouvâmes un restaurant isolé. L'ambiance y était légère, nous parlions de tout et de rien. Déborah semblait se rapprocher encore de Nicolas. Ils auraient été tellement mignons ensemble, mais il allait falloir que je suggère à Nicolas de l'informer sur son orientation sexuelle. Ce n'était pas à moi de révéler ses secrets, et il ne voudrait pas induire Déborah en erreur trop longtemps.

Après avoir déjeuné, nous réussîmes à localiser la colonne de Christophe Colomb ce qui nous permit de nous diriger vers l'aquarium. Puis nous nous promenâmes sur la célèbre Rambla[20] où se succédaient artistes de rue, fleuristes et vendeurs animaliers. Pour clore cette journée où nous avions de rester en groupe, nous visitâmes quelques-unes des œuvres de Gaudí[21].

Déborah me murmura qu'elle aurait aimé être seule avec Nicolas. Il était temps de s'éclipser. Comment m'y prendre pour éloigner Lucas d'eux ?

— Essaie de lui faire comprendre en douceur, Nicolas.

— Ne t'inquiète pas. Ce n'est pas la première fois que j'ai ce genre de problème. Ça va aller avec Lucas ?

— Oui... Enfin, je pense.

---

20 La Rambla est une avenue emblématique de Barcelone qui relie la place de Catalogne, centre névralgique de la ville, au vieux port où se dresse la colonne de Christophe Colomb.

21 Antoni Gaudí i Cornet, 1852 à 1926, est un architecte catalan de nationalité espagnole et principal représentant du modernisme catalan.

L'idée d'être en tête à tête avec lui me mettait mal à l'aise. Même s'il s'était montré moins distant, il était encore très différent de l'homme avec qui j'avais passé tellement de bons moments.

À force de tourner dans les rues, nous finîmes par nous égarer. La ville s'animait. Il y avait des petits bars partout. Je m'y arrêtai pour demander mon chemin à un couple de Catalans. En revenant, je constatais que la main de Nicolas était posée sur le dos de Déborah. Il était temps de s'effacer.

J'entraînai Lucas dans le débit de boisson sous prétexte de m'aider à porter les verres.

— Il faut qu'on les laisse.

— Pas de soucis. Mais on fait quoi ?

— J'ai vu un cinéma pas loin, on pourrait y aller ou prendre des tapas ailleurs, à moins que tu ne veuilles rentrer tranquillement.

— Commençons par manger un bout.

J'aurais préféré qu'il choisisse le film, on n'aurait pas eu à faire la conversation. J'étais de plus en plus nerveuse. Face à lui, je tremblais. Après plusieurs tentatives pour avaler quelques gorgées, je décidai d'abandonner avant d'en renverser le contenu et de me servir d'une paille.

— J'aimerais retourner à l'hôtel, je ne me sens pas très bien, dis-je.

— Pas de soucis.

C'était la première fois que j'arrivais à lui mentir. Avant, il l'aurait tout de suite su, mais, ce soir, je pouvais lui faire croire n'importe quoi. Il y avait toujours ce barrage qui nous empêchait de communiquer par l'esprit.

Juste avant de quitter le restaurant, quelqu'un le bouscula. Lucas laissa tomber son portefeuille, un autre type le ramassa et partit en courant. J'allais commencer à poursuivre le voleur, mais mon compagnon me retint par le bras.

— Mais qu'est-ce que tu fais ? protestai-je. Ils ont pris tes papiers !

— Ne t'occupe pas de ça, il est vide. Il n'y avait plus rien dedans. Par contre, c'est un cadeau de ma copine, elle va être furax.

Et voilà, il a fallu qu'il me parle d'elle.

— Elle comprendra et ça lui donnera une excuse pour m'offrir autre chose à mon retour.

— Oui, sûrement.

Sur le moment, je ne pensai pas à la possibilité qu'il s'agisse de l'objet qui permettait à Jennifer de contrôler Lucas. Mais en réfléchissant à ce qui nous arriva par la suite, j'en suis à présent convaincue. Ce voleur avait brisé en éclat le maléfice et Lucas avait été libéré. Merci, monsieur le pickpocket !

Nous finîmes par aller à l'hôtel en silence. Je le laissai devant sa chambre. J'espérai que Déborah passait une meilleure soirée que moi, malgré les révélations de Nicolas. De mon côté, j'avais envoyé l'adresse où nous étions installés à Aaron. Je voulais le voir pour qu'il me tienne dans ses bras et qu'il me conduise loin d'ici.

Juste après avoir posé mon téléphone, quelqu'un frappa à ma porte.

— Qui est-ce ?

— C'est Lucas.

Mon cœur fit un saut dans ma poitrine. Je me rappelai la première fois où nous nous étions retrouvés dans ma chambre, notre premier contact. Il fallait que je me reprenne.

Chapitre 22

Ma main sur la poignée de la porte, j'inspirai et expirai longuement avant de l'enclencher. Pourquoi venait-il vers moi ? Avait-il de nouveau changé, comme la dernière fois ? Se souvenait-il de moi ? De nous ?

— J'arrive.

— Prends ton temps.

Dès que j'ouvris, je réalisai que je m'étais trompée. Il n'était pas là pour cela.

— Que se passe-t-il ? demandai-je.

— Ma chambre est occupée.

— Par qui ?

— Déborah et Nicolas. Si j'ai bien compris, ils ont besoin de discuter tous les deux. Ils m'ont conseillé de m'installer ici avec toi, car ça durerait sûrement jusqu'à tard.

— Oh !

Déborah aurait dû être avec moi. Elle cherchait probablement à pousser Lucas vers moi. C'était une bonne intention de sa part, mais elle me mettait dans une situation délicate. Elle n'avait pas vraiment tenu compte de ce que je lui avais dit au sujet d'Aaron. Je regardai mon portable posé sur la table. Pourquoi n'avait-il pas sonné à ce moment-là ? La nuit allait me sembler interminable avec Lucas dans la même pièce que moi et j'aurais du mal à m'endormir.

— Ça ne te dérange pas si je prends la deuxième place ? demanda-t-il. Tu es la seule à ne pas avoir de colocataires.

— Je ne vais pas te laisser dehors. Entre.

Je n'étais vraiment pas des plus enjouées. L'espace était exigu, avec deux lits une place et un petit meuble de chevet pour les séparer. Dans un angle, il y avait la douche, munie d'un simple rideau. Mes joues chauffèrent. Être de nouveau aussi proche de lui, j'en avais rêvé, mais ce n'était pas du tout ce qu'il avait à l'esprit. Moi-même, j'avais cessé de penser à lui de cette façon. J'éclairai plus correctement la pièce, car je serais plus à l'aise que dans la pénombre.

— Je n'ai pas de quoi me changer. Ça te dérange si je suis en caleçon ? Ou bien tu préfères que je reste habillé ?

— Reste habillé !

Je n'avais pas pu m'empêcher de crier.

Pas question qu'il se retrouve à demi nu dans la chambre. Enfin, je restais humaine et je ne pouvais pas nier qu'il avait un corps magnifique et que je n'apprécierais pas de le revoir, mais après, il faudra me ramasser à la petite cuillère, donc NON ! Et puis, je ne suis plus seule, j'ai Aaron !

— J'imagine que pour la douche, ce sera la même réponse, supposa-t-il.

— J'irai faire un tour quelques minutes le temps que tu puisses en prendre une.

Une occasion comme celle-là et je la laissais s'échapper... Il y a encore quelques semaines, je n'aurais pas pu me retenir de le toucher... Cela aurait pourtant été un bon moyen de nous rapprocher. Et il ne m'ignorait plus. Si je tentais quelque chose, il ne me rejetterait probablement pas. Il... Je devais me resaisir. J'allais mal dormir durant toute la nuit. J'avais tout intérêt àsortir de là pour faire la fête, ou rejoindre Aaron...

Lucas me regarda d'un air étonné. J'avais un truc sur le nez ? Non, ça ne devait pas être ça. Je réalisai que j'étais restée plantée au beau milieu de la pièce comme ça, sans dire un mot depuis un moment.

— Je vais repartir, visiblement, tu ne veux pas de moi dans ta chambre. Je ne sais pas pourquoi, mais tu ne sembles pas m'aimer. Déjà toute à l'heure... Dès qu'on s'est retrouvés tous les deux, tu m'as presque plus adressé la parole et tu recommences.

— Tu crois que je ne t'apprécie pas ?

— C'est la seule explication que j'ai trouvée à ton comportement.

— Alors tu n'as aucune idée de ce qui se passe dans ma tête. À quoi bon te répondre ? D'ici quatre jours, tu oublieras encore tout.

— Bon sang, tu ne peux pas me dire ce qui te fait penser ça ?

— Inutile. Je sors une trentaine de minutes, prends ta douche. Quand je reviendrai, ce sera mon tour.

J'avais besoin d'air. Je ne voulais pas me remettre à pleurer. Pas devant lui. Pas ce soir. Pas ici. J'avais tellement envie d'appeler Aaron, mais je ne le devais pas. Il fallait que je me débrouille, comme j'avais prévu de le faire avant qu'il n'apprenne que nous serions tous à

Barcelone. Je devais être plus forte que ça. Je devais me battre pour garder la maîtrise de mes émotions.

Et puis j'eus une idée un peu extrême. Au diable, le contrôle ! J'envisageai une opération risquée pour aider Lucas à retrouver la mémoire. J'étais une femme et j'avais certains atouts, je devais m'en servir pour tenter le tout pour le tout. C'était le moment ou jamais. Jennifer était loin, Lucas me voyait pour la première fois depuis plus d'un mois et je n'aurais probablement pas d'occasion aussi belle que celle-ci. Aaron deviendrait fou s'il découvrait ce qui me traversait la tête à cet instant, mais si un baiser avait fait disparaître la personnalité de mon ex, un autre pourrait peut-être remettre les choses en ordre. Si je ne pouvais pas établir de contact psychique avec Lucas, je le ferais de manière physique. J'espérais que cela fonctionnerait. Après tout, rien n'est impossible. Y avait-il quelque chose de vrai derrière certains contes de fées ?

Le seul hic, c'est que je ne l'aime pas, enfin pas de cette façon...

Je fis demi-tour et rentrai dans la chambre sans frapper. Il se retourna, stupéfait, en m'entendant arriver. Sans lui laisser le temps de réagir, je le poussai pour qu'il tombe sur le lit. Penchée sur lui, je l'embrassai et j'étais sur le point de lui retirer son tee-shirt quand je perçus un bruit derrière moi.

Aaron !

Il n'était pas utile que je le voie pour en être certaine. Il était là et ses émotions me bousculaient. Elles rugissaient comme des vagues déchaînées. Je ressentais sa colère. Il était fou de rage, de jalousie.

Jaloux ? C'est impossible, il faudrait qu'il soit amoureux pour l'être.

Je me détournai de Lucas et fixai l'homme furieux qui se tenait à la porte, perdue. Je n'avais plus aucun repère. Je n'avais jamais envisagé notre relation sous cet angle. Jusque-là, j'avais su qu'Aaron me protégeait, qu'il me désirait, mais pas qu'il éprouvait de véritables sentiments. Avec Lucas, j'avais commencé par confondre cette émotion puissante avec son besoin maladif de me posséder et ma profonde solitude m'avait aveuglée. Aujourd'hui, Aaron était mon soutien et mon guide. Je ne voulais rien espérer de plus, de peur de me retrouver seule à nouveau. Alors, pourquoi ressentis-je cette vive douleur dans ma poitrine quand je perçus la lueur dans le regard d'Aaron ? Son visage était crispé, ses yeux exprimaient à la fois de la colère et de la peine. Je m'éloignai de Lucas d'un bond tandis qu'il demeurait immobile, sous le choc du baiser et de l'arrivée de mon amant.

— Qui es-tu ? Qu'est-ce que tu fais ici ? demanda Lucas lorsqu'il prit conscience que quelqu'un venait de faire irruption dans la pièce.

— Je suis Aaron. Tu embrassais ma petite amie ! À partir de maintenant, tu sauras que Cassandre est à moi. À moi ! Tu m'as bien compris ? Je ne suis pas du genre à partager, OK ?

Je restai debout entre ces deux hommes. Je n'étais pas un objet que l'on pouvait se disputer. Comment pouvait-il dire une chose pareille ? Il était si arrogant. Prétendre que je lui appartenais, comme ça ! J'étais encore libre d'agir comme j'en avais envie et pourtant, je ne l'avais jamais autant désiré qu'à cet instant. Son côté possessif m'émoustillait, car il me permettait de voir les fragilités derrière l'assurance de mon amant. J'arrivais enfin à ressentir ses émotions sans qu'il puisse les juguler. Elles étaient tellement puissantes, il ne cherchait pas à faire semblant ni à les masquer. Il ne savait pas que je pouvais lire en lui. Il me voulait toute à lui, corps et âme, et ne supportait pas la présence de Lucas près de moi.

J'étais à la fois effrayée par sa réaction et flattée de découvrir les sentiments que je lui inspirais. Le manque de réponses du côté de Lucas me faisait réaliser le ridicule de la situation. J'étais prête à mettre en péril ma relation avec Aaron en me jetant dans ses bras pour l'aider et afin que ses souvenirs lui reviennent. J'avais tout risqué, même si j'avais conscience que ce que j'avais ressenti pour lui lors de notre rencontre n'atteignait pas le centième de ceux que j'éprouvais pour Aaron. J'avais toutefois la certitude que de son côté, Lucas m'avait aimée sans compter. Je souhaitais lui permettre de retrouver sa véritable personnalité, je lui devais bien ça, mais je ne voulais pas perdre Aaron en agissant bêtement.

C'est pourtant ce que je viens de faire.

Et s'il ne comprenait pas ce qui m'avait poussé à embrasser mon ex ? Je m'étais comportée de manière totalement inconsidérée.

Lucas se mit à bafouiller, gêné par la situation dans laquelle il se trouvait. Il avait juste espéré dormir et se doucher. Il semblait trembler de peur face à Aaron. Et, à cause de moi, il risquait de recevoir la raclée du siècle, car il n'était absolument pas de taille, en comparaison de l'homme qui se tenait devant lui.

Après s'être redressé, Lucas essaya de s'éloigner le plus possible de moi. Il se prit les pieds dans mon sac de voyage.

— Je ne savais pas. Je...

Il cherchait ses mots. Je sentis l'aura d'Aaron s'étendre dans la pièce. Il ne voulait pas entendre ses excuses ni les miennes. Il s'assurait que le message était bien passé. Il m'attrapa par la main et m'attira à lui pour m'embrasser. Je ne pouvais pas réagir. Je ne tentais pas un instant de me dégager de son étreinte, sa fougue prenant peu à peu possession de mon esprit.

Chapitre 23

Au moment où Lucas allait sortir de la chambre, Aaron mit un terme à notre baiser.

— Et tu comptes aller où comme ça, toi ?

— Je suis visiblement de trop, dit Lucas.

— Tu peux rester si tu ne la touches pas.

— Tu ne penses quand même pas dormir dehors ? demandai-je.

Je ne voulais pas qu'il parte comme cela sans que nous ayons eu le temps de nous expliquer.

— Je ne sais pas. Je pourrais peut-être m'installer dans le couloir, proposa-t-il.

— Vous seriez encore trop proches l'un de l'autre, rétorqua Aaron. Tu ne bouges pas de là et Cassandre me suivra chez moi.

Aaron ne doutait de rien. Croyait-il vraiment que parce qu'il aboyait des ordres, je lui obéirais tel un animal domestiqué et docile ?

— J'ai peut-être mon mot à dire ? protestai-je.

J'enrageais d'entendre les hommes prendre des décisions pour moi sans me consulter.

— Tu préfères que l'on partage la chambre tous les trois ?

— Et si je vous abandonnais ici et que je dormais ailleurs ?

Je ne réussis pas à mettre un terme à cette polémique. Aaron n'aimait pas que je lui résiste et Lucas s'assit sur le deuxième lit. On allait bien s'amuser, ce soir, à se regarder dans le blanc des yeux ! Mais je ne voulais pas être la chose d'Aaron et suivre ses consignes au doigt et à l'œil. Je réservais cela uniquement à nos ébats, et encore...

— Et si vous me laissiez seule, le temps que je passe sous la douche, suggérai-je.

— On t'a déjà vue nue, l'un comme l'autre, me rappela Aaron.

— Comment cela : « on t'a déjà vue nue » ? réagit Lucas. Je m'en souviendrais quand même si je l'avais...

Un soupçon d'hésitation commençait à poindre dans sa voix, comme si des images de nous deux lui revenaient en mémoire. C'était très léger, mais quelque chose changeait.

— Pas avec la passoire que tu as dans la tête, répondit Aaron.

— Vous pouvez discuter de ça ailleurs qu'ici ? insistai-je. Dans le couloir ou au bar, peu importe. Mais j'ai besoin de me laver et je n'aimerais pas avoir à vous envoyer un seau d'eau froide.

Lucas faillit rétorquer que c'était moi qui lui avais sauté dessus, mais il se reprit à temps pour ne pas énerver davantage Aaron. Au bout d'un moment, je réussis à les convaincre de sortir.

Enfin seule.

Je les entendis parler non loin. Lucas essayait de comprendre ce qu'Aaron venait de lui dire quelques instants auparavant à propos de ses souvenirs. Le ton de sa voix laissait entrevoir son incrédulité. J'aurais voulu être en mesure de l'aider, difficile d'accepter l'idée que plusieurs mois de sa vie avaient été complètement effacés. Aaron ne l'épargna pas. J'ouvris le robinet. Il était inutile que j'écoute le reste de la conversation, Lucas n'allait pas retrouver toute sa mémoire simplement parce qu'on lui rappelait notre passé en commun. Sinon, cela se serait déjà produit.

Sous la douche, ma tension disparut peu à peu. L'eau, en me recouvrant de son film, me coupait du monde et me permettait de m'isoler.

C'est tellement agréable.

Pendant une poignée de minutes, je tentai de mettre mes problèmes de côté. Je pouvais oublier que je m'étais jetée sur mon ex dans l'espoir de lui faire ressentir des choses devant mon petit ami. J'avais toujours trouvé que les filles qui usaient de stratagèmes pour rendre les hommes jaloux ou les séduire étaient pathétiques, mais ce soir, je décrochais la palme d'or. J'avais réellement agi de manière inconsidérée, aucun d'eux ne méritait d'être traité ainsi.

Et voilà, je n'arrive pas à m'empêcher de penser à toute cette histoire, je n'arrête pas de me repasser la scène en boucle.

Frustrée, je me shampouinai et frottai avec plus de force que nécessaire. Après m'être rincée, je découvris que ma peau avait rougi sous l'effet de la friction excessive.

Après être sortie de la douche, je me saisis d'une serviette pour m'éponger et me sécher les cheveux. J'enfilai rapidement un large tee-shirt et un jeans. Quand j'ouvris la porte du couloir, j'y retrouvai

Aaron et Lucas, à nouveau silencieux, et se tenant là, immobiles. Je constatai que Lucas avait les yeux très fatigués.

— Tu devrais aller te coucher, lui conseillai-je. Je vais voir avec Aaron ce qu'on va faire.

— Ne nous attends pas, annonça-t-il avant que nous quittions la pièce.

— OK. Je ne me souviens pas d'avoir été avec toi, mais je t'apprécie beaucoup... Pas plus que ça, ne te fais pas d'idées, ajouta-t-il à l'attention d'Aaron. Alors, traite-la comme il faut. C'est une fille extra.

Cette remarque me toucha. Il avait peut-être perdu la mémoire, mais il demeurait un homme correct sur qui l'on pouvait compter.

— Elle est bonne, celle-là ! s'écria Aaron. C'est toi, le mec qui lui a brisé le cœur, qui viens me dire comment m'occuper d'elle ? lui déclara-t-il tout en connaissant très bien la réponse à sa question.

— Que veux-tu dire ? Je ne te comprends pas. À plus tard, Cassandre.

Il m'embrassa sur la joue avant de rentrer dans ma chambre. Aaron, en le voyant faire, eut envie de lui sauter dessus, mais se retint. Je restai un moment à le regarder, en état de choc. Son comportement avait changé de manière presque imperceptible. Il s'était détendu en comparaison avec son attitude lorsqu'il m'avait découverte seule avec Lucas. Il se maîtrisait à nouveau. Il avait retrouvé ses esprits et je n'avais plus accès à ses émotions les plus intimes.

— À quoi penses-tu ? demandai-je.

— À toi, en train de poser tes lèvres sur ce type.

— Oh !

— Je ne suis pas prêteur.

— Je l'ai bien compris quand tu l'as dit à Lucas. Et je ne comptais pas pousser l'expérience plus loin. Je voulais tenter quelque chose. J'ai agi sans prendre le temps de réfléchir. Il semblerait que j'aie réussi mon coup, enfin, pas tout à fait, mais… Lucas n'a pas vraiment réagi, mais il y a un petit quelque chose qui a évolué en lui depuis ce matin.

— Arrête de me parler de lui !

— Tu es jaloux ?

— Je ne…

Il ne finit pas sa phrase. Il n'aimait pas exprimer ce qu'il ressentait.

Sans ajouter un mot, je me blottis dans ses bras. Nous partagions rarement des moments tendres. Il me caressa les cheveux et j'écoutai les battements de son cœur.

— Pourquoi es-tu là ? Je ne m'attendais pas à ce que tu viennes, même si cela me fait très plaisir.

— Pour te convaincre de me rejoindre dans ma villa. Je ne pensais pas te trouver avec lui. Pourquoi était-il avec toi ? Et où est Déborah ?

— Elle est avec Nicolas. Je crois qu'elle a essayé de nous aider à nous réconcilier. Lucas n'allait pas dormir dehors alors qu'un lit était disponible.

— Repars avec moi. Je ne veux pas que tu passes la nuit avec lui. Ni maintenant, ni jamais.

— Je préfère rester ici cette nuit. Mais rassure-toi, si tu étais arrivé quelques secondes plus tard, tu m'aurais vue m'écarter de lui. Il ne se serait rien passé du tout. Mais il ne faut pas que je l'abandonne, je suis certaine qu'il est à deux doigts de retrouver une partie de ses souvenirs. Je refuse de renoncer. C'est important pour moi et tu dois me comprendre.

— Tu vas me rendre dingue.

— Aucun de nous ne cherchera à profiter de la situation après ce qui s'est dit.

— Demain matin, je viens te récupérer à la première heure et je ne te laisse pas le choix.

Il n'insista pas plus. Je rentrai dans ma chambre et me couchai, essayant d'apercevoir la lune par la fenêtre. J'avais besoin de me sentir libre, loin de tous les événements de cette soirée. J'entendis Lucas bouger de son côté, il avait une nuit agitée. Je ne parviendrais jamais à m'endormir. Après tout, j'aurais peut-être dû partir avec Aaron.

Vers quatre heures, Lucas arrêta de remuer et s'assit dans son lit.

— Je t'ai réveillé ?

— Non, j'ai du mal à trouver le sommeil. Cassandre, est-ce que cette histoire de fou est vraie ? J'ai réellement fait tout ce qu'il m'a raconté ?

— En grande partie, oui.

— Et tu acceptes encore de me parler ?

— Tu n'y es pour rien. Tu n'as eu aucun contrôle au cours du mois qui vient de s'écouler.

— Pourquoi ai-je tout à coup l'impression qu'il existe un lien entre toi et moi ?

— Sans doute parce que tu t'es éloigné de ta copine du moment. La perte du portefeuille qu'elle t'avait offert a probablement permis de rompre son emprise sur toi. J'ai également tenté de lever le sort juste avant qu'on prenne l'avion. Vu la conversation que nous avons maintenant, j'imagine que j'ai réussi mon coup. De retour en France, tu m'oublieras peut-être à nouveau.

— Et si je ne rentre pas en France ?

— Je pense qu'elle le découvrira et qu'elle s'arrangera pour te retrouver, comme elle l'a déjà fait. Elle ne renoncera pas à toi aussi facilement. Jennifer va être furieuse. Méfie-toi d'elle, cette fille est dangereuse.

— Et lui ? Il est correct avec toi ?

— Oui, le rassurai-je.

J'étais touchée par la manière dont il avait posé cette dernière question. Il s'inquiétait réellement pour moi. Nous n'ajoutâmes rien de plus, c'était inutile. J'avais besoin de laisser couler mes larmes, mais je ne voulais pas qu'il m'entende pleurer. J'attendis donc qu'il se rendorme pour m'enfermer dans la salle de bain. Lucas refaisait surface. J'avais peur de sa réaction lorsqu'il se rappellerait l'étendue de ses sentiments à mon égard et qu'il se rendrait compte que j'avais quelqu'un dans ma vie. Pour l'instant, il prenait les choses comme un ami attentionné, mais que se passerait-il après ?

Chapitre 24

En me réveillant, je jetai un coup d'œil vers l'endroit où Lucas dormait encore. Nous avions parlé un moment pendant la nuit et il avait besoin de se reposer. Il avait beaucoup d'informations à digérer.

Il avait eu un sommeil mouvementé et sa couette était en boule à ses pieds, au bout du matelas. À cause du chauffage, il avait enlevé ses vêtements. Son corps était toujours aussi parfait. Après un instant, il ouvrit doucement les paupières. Dès qu'il me vit, il se hâta de récupérer la couverture et se glissa en dessous, gêné d'être surpris en pleine érection matinale.

Je ne voulais pas regarder ailleurs. Sa réaction avait suscité mon attention et je comptais bien profiter de mon avantage pour essayer de le faire redevenir l'homme qu'il était lorsque nous nous étions rencontrés. Je sortis de mon lit, dans ce tee-shirt qui cachait à peine mes hanches. Comme la tentation était trop forte de le titiller pour qu'il rougisse encore plus, je m'étirai de manière féline, longuement, laissant le tissu remonter au-dessus de mes cuisses.

Je sentis qu'il m'observait. J'avais capté son intérêt. Il ne me quittait pas des yeux. Il agissait comme il l'avait toujours fait... enfin, jusqu'à l'apparition de Barbie diabolique. Je m'approchai de l'endroit où il se trouvait. Cette fois-ci, la porte était verrouillée et, ayant oublié de recharger mon téléphone, sa batterie s'était vidée, rien ne pourrait nous interrompre. La veille, j'avais pu remarquer qu'il réagissait positivement à mes provocations, elles l'aidaient à revenir parmi nous, car elles lui rappelaient comment il m'avait embrouillé l'esprit jour après jour à notre rencontre. Mais je devais m'arrêter là, j'entendais déjà des pas dans le couloir. Déborah venait chercher ses habits. Dommage, ce n'était que partie remise. J'ignorais à quel point il me faudrait le pousser pour qu'il redevienne vraiment lui-même ou si j'étais capable d'aller plus loin sans avoir l'impression de trahir Aaron. En tout cas, le magnétisme qui nous avait attirés dès le premier jour se manifestait à nouveau. Mais cela me fit sourire, nous nous étions retrouvés dans une situation similaire à cette époque et j'espérais que Lucas parviendrait à refaire surface.

Mince, pourquoi est-ce que je réagis ainsi ?

— C'est moi. Vous avez passé une bonne nuit ? demanda Déborah.

— Pas vraiment, répondit Lucas. J'ai fait la connaissance du petit ami de Cassandre.

Le regard sombre qu'il me lançait en disait long... Lucas se souvenait de tout à présent et le fait que j'aie tourné la page de notre relation ne lui plaisait guère, il semblait oublier qu'il l'avait fait le premier.

Bon, OK, je suis de mauvaise foi. Je l'admets.

Lucas avait subi un lavage de cerveau et n'était pas passé à autre chose volontairement.

Ils vont me rendre folle, tous les deux.

— Pourquoi est-il ici ? s'enquit Déborah.

— Il voulait me convaincre de venir dormir la nuit chez lui, lui dis-je.

— Et me terroriser par la même occasion, ajouta Lucas.

— À ce point ?

— N'exagère pas non plus ! m'exclamai-je.

— Il n'a pas réussi son coup, au contraire, je crois que ça a eu l'effet inverse sur moi. Mais il faut bien avouer que ce type sait faire son entrée.

Vous avez fini de communiquer par énigmes ? Expliquez-vous clairement cette fois.

— Il est arrivé pile à temps pour la voir m'embrasser.

— Parce que vous deux, c'est reparti ?

— Non, c'était seulement un moment d'égarement, me justifiai-je.

— Parce que tu penses que je n'ai pas remarqué ton petit manège au réveil ? réagit Lucas.

— Un autre moment d'égarement...

Tu parles.

— Dommage pour lui que je ne me laisse pas facilement impressionner, dit-il. Et sa copine est à mon goût. Je ne lui ferai pas le plaisir de garder mes distances avec elle.

Ça promet d'être électrique. Voilà qu'il recommence à me faire tourner en bourrique. J'avoue, cela m'a manqué… Enfin, juste un petit peu.

Mais il était vrai que, maintenant que nous évoquions Aaron, je ne savais plus très bien où j'en étais. Jamais je n'aurais cru qu'il était possible d'être le centre de l'attention de deux hommes.

À peine avais-je invoqué l'image d'Aaron qu'il s'immisça dans ma tête. Il n'attendait que ça depuis son réveil. J'espérais qu'il n'avait pas perçu mon humeur du matin et qu'il ne lirait pas trop vite dans l'esprit de Lucas. Pas après les événements des derniers jours.

Il prit conscience de mon intérêt pour lui et m'ouvrit grand les portes pour que j'accède à ses pensées. J'éprouvai de la honte en nous voyant tous les deux en pleins ébats amoureux. Des mains invisibles frôlaient ma peau et mon corps s'agita, mêlant ces sensations à ses souvenirs des moments que nous avions partagés à l'hôtel. Si j'avais été seule, je me serais volontiers laissée aller à ses désirs, mais ce n'était pas le cas. J'échappai à son emprise et rejoignis mes amis dans le monde réel, frustrée d'abandonner si tôt Aaron et le plaisir qui m'envahissait déjà. Déborah et Lucas me regardèrent d'un drôle d'air. J'avais les joues en feu. Lucas avait du mal à retenir un fou rire. Il avait compris ce qui m'était arrivé. Rougissant encore plus, je me réfugiai derrière un livre.

— *Tu peux toujours te cacher, j'ai reconnu cette tête. Je te rappelle que j'ai été le premier à l'avoir vue, me dit Lucas.*

— *Sors de mon esprit !*

Il alla retrouver Nicolas et je restai là avec Déborah pour que nous puissions nous laver et nous habiller. Nous en profitâmes pour parler de ses sentiments pour Nicolas. Elle me rassura en m'affirmant qu'elle avait très bien pris ses révélations. Ils avaient beaucoup discuté pendant la nuit et elle ne l'en appréciait que plus pour sa franchise. Elle s'efforcerait de transformer son coup de cœur en une solide amitié. J'étais fière d'elle et je la serrai dans mes bras.

—Je t'adore. Ta réaction m'impressionne.

*

Je reçus un texto d'Aaron où il nous informait que nous étions tous attendus à la soirée qu'il organisait pour le réveillon dans sa villa. Elle serait très select et, même si Déborah et moi avions prévu de jolies tenues pour la nuit du trente et un décembre, nous dûmes nous résoudre à faire une nouvelle séance de shopping. Nous plaisantâmes et évoquâmes l'image de Nicolas, Lucas et Aaron qui porteraient nos sacs tout en se plaignant de la quantité d'affaires dont une femme avait besoin : robe, chaussure, pochette, lingerie, maquillage... Je me voyais déjà dans une toilette fabuleuse de grand couturier, mais je devais revenir à la réalité. J'allais bien trouver quelque chose de classique et pas trop cher, à la hauteur de mon porte-monnaie. J'avais des remords à abandonner la soirée que nous avions organisée avec le conseil des élèves, mais ils étaient assez nombreux pour pouvoir se passer de nous.

Aaron vint nous chercher vers dix heures trente. Il nous conduisit vers le quartier chic de Barcelone pour que nous y fassions notre shopping.

Nous y découvrîmes une immense concentration de magasins sur près de cinq kilomètres, parmi lesquels figuraient des noms célèbres tels que Giorgio Armani[22], Burberry[23], Bally[24], Cartier[25] et Calvin Klein[26], pour n'en citer que quelques-uns. Je soupirai, réalisant qu'Aaron n'avait pas conscience du budget que nous avions à notre disposition, après tout, nous n'étions que des étudiants. Après avoir acheté plusieurs babioles, nous nous arrêtâmes devant la boutique Versace[27]. Aaron insista pour nous y faire entrer. Il fit signe à la vendeuse de nous apporter ce qu'elle avait de plus beau et de plus cher dans leur collection.

— Vous devez les essayer.

— Mais ce n'est pas la peine, nous n'avons pas les moyens, ce sont des robes de créateur, protestai-je.

— Je ne te demande pas de le faire. Enfile-la. Pendant ce temps, nous irons trouver des costumes pour tes amis.

Il nous laissa en compagnie de la conseillère, qui semblait ravie. Peut-être pensait-elle avoir affaire à de riches jeunes filles venues de

---

22 Giorgio Armani : marque de prêt-à-porter de luxe. Italie.

23 Burberry : marque de confection de chemisiers et accessoires de luxe.

24 Bally : marque de chaussures et gamme de prêt-à-porter et accessoires.

25 Cartier : marque de bijoux et accessoires de luxe

26 Calvin Klein : marque de prêt-à-porter de luxe américain.

27 *Versace* : marque de prêt-à-porter de luxe. Italie.

France pour dépenser des sommes astronomiques en toilettes de luxe. Les vêtements ici étaient de véritables bijoux. Je découvris qu'Aaron m'avait choisi un somptueux fourreau noir et or, confectionnée avec un tissu si fin que j'avais peur de le déchirer. Elle avait un dos nu vertigineux. C'était tout à fait le genre de tenue que je rêvais de posséder sans jamais en avoir eu l'occasion. Celle qui s'occupait de nous m'examina de la tête aux pieds avant d'aller chercher une paire d'escarpins noirs, ornés de talons dorés. Les chaussures étaient d'une délicatesse extrême. Ils faisaient dix centimètres de haut, mais s'accordaient parfaitement à la robe. Si je devais les acheter, je m'arrangerais pour ne pas avoir à marcher trop longtemps avec, de peur de me tordre les chevilles.

— Avez-vous de la lingerie rouge pour ce soir ?

— De la lingerie rouge ?

— Oui, c'est une coutume italienne qui s'est développée chez nous. On met des petites culottes rouges[28] la nuit du Nouvel An. Il s'agit d'un rituel destiné à apporter de la chance pour l'année qui commence. Ces dessous doivent absolument être neufs et si vous voulez la respecter à fond, il faut les jeter le lendemain.

— Oh ! C'est sympa comme tradition.

Déborah approuva depuis la cabine d'essayage juste à côté.

Je sortis de la mienne et la vendeuse rajusta le laçage dans mon dos. Le résultat me laissa sans voix : debout devant la grande glace, je ne me reconnaissais pas. Cette robe était si près du corps que l'on pouvait

28 La tradition de porter de la lingerie intime rouge le 31 décembre est d'origine italienne. Cela apporterait amour et chance. Attention, cela est peu connu, mais pour que la magie opère, la lingerie en question doit impérativement être jetée le lendemain...

difficilement porter des sous-vêtements. Mon amie, qui venait d'apparaître, ne prononça pas un mot. Nous ressemblions à des stars de cinéma sur le tapis rouge. J'entendis Nicolas et Lucas s'approcher tout en discutant. Tous les trois étaient très classe en costume. Mais rien de comparable avec l'allure d'Aaron. Il débordait de charisme. La conseillère commença à se pavaner sous ses yeux et, visiblement, ça lui plaisait. Il aimait être admiré, mais lorsqu'il vit le regard de Lucas se poser sur moi, il cessa de jouer immédiatement avec celle-ci, réduisit la distance qui nous séparait en quelques pas et m'enlaça.

— Ton présent pour Noël, un peu en retard.

— C'est une merveille. Je ne peux pas... C'est beaucoup trop... bredouillai-je.

— Ce soir, j'ai envie que tu sois resplendissante à mes côtés. Tes amis sont eux aussi invités, je te l'ai dit. Bien entendu, leurs tenues sont comprises dans ton cadeau. Tu ne leur refuserais pas ce plaisir ? Je ne veux pas que tu te sentes seule dans mon monde.

Je n'en revenais pas. Déborah, l'ayant entendu, le rejoignit et l'embrassa spontanément sur la joue. Elle allait pouvoir profiter d'une réception de rêve grâce à lui. Elle avait l'impression d'être Cendrillon et d'avoir trouvé sa marraine la bonne fée, ou plutôt son parrain.

— *Après ça, elle va t'adorer,* estimai-je.

— *En parlant d'adoration, Lucas semble se souvenir de toi. Je ne sais pas si ça me plaît ; il avait des idées salaces en te regardant.*

Aaron était ronchon quand il s'agissait de Lucas et cela se ressentait dans sa manière de communiquer dans mon esprit.

— *Oui, il se souvient de tout, mais...*

— *Mais quoi ? Tu vas me dire que cela ne change rien ?* m'interrompit-il.

— *C'est ça, c'est du passé. Il m'observe comme ça seulement parce que je l'ai provoqué pour qu'il redevienne lui-même. Mais l'important, ce sont mes sentiments et ils sont clairs. Et puis, dans cette robe, il faudrait être aveugle pour ne pas me voir. Garde ton calme avec lui, je te le demande, sinon je risque de faire pareil quand Nicolas te dévorera des yeux.*

— *Nicolas ? Mais quel est le rapport ? Et pourquoi Nicolas ferait ça ?*

— *Je dois vraiment tout t'expliquer. À croire que c'est toi, le débutant de nous deux...*

— *Oh... Comment aurais-je pu le deviner ? Je ne lis pas dans son esprit.*

— *Ah oui, toi, tu n'as pas accès à ses pensées.*

— *Parce que, toi, tu en es capable peut-être ?*

— *Pas vraiment, mais j'ai déjà discuté avec lui comme on le fait maintenant.*

Il afficha un visage incrédule.

— *Tu as réussi à passer ses barrières ?* dit-il très étonné.

— *Je ne les ai même pas senties.*

J'étais triomphante. Aaron en resta sans voix.

Après avoir récupéré les deux robes, la vendeuse les emballa dans de grandes boîtes noires qu'elle referma avec un large ruban blanc. Elle fit de même avec les chaussures. Nous ressortîmes peu de temps après. Mais il y en avait deux supplémentaires. J'aurais aimé savoir ce qu'elles contenaient.

Chapitre 25

Après avoir déjeuné, Aaron nous conduisit vers la côte. Nous pénétrâmes dans la zone résidentielle du Cap de la Nau[29], puis dans la cour d'une luxueuse villa.

À l'intérieur, j'admirai la vue sur la plage. L'immense maison était construite sur deux niveaux. Le principal comportait un salon confortable et lumineux et une salle à manger très agréable. Celle-ci était égayée par de larges baies vitrées qui donnaient sur la mer, une cuisine entièrement équipée avec de splendides plans de travail en marbre italien. L'ensemble était spacieux et moderne et la décoration soignée.

— La soirée aura lieu ici, annonça Aaron. Vous avez chacun une chambre à l'étage inférieur. Une pour Lucas, une pour Déborah, une autre pour Nicolas et la quatrième sera pour nous deux.

29 Le Cap de la Nau est un des caps les plus emblématiques de la côte méditerranéenne espagnole. Situé sur la commune de Jávea.

Il fit un grand sourire en direction de Lucas, le défiant ainsi de m'approcher de plus près. Il ne pouvait signifier qu'une seule chose : fini de jouer, tu ne l'auras plus jamais dans la même chambre que toi !

— Vous pourrez utiliser la salle de bains du fond pour vous préparer, les filles. Vous y trouverez tous les accessoires nécessaires.

Je sentis que Déborah était sur le point de demander pourquoi il disposait de produits de beauté, mais elle se ravisa.

— Merci. Déborah, tu viens avec moi ? proposai-je. Il nous reste quelques heures afin d'être à la hauteur des robes que nous allons porter.

— Je te suis. Merci encore, Aaron. À tout à l'heure !

Nous prîmes tout notre temps pour nous apprêter. Déborah me coiffa les cheveux en arrière et les fit retomber en cascade dans mon cou, puis elle mania un fer à friser pour me créer des boucles. Elle me maquilla très simplement, sans charger. Le résultat était sobre, mais élégant. J'entendais le personnel du traiteur installer la salle pour la réception. Aaron attendait près d'une cinquantaine d'invités lors de sa soirée.

En regagnant la chambre, je trouvai les deux boîtes que j'avais vues plus tôt négligemment posées sur le lit avec une carte où étaient inscrits ces mots :

Tu n'en as pas besoin, mais j'espère que ça te plaira.
A.

J'ouvris la plus grande des deux et y découvris un collier en or blanc serti de diamants. Il était magnifique. Au même instant, Aaron entra dans la pièce. Il me prit le coffret des mains avant que je ne puisse prononcer la moindre parole et en retira le bijou. Aaron se glissa derrière moi et releva mes cheveux. Il le passa délicatement devant mon cou, le referma tout en embrassant le creux de mon épaule, puis il remit en place la cascade que formait ma coiffure. Il me tendit la seconde boîte. Il s'agissait du bracelet assorti.

— Tu es splendide, dit-il avec tendresse.

— Merci. Mais tous ces cadeaux, c'est beaucoup trop.

— J'en ai les moyens. Et avec une femme aussi belle que toi à mes côtés, je n'aurai aucun mal à séduire mes invités et à leur faire signer de juteux contrats.

Il me laissa pour que je finisse de me préparer seule dans la chambre.

Alors que j'approchais de la porte pour sortir de la pièce, je sentis la présence de Lucas près de celle-ci. Il semblait hésiter à entrer. Je lui ouvris et, en le voyant, je me rendis compte qu'il était tracassé.

— Que se passe-t-il ?

— Je n'ai pas envie de t'oublier de nouveau. Tu es prodigieuse.

Comprenant que j'étais mal à l'aise, il s'empressa d'ajouter.

— Ne t'inquiète pas, je sais que pour l'instant, rien de tout ceci n'est envisageable. Tu es avec Aaron et il y a des choses que je dois régler avec Jennifer.

— Ne me parle pas d'elle !

Je n'avais pas pu retenir la colère ni l'amertume que je ressentais contre elle. Le début de sourire qui se dessina sur le visage de Lucas était très explicite. Mon ex avait mal interprété mes dernières paroles et pensait y avoir décelé de la jalousie.

— Je ne veux pas dire que je ne souhaite pas la faire souffrir. Je ne suis pas un adolescent qui va quitter sa copine parce qu'il aime une autre fille. J'essaye de t'expliquer qu'avec ce qu'elle m'a fait, rien ne pourrait advenir de bon entre nous. Je dois l'empêcher de nuire, avant d'envisager de te reconquérir.

— Pourquoi as-tu besoin de m'informer de tout cela ?

— J'ai conscience que j'ai peu de chances d'arriver à vaincre Jennifer. Je n'ai pas le niveau, mais je sais, au fond de moi, que même si c'est perdu d'avance, je dois l'affronter. Tu as la possibilité d'être heureuse avec Aaron et il vaut mieux que tu la saisisses. Ne mets pas votre relation en péril. Pas pour moi, je ne le mérite pas. Pas après ce qui s'est passé. Je t'ai abandonnée alors que tu es la personne la plus importante pour moi.

Je sentis les larmes me monter aux yeux. Et mon cœur se serra.

— Je n'ai pas envie d'entendre cela, pourquoi cherches-tu à gâcher la soirée avec cette histoire ? Cela ne pouvait pas attendre ?

— Non. Nous retournons bientôt en France. Si je t'oublie de nouveau, je veux que tu te rappelles que mon seul but dans la vie a toujours été de te protéger.

Il me laissa sur ces mots. J'étais perdue entre l'admiration et la tristesse. Il venait tout simplement de me faire ses adieux, alors que je l'avais à peine retrouvé. Je ressentais le besoin de pleurer, de me réfugier dans ses bras, mais cela aurait été inutile. Je devais être plus forte.

*

La fête allait débuter. J'essuyai une larme qui commençait à perler au coin de mon œil et pris une profonde inspiration.

C'est parti. Cendrillon doit se rendre au bal.

Pendant la soirée, Aaron me présenta à ses invités un par un. Il était très prévenant avec moi, il avait dû entendre la conversation que j'avais eue avec Lucas plus tôt. Le connaissant, il avait probablement surveillé ses moindres faits et gestes jusqu'au moment où Lucas m'avait dit de vivre sans lui. Il gardait toujours une main posée sur mes hanches. Il me réconfortait à sa façon.

À minuit, fidèle à la tradition espagnole, nous mangeâmes tous un grain de raisin à chaque coup de cloche[30]. Au douzième, je fis le vœu de demeurer dans les bras d'Aaron aussi longtemps que possible. Qu'il continue de veiller sur moi. Je perçus alors un tourbillon d'énergie en moi. Je venais de réécrire mon destin.

Mes amis allèrent se coucher quelques heures plus tard. Et une fois que le reste des invités fut parti, nous nous retrouvâmes seuls.

Enfin !

Il se tenait face à moi et son regard parcourut mon corps. Je le ressentis comme si une vague déferlait sur moi tel un tsunami. Nous étions debout devant une table en marbre imposante. Dans ma robe, les courbes de ma poitrine ressortaient beaucoup plus que d'habitude. La tension devenait trop forte pour y résister, Aaron me saisit par la taille, m'attira contre lui et m'embrassa. Mes jambes étaient serrées

30 Le 31 décembre lorsque les 12 coups de minuit retentissent, il faut manger 12 grains de raisin qui symbolisent chance et bonheur pour l'année à venir.

l'une contre l'autre et il manifesta le besoin de se placer entre elles. Je ne lui cédai pas, je voulais que le plaisir dure. Pour autant, cela ne le découragea pas du tout et il changea de stratégie, il se mit à remonter le tissu de mon fourreau afin de dénuder mes cuisses, peu à peu, sans pour autant me l'enlever. Excitée, j'approfondis notre baiser et sentis qu'il appréciait mon initiative. Il prit alors mes seins entre ses mains pour les caresser au travers de l'étoffe, m'arrachant un gémissement plaintif.

Faites que cela ne s'arrête jamais.

Le champagne que j'avais bu durant la soirée avait levé mes inhibitions et je fis glisser la fermeture latérale de ma robe, en un instant, elle se retrouva à mes pieds en révélant le tanga en fine dentelle rouge sang que je portais. Je l'avais discrètement ajoutée à mes achats, incitée par la vendeuse afin de respecter la tradition : une nuit torride au réveillon est censée m'apporter une année de chance.

C'est alors que je jetai un œil sur l'escalier par lequel mes amis étaient partis et que j'eus un léger mouvement de recul, prenant conscience de mon effronterie. Aaron, devinant mes appréhensions, me rassura sur l'isolation phonique. Personne ne nous entendrait.

Il déposa des baisers brûlants le long de mon cou, progressant trop lentement à mon goût vers ma poitrine. Je respirais de plus en plus fort. Il désirait me faire languir et parcourait la base de mes seins avec sa langue, mais j'en voulais plus. Je l'entraînai avec moi pour atteindre la table, et, sans attendre qu'il m'y invite, je m'y hissai, frissonnant au contact du marbre frais et recommençai à l'embrasser. Vivement, j'ouvris sa chemise et je laissai courir mes doigts sur son torse. Satisfaite des réactions que je provoquais chez lui, je continuai ma descente vers son nombril, mais il repoussa mes mains.

— Ne joue pas à ça, ou je ne réponds plus de rien...

— Je crois que c'est le but, non ? Se rendre fous mutuellement.

Aaron remontait déjà les paumes sur mes cuisses. Il m'allongea sur le meuble et s'attarda un moment pour me retirer la fine pièce en dentelle avec délicatesse. Il se pencha sur moi pour reprendre ses attentions, avec les doigts tout d'abord, puis entreprit de stimuler le point brûlant où mes sens s'affolaient avec sa langue adroite et savante. Je finis par perdre la tête de mille et une façons, ondulant sous lui sans que je puisse me retenir de gémir. Mon intimité se contractait autour de son index sous l'effet de l'orgasme qu'il avait déclenché en moi, le suppliant de ne pas s'arrêter, encore et encore. Aaron ne se lassait pas de sucer et de titiller la zone la plus sensible de mon anatomie. Il ne pouvait lutter contre ce besoin animal qu'il avait de satisfaire chacune de mes attentes. À ma respiration, de plus en plus saccadée, vinrent s'ajouter mes plaintes de plaisir. Mon amant se rendit compte que je ne tenais plus et il remonta le long de mon corps tout en le maintenant contre le sien. Il s'essuya rapidement les lèvres sur la manche de sa chemise avant de m'embrasser avec avidité. Nous tremblions tant la tension entre nous était à son comble. Un râle s'échappa de ma gorge.

— J'adore quand tu fais ce genre de petit bruit, dit-il. Tu es tellement enivrante.

J'aurais voulu pouvoir le sentir en moi, mais il portait toujours ses vêtements. Je me redressai pour saisir sa ceinture et la détacher. Ma paume, glissée sous sa chemise, commença à parcourir sa taille nerveusement et je sortis son sexe dressé hors de son boxer. Je refermai mes jambes autour de ses hanches et le fis entrer en moi d'une poussée franche.

Le gémissement profond et viril qu'il émit eut pour effet de m'enflammer encore plus et mes mains devinrent plus pressantes sur lui, si bien que mes ongles marquèrent sa peau. J'avais envie de me laisser dévorer par la passion, de me livrer, tout entière, à cet homme. Mais je désirais aussi absorber toute l'énergie qui se dégageait de son être.

Aaron se retira et m'observa avec appétit. J'étais totalement nue et offerte devant lui, ne portant que les bijoux dont il m'avait fait cadeau. Les pointes de mes seins étaient dressées sous l'effet de l'excitation et un courant d'air frais passa entre nous lorsque l'on se sépara. Le contraste était saisissant avec la chaleur de son corps brûlant que j'avais pu savourer contre moi quelques instants plus tôt. Il aimait prendre son temps et comptait en profiter. Il pétrit ma poitrine sans modération et il m'attrapa par la taille pour que je descende de la table. Il me retourna afin que je sois face à celle-ci et me fit prendre appui dessus. Se collant derrière moi, il recommença à m'embrasser et ses caresses le long de ma colonne m'enflammèrent à nouveau. J'étais à sa merci.

Aaron posa alors l'une de ses mains à plat sur mon dos, glissant sur mon bassin. Je me cambrai sous l'effet de l'excitation et je pus le sentir durcir de plus en plus à la naissance de mes fesses. Ce fut le moment qu'il choisit pour m'écarter les jambes et reprendre enfin possession de mon corps. Une frénésie nous envahit l'un comme l'autre. Ses mains sur moi, il me donnait de grands coups de reins, m'amenant plus près encore de l'extase. Le plaisir augmentait en chacun de nous. Aux spasmes de son sexe en moi, je compris qu'il allait aussi atteindre le point de non-retour. Je jouis en criant tandis que ses paumes se resserraient toujours plus sur mes hanches. Ses va-et-vient devinrent plus exigeants, plus impatients. Mais il se retira avant de succomber à son propre orgasme. Je sentais contre moi son membre qui pulsait sur mon épiderme déjà sensibilisé à l'extrême. Sa bouche contre ma nuque, son souffle effleurait ma peau et je frissonnais, sous l'effet des chatouilles et des sensations que cela provoquait en moi. Son torse montait et descendait à un rythme fou et saccadé sur mon dos. Nos respirations étaient haletantes.

Aaron me retourna alors pour m'embrasser et m'entraîna sur un tapis en fausse fourrure, m'attirant sur lui. Il reprit ses cajoleries, la tension diminua un peu, puis il m'encouragea à le chevaucher et l'accueillir de nouveau en moi. Dans cette position, il pouvait admirer ma poitrine et la caresser à loisir.

Tout en moi résonnait de ses assauts précédents et se contracta dans cette nouvelle possession, il ne m'appartenait plus. Le bien-être qu'Aaron me procurait était presque douloureux tant il était intense. Son propre plaisir attendait, il se concentrait pour me faire jouir une dernière fois avant de se laisser aller. Je le vis à la façon dont son visage se crispa. Au moment où il la libéra enfin, un troisième orgasme se déclencha en moi, plus puissant encore. Le sentir se répandre en moi avait été délicieusement excitant. Nos corps vibrants se relâchèrent peu à peu et je m'allongeai sur lui. Aaron resta en moi en continuant d'onduler un moment et je savourai le frôlement de nos peaux. La moindre caresse de sa part provoquait une myriade de sensations à travers moi.

Plus tard, je ne me souviendrai que de m'être endormie dans ses bras peu de temps après.

Chapitre 26

Après plusieurs rêves incohérents, je me retrouvai dans un lieu que je connaissais bien. La salle des colonnes était magnifique, telle que dans mes souvenirs.

Devant moi se trouvaient Lucas et Aaron. Je n'avais pas besoin d'apercevoir leurs visages pour reconnaître les deux hommes qui hantaient mes nuits depuis des mois. Ils portaient tous deux des armures ouvragées et s'agenouillèrent dès qu'ils se rendirent compte de ma présence. Le plus grand des deux avait sur son bouclier un blason où étaient représentés deux dragons entrelacés, ceux qui étaient gravés à l'encre sur la peau d'Aaron et ses cartes de visite. Il avait également une couronne sur son heaume. J'avais déjà vu mon amant sous cette cuirasse. L'allure de Lucas était tout aussi charismatique. J'éprouvai une tendresse infinie pour mon ex et un amour inconditionnel envers Aaron. Je fis un pas pour les rejoindre. J'avais envie de me jeter dans ses bras.

— Ma reine ! dirent-ils en cœur.

— Il est temps que tu le saches, me reprit le roi.

— Il est temps que tu te souviennes, me dit le chevalier.

— De quoi me parlez-vous ? De quoi dois-je me souvenir ?

— De nous et de ton passé.

Pourquoi étaient-ils vêtus ainsi ? Ces dragons, je les connaissais. Ils étaient tatoués sur la peau d'Aaron, mais ils représentaient tellement plus de choses. Tout cela était trop loin et trop flou. Mais je devais me rappeler.

Aaron retira son casque et Lucas inclina la tête face à lui. Il le reconnaissait comme son supérieur, comme il l'avait fait devant moi, dans la chambre d'hôtel. Mais ses yeux tournés vers moi montraient que Lucas espérait ne jamais plus m'oublier. Il me désirait avec la même ardeur qu'Aaron et c'était l'origine du déchirement que je ressentais entre eux. Ils me parurent alors être bien plus que des rivaux se disputant mes faveurs.

Tout ceci me semblait si familier. Ils s'étaient déjà battus pour moi. Ils avaient dû renoncer à moi, ils m'avaient perdue...

J'entendis un rire s'élever de nulle part. Il n'y avait personne d'autre, mais la voix me perçait les tympans. Elle était vicieuse, sans égale. Jennifer !

— Où es-tu ?

— Partout !

— Que me veux-tu ?

— Te priver de leur amour. Aurais-tu oublié ? Je m'y emploie pourtant depuis des siècles.

— De quoi parles-tu ?

— Ils seront à moi, tous les deux. Tu me les as pris, ils m'ont abandonnée pour toi, mais je t'apprendrai ce qu'est la solitude. Bientôt, je te la ferai subir. J'étais leur déesse et ils se sont retournés contre moi. Pour toi. Toi, une moins que rien ! Je suis le chaos, je suis la guerre et ils seront de nouveau à moi !

Les deux hommes s'étaient relevés et cherchaient Jennifer, formant ainsi un périmètre de sécurité autour de moi. J'avais déjà vu ça, mais pas exactement. Je me souvenais d'eux en cercle, ils se battaient l'un contre l'autre pour moi au lieu de me protéger comme ils me l'avaient promis. Il fallait vraiment que je retrouve la mémoire.

Lorsque je me réveillai dans les bras d'Aaron, il faisait encore nuit. C'était une nouvelle année qui commençait, et j'avais l'impression que tout avait changé. Nous étions restés sur le tapis et il avait pris un plaid sur un canapé pour recouvrir nos corps nus. Je gardai les yeux fermés un moment, quand, tout à coup, je perçus une présence près de nous. Quelqu'un approchait. Je me redressai pour scruter la pièce dans le noir. Les mouvements que j'avais captés venaient de s'arrêter.

Je n'avais aucun doute sur l'identité de ce visiteur nocturne. Lucas se tenait à quelques mètres de moi. Je sentis une déchirure atroce dans tout mon être. Mais cette douleur n'était pas la mienne, elle provenait de quelqu'un d'autre. Je tendis mon esprit à la recherche de la personne qui était blessée et je m'aperçus à travers les yeux de Lucas. La vision de mon corps contre celui d'Aaron était la raison de cette souffrance insoutenable. Ses émotions étaient comme un ouragan dans ma tête. Quelque chose les empêchait de s'exprimer totalement. Il me voyait comprendre la situation.

J'aurais voulu me relever et le retenir, mais le plaid s'était coincé sous mon amant. Et je ne pus même pas prononcer un seul mot.

Il fit demi-tour, tremblant. Il était profondément ébranlé, comme s'il venait d'être frappé par la foudre. C'était si violent qu'il pouvait s'effondrer à tout moment.

Aaron, me sentant m'agiter, m'attrapa le poignet avant que je n'essaye de me lever.

— Tu ne vas pas jouer à ça, maintenant, lui dis-je. Je ne compte certainement pas laisser Lucas dans cet état.

Je cherchai à échapper à son emprise, sans succès. Lucas avait déjà quitté la pièce.

— Attends, il a besoin de temps pour accepter la situation.

— Tu n'as pas de cœur !

— Tu te trompes ! Je sais exactement ce qu'il éprouve en ce moment même et tu ne l'aideras pas en allant lui parler. Surtout dans ta tenue.

— Mais il...

— Il se souvient, oui. Et il a conscience que tu es proche de retrouver la mémoire, toi aussi. Il a perçu tes rêves tout comme moi et il a entendu les menaces qui pèsent sur toi. Mais il doit faire face à ce qu'il ressent et tu es à moi, plus à lui.

— Je n'appartiens à personne. Je suis la seule à pouvoir décider de ma vie.

Je me dégageai enfin et quittai la pièce, emportant avec moi notre couverture de fortune. J'hésitai un instant avant de me diriger vers la salle de bains. Aaron avait raison sur un point : je ne pouvais pas aller parler à Lucas en sentant le sexe et à moitié nue.

Chapitre 27

Lorsque je sortis de la douche, il faisait jour et Déborah et Nicolas s'étaient levés. La discussion était animée. Je n'avais pas envie de l'écouter. Je cherchai Lucas du regard, mais il n'était pas avec eux et n'était pas dans sa chambre non plus. Je découvris rapidement que ses affaires avaient disparu. Il avait laissé son costume sur le lit et m'avait quitté comme cela, sans un mot.

Si je ne l'avais pas vu moi-même, j'aurais juré qu'il n'avait jamais mis les pieds ici.

Le ton montait de plus en plus dans le salon, Déborah était furieuse contre Aaron. Finies les bonnes résolutions de l'année, la guerre avait recommencé entre ces deux-là. Nicolas me rejoignit dans la pièce vide.

— Il est reparti, dis-je.

— Je sais, il ne va pas bien. Il a besoin de faire le point. Il m'a envoyé un texto pendant que tu te lavais.

— Pourquoi ? C'est lui qui m'a demandé de l'oublier, et maintenant, il disparaît d'un coup.

J'étais en colère. Je me sentais encore abandonnée. Les trois derniers mois revinrent me tourmenter, en particulier l'absence que j'avais ressentie lorsqu'il avait effacé de sa mémoire tout ce que nous avions partagé, et maintenant qu'il était de nouveau conscient de mon existence, il me quittait encore une fois. Allais-je devoir souffrir ainsi à chacun de ses départs soudains ? Certes, il m'avait prévenu qu'il souhaitait affronter Jennifer, qu'il prévoyait de mettre un terme à cette histoire de lui-même. Et c'était sans compter la scène qu'il avait surprise la nuit précédente, mais il aurait pu laisser un message pour s'expliquer. C'était sur ce point que je lui en voulais le plus. Lucas allait avoir de mes nouvelles, je ne lui permettrais pas de s'en tirer comme ça.

— Il prend l'avion ce matin pour la France, annonça Nicolas. Il désire régler certaines choses avant ton retour.

— Mais Lucas va être en danger ! Et si Jennifer reprend possession de son âme ?

— Il ne la craint pas. Je crois qu'il va faire semblant d'être toujours sous son emprise un moment pour trouver une faille chez elle.

— Je n'aime pas ça. Je devrais le rejoindre à l'aéroport.

— Non, tu ne dois pas intervenir.

Les paroles de Nicolas me furent douloureuses, mais il me fallait reconnaître qu'il avait raison. Lucas devait être aussi furieux contre Jennifer que je l'étais, mais après tout, il n'aurait que vingt-quatre heures d'avance. Notre avion décollerait le lendemain matin. Je ne devais pas avoir peur, si elle voulait avoir Lucas auprès d'elle, comme elle l'affirmait, elle ne lui ferait aucun mal. Pourquoi avais-je cette impression étrange ? Pourquoi avais-je ce drôle de pressentiment que, pour m'atteindre, elle serait tout de même prête à tout ?

— Et Déborah ? Qu'est-ce qu'elle reproche à Aaron ?

— D'être arrogant et insensible.

— Oh, comme d'habitude, alors !

— Faut dire qu'il a fait fort, ce matin. Il a même appelé un taxi pour venir chercher Lucas.

— Quoi ?

Les révélations de Nicolas m'interloquèrent. J'avais conscience qu'Aaron pouvait se montrer trop sûr de lui, mais de là à penser qu'il avait arrangé le départ précipité de Lucas pendant ma douche... Il allait devoir s'expliquer et je serais beaucoup moins douce que mon amie.

Il avait dû sentir ma colère, car je perçus sans difficulté le mur de protection qu'il essayait de dresser entre nous. Peine perdue, il n'avait aucune chance. J'étais beaucoup trop remontée !

Je le rejoignis au salon. Quand Déborah me vit arriver d'humeur explosive, elle nous laissa tous les deux.

— Tu as intérêt à tout me raconter. Maintenant !

— Je n'ai rien à dire.

— Oh que si ! Pourquoi l'avoir aidé à quitter le pays sans un mot ? Tu savais très bien que je voulais lui parler, je n'ai même pas pu lui faire mes adieux. Tu sais ce qu'il risque en retournant là-bas, seul, mais tu t'en fiches. Avoue que ça t'arrangeait bien !

— Il me l'a demandé. En souvenir du bon vieux temps.

La réponse peinée d'Aaron me toucha. Il ne semblait plus détester Lucas et craindre autant que moi la suite des événements. Je restai un moment sans voix avant de reprendre.

— Quel bon vieux temps ?

— Celui où il était allé à la chasse aux dragons pour t'oublier.

— Arrête tes conneries !

— Je ne te comprends pas. Tu as réussi à me retrouver dans une ville immense, mais tu ne te souviens toujours pas qui je suis, n'est-ce pas ?

— Non, mais ça n'a rien à voir avec le présent.

— Au contraire.

— Et tu vas me sortir quoi, maintenant ? Que ces créatures existaient bel et bien ?

— En un sens, oui. Lucas et moi, nous avons dû faire nos preuves à une époque où les gens redoutaient les dragons, les sorcières et les trolls, entre autres choses. Nous avons dû sauver des villages. Il te suffit d'ouvrir deux ou trois livres sur les mythes et les légendes pour avoir une idée de ce que nous avons partagé, lui et moi.

L'image des chevaliers me revint tout de suite en tête. Entre mes rêves et ce qu'il me disait, j'allais finir par y croire.

— Explique-moi tout. Il est temps que je le sache.

— C'est contre les règles. Tu dois découvrir les choses par toi-même, mais je peux te donner quelques pistes, rien de plus.

— Lesquelles ?

— Le contenu de ma bibliothèque devrait te plaire.

— C'est hors sujet, ça.

— Examine-la et on en reparlera.

— Tu m'énerves ! Je veux des réponses.

— Viens avec moi.

Aaron me conduisit dans une vaste pièce qui ressemblait à un musée. Il y avait plusieurs étagères remplies de livres anciens et récents, des vitrines dans lesquelles Aaron avait entreposé des objets dont je reconnus du premier coup d'œil la valeur historique. J'en ressentis un ébranlement au plus profond de mon être.

Mais alors que j'ouvrais la bouche pour le questionner, son téléphone sonna. Il le porta tout de suite à son oreille et s'éloigna pour traiter des affaires urgentes.

En l'attendant, je promenai mon regard sur cette pièce avec une intense fascination. Tous ces objets semblaient me parler. Avant même de les examiner, je savais qu'ils m'aideraient à répondre à mes interrogations. J'y trouvai quelques papyrus, apparemment authentiques. Ces antiquités provenaient de l'Égypte. Comme ils me paraissaient fragiles, j'osai à peine poser les doigts dessus, mais, quand je le fis, j'eus l'impression de recevoir une décharge électrique.

J'y découvris également des parchemins et des artefacts qui dataient du Moyen Âge. Parmi eux figurait une armure en parfait état ; celle d'Aaron, dans mon rêve. Les dragons sur le bouclier me captivèrent.

Avant que je ne puisse les toucher, j'entendis ses pas derrière moi.

— Tu as vu quelque chose d'intéressant ?

— Tu es un passionné d'histoire.

— Surtout les légendes traitant de la magie. J'ai une réunion ce matin, je vous abandonne un moment tous les trois.

— Tu travailles le jour de l'An ?

— Pas de repos pour les braves, mais nous ne parlerons pas uniquement gros contrat, heureusement. Les gens que je dois rencontrer sont à la fois des amis et des associés.

— Attends. Cette armure... Je... je la connais.

— Oui. On en discutera à mon retour, enfin, si j'arrive à me libérer avant qu'il ne fasse nuit et que tu ne dormes.

Il nous confia les clés de sa villa, afin que nous puissions nous promener si l'un de nous avait envie de prendre l'air. Juste avant de s'en aller, Aaron avait demandé à Nicolas et Deb de me laisser dans sa bibliothèque. Je m'y installai et oubliai totalement mes compagnons. J'appris plus tard qu'ils étaient sortis dans le but de poursuivre leur visite de la région. Ces deux-là formaient un beau duo. En les voyant ensemble, je sus que, quoi qu'il se passe à l'avenir, ils seraient proches et j'en fus heureuse. J'avais chamboulé leur vie, mais tout n'était pas négatif.

Quand je pense qu'il n'y a pas un mois, je me rendais malade à l'idée d'être seule et aujourd'hui, c'est devenu exceptionnel que j'aie un moment pour moi.

Il ne me restait plus qu'à explorer ces trésors qui semblaient être des témoins de ma propre existence. Il y avait tellement de questions que je me posais. Mais par où commencer ?

Lucas, où es-tu ? Pourquoi être parti alors que tu te souviens enfin de nous ? Qui êtes-vous pour moi, Aaron et toi ? Et, plus important que tout, qui suis-je ?

Chapitre 28

J'avais la tête qui tournait à cause de toutes ces interrogations. Je marchais en long et en large dans la bibliothèque, comme un lion en cage. Je saisis le premier objet qui me passa sous la main, une dague apparemment pas très ancienne.

Je m'installai avec elle sur un canapé pour l'inspecter sous tous les angles. Son fourreau était orné de dragons. Je la dégainai et regardai les reflets de mon visage sur sa lame brillante. Elle me paraissait de plus en plus familière. Je me revis avec cette arme alors que j'apprenais à me battre en l'utilisant.

Puis je me relevai et repris l'examen des ouvrages et des nombreuses antiquités qui s'y trouvaient. Les créatures reptiliennes entrelacées étaient visibles sur la plupart d'entre eux. A priori, tous ces livres et ces objets remontaient au Moyen Âge. Ils me donnaient une impression de déjà-vu que j'avais du mal à cerner. Je finis par reconnaître le logo de l'entreprise d'Aaron. Depuis des années, je l'apercevais partout. Pourquoi avais-je eu tellement de difficultés à m'en souvenir ?

Je me plongeai un long moment dans un manuscrit qui retraçait l'histoire de Jules César[31], de son lieutenant Marc Antoine[32] et de Cléopâtre[33], la reine d'Égypte qui avait épousé successivement ces deux hommes. Ces célèbres généraux avaient passé une bonne partie de leur vie à guerroyer, mais ils avaient tout sacrifié pour elle. Le premier avait été assassiné juste après avoir été nommé dictateur à vie. Le second fut vaincu par Octave[34] à la bataille d'Actium[35], se réfugia en Égypte où il se suicida, croyant que Cléopâtre était décédée. Elle l'accompagna jusqu'à sa dernière demeure avant de se donner la mort, dévastée par sa défaite et la perte de son grand amour.

Mais pourquoi est-ce que je lis ce livre sur Cléopâtre ? Qu'est-ce qui me captive tellement chez elle ?

Je pris également une broche entre mes mains, elle était sertie de plusieurs pierres précieuses. Elle m'était aussi familière que les objets précédents. En fermant les yeux, j'eus l'impression de me voir à une époque lointaine, dans la peau d'une autre, mais c'était pourtant toujours moi. Je la portais alors que je dansais au bras d'Aaron au cours d'un bal. Tout était si familier et si lointain en même temps.

---

31 Jules César : né à Rome le 12 (ou 13) juillet 100 av. J.-C. et mort assassiné le 15 mars 44 av. J.-C, était un général, homme politique et écrivain romain.

32 Marc Antoine : né le 14 janvier 83 av. J.-C. et mort le 1er août 30 av. J.-C., était un célèbre général et homme politique romain du 1er siècle av. J.-C.

33 Cléopâtre VII plus connue sous le nom de Cléopâtre, était la dernière pharaon, reine d'Égypte. Elle est née en 69 av. J.-C. et s'est suicidée en 30 av. J.-C. pour échapper à son vainqueur, le Romain Octave.

34 Octave-Auguste : était le premier empereur romain. Né en 63 av. J.-C., il gouverna Rome à partir du 27 av. J.-C. et meurt en 14 apr. J.-C.

35 Bataille d'Actium : le 2 septembre 31 av. J.-C., se déroula au sud de Corfou. Les armées d'Octave et Marc Antoine, près de 370 000 hommes s'y affrontèrent pour le pouvoir suprême sur l'Empire romain.

Je ressentis de nouveau les regards assassins que l'on m'avait jetés à l'époque. Je reconnaissais cette pression malveillante comme le signe de l'arrivée de Jennifer.

Lucas et Aaron se disputaient mes faveurs. J'étais la femme pour laquelle ils se déchiraient, encore et encore, à travers d'innombrables vies. J'étais liée à eux depuis des siècles. Mais c'était aussi le cas de la poupée Barbie...

À cette idée, mon esprit se mit en écho avec ceux d'une dizaine de personnes. Je fus capable d'attribuer certaines de ces auras à Aaron et Lucas, mais je ne savais pas à qui appartenaient les autres. C'était une sensation pénétrante. Je faisais partie d'un tout et ce que j'avais vécu prenait une nouvelle signification.

Une présence malfaisante se manifesta, j'eus la certitude qu'il s'agissait de Yannick. Depuis notre rencontre, j'avais tout fait pour ne plus repenser à cet homme et j'avais éludé les questions dont je ne voulais pas connaître les réponses sur mon agression. Mais en percevant son aura, je me souvins avoir déjà rêvé de lui et qu'il était l'un de ces « autres » dont on avait soigneusement évité de me parler. Me rappelant ce qu'il m'avait fait, j'eus envie de vomir. Son esprit était tellement perverti que je l'associai à la mort et à l'odeur de la putréfaction.

En me concentrant un peu plus, je distinguai l'âme malveillante de Jennifer. J'eus de nouveau la nausée rien qu'en envisageant que nous étions liées d'une façon ou d'une autre. Je n'avais aucun doute là-dessus. Elle désirait Lucas depuis toujours et cherchait à se venger d'Aaron qu'elle méprisait au plus haut point. Il était, semble-t-il, l'une des rares personnes à pouvoir la contrer. Ils m'avaient tous les deux préférée à elle, ce qu'elle ne supportait pas.

Je n'arrivais pas à me focaliser sur les autres. Mon mal-être grandissait de plus en plus. Si Jennifer découvrait que Lucas ne se trouvait plus sous son contrôle, il courrait un grave danger. Elle n'accepterait pas de le perdre une nouvelle fois. Elle choisirait de le voir mort plutôt que dans mes bras. Je voulais le joindre, lui dire de ne pas rentrer chez lui. Il ne fallait surtout pas qu'il s'approche d'elle.

Je désirais plus que tout l'alerter, mais son téléphone était coupé. Il était déjà dans l'avion et était probablement trop loin pour que je puisse communiquer avec son esprit. J'aurais pu essayer de pousser les limites de mes pouvoirs, mais il m'aurait alors été impossible de distinguer une aura en particulier et toutes les personnes qui partageaient mon don auraient entendu mon appel. Toutes, y compris Jennifer et Yannick.

Lucas allait devoir combattre une sorte de démon. Aaron avait raison et je ne pouvais rien faire pour l'aider.

Je ne pris pas le temps de voir l'intégralité de sa collection. À quoi bon ? J'avais retrouvé quelques bribes de mon passé, à peine une poignée de réminiscences, mais rien de vraiment utile, alors que Lucas était en danger. J'avais pourtant la conviction qu'il s'agissait de la première fois depuis des siècles que tous ceux qui étaient impliqués dans cette histoire étaient réunis à la même époque. Si, pour l'instant, j'ignorais toujours l'identité de la plupart d'entre eux, j'avais la certitude que nous allions tous nous croiser à un moment ou à un autre.

La vie était souvent injuste. Je devais à nouveau choisir l'un d'entre eux. J'avais conscience que j'avais déjà brisé leur amitié à plusieurs reprises. Cette fois encore, ils se faisaient la guerre par ma faute. J'aurais tellement voulu éviter cette situation, si j'avais pu me souvenir plus tôt de lui et de ce que nous partagions, je l'aurais attendu et je ne me serais pas bêtement jeté dans les bras de Lucas de cette façon. Si j'avais su qu'Aaron me cherchait... Maintenant que les choses en étaient arrivées là, je devais prendre mes distances avec eux, au moins le temps de mettre mes sentiments au clair. J'avais l'impression que l'on ne m'avait pas laissé le choix. La réincarnation était censée nous permettre de revivre pour nous améliorer et ne plus refaire les mêmes erreurs. Pourtant, l'histoire se répétait inlassablement.

*

Mes amis rentrèrent. Je n'avais pas vu l'heure, il était déjà tard. Quand Déborah me rejoignit dans la bibliothèque, elle perçut mon désarroi et me demanda si je voulais demeurer seule ou si je préférais qu'elle reste avec moi.

— Ça va, ma chérie ? me questionna-t-elle.

— Je m'inquiète pour Lucas.

— Il est de nouveau lui-même et tu ne pourras pas l'arrêter. Rappelle-toi qu'il sait se battre, surtout quand il est remonté contre quelqu'un. C'est un grand garçon. Fais-lui confiance.

— J'ai le sentiment de le perdre à nouveau. Quand il m'a trouvée nue avec Aaron, cette nuit... Il était sous le choc. J'ai peur qu'il ne soit parti en mission suicide.

— C'est dur, j'en ai bien conscience, mais au moins, cela lui a permis de retrouver le contrôle sur sa vie.

Je ne pouvais pas m'empêcher de pleurer en me souvenant de ce qu'il avait ressenti ce matin, lorsque j'avais eu l'impression qu'il avait eu le cœur foudroyé.

— Quand nous rentrerons en France, tu devras lui donner un peu d'espace pour qu'il découvre qui il est réellement, me suggéra Déborah. Tu dois également te décider, toi aussi. J'ai beau ne pas apprécier Aaron, je vois bien qu'il est fou amoureux de toi. Tu ne peux pas les laisser se battre pour obtenir tes faveurs, ce ne serait pas fair-play.

— Tu ignores à quel point ce que tu viens de dire est juste.

— Tu as envie qu'on retourne à l'hôtel ? Que tu puisses prendre le temps de réfléchir toute seule, sans pression d'un côté comme de l'autre ?

— Je sais déjà ce que je veux, mais je dois trouver le moyen de limiter la casse. Aaron est...

— Je suis quoi ?

Aaron venait d'entrer dans la pièce. Il avait remarqué la broche posée sur la table basse et m'interrogea du regard. Il attendait que je lui confirme que j'avais bien retrouvé mes souvenirs.

Il désire encore plus connaître la fin de ma phrase. Il a besoin que je lui avoue ce qu'il représente pour moi.

Chapitre 29

N'aurait-il pas pu arriver à un autre moment ? Je n'allais tout de même pas trop flatter son ego ! Il était déjà surdimensionné. Il fallait que je trouve quelque chose à lui répondre avant que le silence ne s'installe ou qu'il n'en profite.

— Tu es... attachant !

— C'est gentil de le faire remarquer. Je vois que tu admires la broche de ma collection.

— Oui, elle est très belle. Comment te l'es-tu procurée ?

— Il s'agit d'un héritage qui se transmet depuis plusieurs siècles.

— Elle est toujours restée dans ta famille ?

— Pas vraiment.

— Et voilà que vous recommencez, tous les deux ! J'ai encore l'impression de n'avoir que la moitié de la conversation, dit Déborah, exaspérée.

Elle n'avait pas tort. Je devais reporter notre discussion à plus tard. Nous aurions bien le temps de la reprendre après manger.

— À quelle heure l'avion partira-t-il, demain matin ? demanda Aaron.

— À sept heures, répondit Déborah. Tes affaires sont prêtes, Cassandre ?

— Euh, non.

— Tu as pourtant eu toute la journée.

— Je vais m'y mettre.

J'appréhendais le retour en France. J'avais hâte de voir Lucas et de le retrouver enfin, mais la possibilité d'un affrontement avec Jennifer m'inspirait les pires craintes. Cette fille était une vraie sorcière et elle risquait de lui faire du mal. Je ne savais pas ce que je ferais s'il lui arrivait malheur.

Pourquoi est-ce que j'en ressens de la douleur ?

Il y avait quelque chose d'anormal, ma tête tournait tant que j'en avais la nausée. J'avais l'impression de revivre la soirée où Yannick avait essayé de me violer. Je regardai autour de moi, cherchant un endroit où prendre appui. Je n'en trouvai aucun. Ma vision était devenue floue.

Que se passe-t-il ?

C'était comme si l'on voulait m'écraser le cœur. Il me semblait que quelqu'un fouillait dans mon esprit, sans aucune finesse en faisant le plus de dégâts possible sur son chemin. Cette personne m'arrachait toute la joie que j'avais en moi. Mon âme ne tiendrait pas longtemps sous ces assauts. J'aurais dû sentir le carrelage quand je m'étais effondrée, mais il n'en était rien. Des bras avaient retenu ma chute. Je ne réalisai pas tout de suite ce qui m'arrivait.

La douleur était là, fulgurante. J'avais du mal à faire la part des choses. La violence des attaques, dans ma tête, était pire que lors de mon agression quelques mois plus tôt. Je n'aurais pas de bleus, mais je n'en sortirais pas indemne. Après un instant, je pris conscience que l'on me portait... Du moins, j'en eus l'impression.

— Où suis-je ?

— Calme-toi, je suis avec toi. Tu dois refaire surface et comprendre que ce n'est pas toi qui souffres. Je suis près de toi.

J'allais devenir folle si cela ne s'arrêtait pas. On s'acharnait à me déchiqueter de l'intérieur, comme si une bête affamée venait d'être lâchée dans mon esprit. Heureusement, la présence d'Aaron m'aidait à tenir le coup. Je devais me protéger, dresser une barrière, au moins pour limiter les dégâts, mais la créature semblait passer au travers.

— Pourquoi est-ce que je n'arrive pas à me défendre ?

— Parce que ce n'est pas toi que l'on attaque.

Mes défenses étaient donc inutiles, ce n'était pas ma douleur. Je ne faisais que ressentir celle d'autrui. Comment aider celui qui subissait cette torture ? J'envisageais un instant de la prendre sur moi, comme je l'avais fait quelques mois plus tôt avec celle de mon père.

— Suis-je capable de la supporter, maintenant que je sais que, de mon côté, je ne crains rien ?

— Probablement. Je suis là, à tes côtés, pour te soutenir. Puise ta force en moi si tu le peux.

Je devais me concentrer. Qui était responsable de ces atrocités ? Qui en était la victime ? L'explication ne fut pas longue à s'imposer à mon esprit : Jennifer avait tout compris. Il ne pouvait s'agir que de la douleur de Lucas. Que lui arrivait-il ? Que lui faisait-elle subir ? J'avais déjà la réponse à ma dernière question. Je ressentais toutes les tortures qu'elle lui infligeait.

Je pris peu à peu conscience de l'endroit où je me trouvais. Aaron m'avait portée jusqu'à son lit. Il semblait très inquiet, tout comme Déborah. Mais je devais prendre sur moi la souffrance presque insoutenable qu'endurait Lucas, je voulais l'en soulager afin qu'il parvienne à lutter contre son bourreau. Je lui envoyai un maximum d'énergie. Je n'en avais pas besoin pour résister de mon côté. Mon esprit réussit à parcourir les kilomètres qui nous séparaient pour l'entourer d'une aura protectrice. Cela parut fonctionner pendant quelques minutes. Il avait légèrement moins mal.

Au bout d'un moment, Jennifer détecta ma présence auprès de Lucas et sa rage se fit meurtrière. Je croyais avoir déjà subi les pires attaques de sa part, mais je m'étais largement trompée. Sa fureur redoubla et mon voile se déchira sans que je puisse faire quoi que ce soit. Je sentis Lucas s'effondrer, il ne tiendrait plus longtemps. Je ne pouvais rien faire d'autre pour l'aider. Elle avait pu me porter un coup directement. Si je ne brisais pas le contact avec l'âme de Lucas, j'allais bientôt être dans le même état que lui. Il était très faible.

Je pouvais voir sa lumière prête à s'éteindre. Je lui laissai une nouvelle protection, très discrète, avant de m'éloigner de lui, juste ce qu'il fallait pour le maintenir en vie. Nous devions très vite le rejoindre, il avait besoin de recevoir des soins en urgence, mais nous étions tous ici, à des centaines de kilomètres.

Quand j'ouvris les yeux, je découvris Aaron, penché sur moi. Déborah était déjà en train d'appeler l'aéroport afin de changer nos billets d'avion. Elle ne posait aucune question, c'était inutile. Je compris qu'Aaron avait dû lui expliquer les derniers événements. Il lui avait été possible de lire toute l'horreur de ce qui s'était produit dans mon regard désemparé. Les chances que Lucas soit toujours de ce monde étaient quasiment inexistantes.

J'étais trempée de sueur, il me fallait prendre une douche. Nous partirions d'ici quarante-cinq minutes, le temps de fourrer toutes nos affaires dans des sacs. Nicolas avait terminé ses préparatifs quand je ressortis de la salle de bains. Déborah me tendit à manger. Elle insista pour que j'avale quelque chose. Comme à son habitude, elle veillait sur moi.

Le taxi venait juste d'arriver. Nous pouvions regagner la France. Plus vite je retrouverais Lucas et plus vite j'expliquerais à cette Barbie diabolique ma façon de voir les choses.

Elle était allée trop loin et je pouvais également me montrer impitoyable. Je l'avais considérée comme une simple rivale jalouse et c'était une erreur. À partir d'aujourd'hui, je ne serais plus aussi stupide. Elle m'avait déclaré la guerre et je comptais bien la remporter.

Aaron prit ma main en signe de ralliement. Il se battrait à mes côtés et ne retiendrait pas ses coups contre mon ennemie. Il ne la traiterait pas comme une femme, mais comme le « Mal » qu'elle était en réalité.

Chapitre 30

Notre avion atterrit enfin. Je n'avais pas dit un mot depuis l'attaque, ça faisait déjà cinq heures. Dès que je posai les pieds sur le sol, je sus d'instinct où était Lucas. Je chargeai Déborah et Nicolas de récupérer nos affaires et Aaron me conduisit tout de suite là-bas.

Il était dans une ruelle non loin de chez lui. Personne ne l'avait encore découvert. Il gisait par terre, sous la neige, dans un état comateux. Si l'on ne le retrouvait pas rapidement, le froid allait l'achever. En chemin, j'avertis les secours. Je leur racontai que j'avais vu un corps à cet endroit. Je coupai la communication lorsqu'ils me demandèrent si j'étais restée auprès de lui et comment je m'appelais. J'espérais avoir le temps de le rejoindre avant l'ambulance. Je prétexterais un souci technique si besoin. Aaron m'y amena aussi vite que possible.

Le trajet me sembla durer une éternité et, lorsqu'enfin nous arrêtâmes, j'entendis le bruit des sirènes qui s'approchait. Lucas était encore vivant, mais je ne réussis pas à rentrer en contact avec son esprit. Il était trop faible. J'avais bien fait de lui laisser ma protection. Sans elle, il serait mort, mais c'était tout comme.

Dès que les secours furent sur place, tout se passa très rapidement. En arrivant auprès de lui, l'équipe médicale prit les choses en mains, vérifiant ses constantes, le transférant sur une civière pour l'embarquer dans leur véhicule, mais le cœur de Lucas lâcha. Les ambulanciers durent le ranimer, le massage cardiaque et les nombreux chocs du défibrillateur étaient d'une brutalité que je n'avais jamais vue, mais ils furent efficaces. Lorsqu'enfin ils parvinrent à le relancer, ils ne perdirent pas une minute et l'emmenèrent à l'hôpital afin qu'il ait une chance de survivre.

En voyant l'ambulance repartir, je tentai désespérément d'entrer en contact avec son esprit.

— *Réveille-toi, Lucas, je suis là ! Je t'en supplie, ouvre les yeux. Ne meurs pas !*

Il ne me répondit pas. Si je n'avais pu percevoir la petite étincelle de vie en lui, j'aurais perdu tout espoir. Mais elle existait encore et je devais m'y accrocher, priant pour que Lucas fasse de même.

Aaron m'attrapa alors par le bras et m'encouragea à me relever, nous devions suivre l'ambulance. J'étais comme paralysée et il me fallut un moment avant de me rendre compte que nous avions déjà regagné la voiture et que nous roulions à toute allure derrière le véhicule qui circulait, hurlant à travers la ville.

Pendant tout le temps que dura le trajet jusqu'à l'hôpital, j'essayais de ne pas imaginer les pires scénarios possible. J'étais terrifiée et je rejetai le contact physique d'Aaron lorsqu'il posa sa main sur la mienne tout en conduisant pour tenter de me réconforter.

Je savais qu'il ne pensait qu'à m'apporter un peu de soutien, mais je ne pouvais pas l'accepter. Si Lucas ne nous avait pas surpris ensemble cette nuit-là, il aurait probablement accepté d'attendre un peu avant de retourner en France, il m'aurait peut-être permis de l'aider à combattre Jennifer... Aaron ne parut pas m'en vouloir. À en juger par la veine que je voyais palpiter le long de son cou, il était aussi inquiet que moi pour Lucas, malgré leurs différends, ils étaient liés l'un à l'autre. À cet instant, je pris conscience que peut-être, son geste, son besoin de me toucher était un moyen pour lui de se raccrocher à quelque chose de tangible. S'il avait pu me retrouver, tout était possible, s'il avait pu me retrouver, alors Lucas avait une chance de se réveiller.

Quand nous pénétrâmes dans l'hôpital, on nous redirigea vers l'accueil de l'unité des soins intensifs. Au début, le médecin ne pouvait rien nous dire, car nous n'étions pas de sa famille, mais Aaron joua de persuasion avec lui et finit par obtenir des réponses. L'équipe médicale désirait lui faire subir de nombreux tests. Aucun d'eux ne comprenait comment un jeune homme en très bonne santé pouvait être ainsi dans le coma sans avoir reçu de choc à la tête. Cela ne survenait généralement qu'après un accident.

Le chirurgien ne pouvait pas imaginer que Lucas avait été battu et qu'il avait sous les yeux les conséquences de coups dignes d'une mise à mort. Lucas ne présentait aucune trace, l'intégralité des attaques ayant été mentale. C'était son esprit qui avait encaissé et qui était à l'agonie. À la clinique, rien ne pouvait expliquer son état actuel et pourtant il ne réagissait pas. Il demanda conseil à plusieurs de ses collègues, ils envisagèrent que son coma puisse être dû à une méningite et mon ami dut subir toute une batterie d'examens : bilan sanguin, scanner cérébral, ponction lombaire... Tous revinrent négatifs. Leur patient était en parfaite santé malgré son état végétatif. Ne comprenant pas ce qui pouvait justifier sa santé préoccupante, ils lui firent passer une IRM[36] complète pour essayer de trouver l'origine du mal. C'était bruyant. Je n'aurais pas aimé être consciente dans cette machine. Lui qui détestait rester enfermé, il serait devenu fou, là-dedans, mais j'aurais tout donné pour l'entendre râler au lieu de ce silence pesant. Les résultats étaient inquiétants et son état se dégradait de plus en plus. Ils durent l'intuber en urgence pour assurer ses fonctions respiratoires. L'activité de son cerveau était très faible, presque inexistante. L'équipe médicale n'avait aucun espoir, ils étaient tous convaincus que Lucas ne se réveillerait pas et qu'il faudrait bientôt le déclarer en état de mort cérébrale. Mais, avant toute autre chose, ils devaient entrer en contact avec les parents de Lucas. Ils auraient besoin de leur consentement avant de pouvoir éteindre les machines qui le maintenaient en vie.

Heureusement que ceux-ci étaient injoignables. Cela allait me laisser le temps de tenter quelque chose avant que l'hôpital ne leur demande de signer un papier absurde et que les chirurgiens ne commencent à le découper en pièces détachées pour récolter ses organes[37].

---

36 IRM : imagerie par résonance magnétique

37 Ce texte a été écrit avant la « Loi santé » qui confirme et renforce le principe du consentement présumé au don d'organes et de tissus qui existe depuis 1976. Ce principe veut que tout Français majeur est présumé consentir au prélèvement de ses organes et tissus (cornées, peau) après sa mort, sauf si de son vivant il a exprimé un refus.

Je suis désolée, je sais que des personnes attendent un cœur, un foie ou un autre greffon pour vivre, mais elles n'auront pas ceux-là. Lucas va se réveiller, il va reprendre conscience.

J'étais pour le don, j'avais même ma carte depuis ma majorité, mais ce serait un meurtre si l'on débranchait Lucas. Je n'arrivais pas à envisager qu'il n'était plus vraiment dans ce corps comateux. Il me fallait vaincre un dragon pour qu'il revienne à lui. Si j'y parvenais, il serait de retour parmi nous. Je suppliai Aaron dans l'espoir qu'il accepte de faire oublier cette option au médecin, afin d'obtenir une journée, peut-être plus pour agir. J'aurais aimé rester près de Lucas, mais j'avais une mission à accomplir.

Je vais botter le cul de cette Jennifer. Peu importe si je ne suis pas à la hauteur. Au moins, j'aurais essayé.

J'étais ridicule. Tous mes grands principes moraux, toutes mes idées arrêtées sur le fait qu'il fallait laisser une chance à ceux qui en avaient besoin s'envolaient uniquement parce qu'il était question de l'un de mes proches... Je devais faire vite pour le ramener parmi nous. Mais on ne pourra pas dire que je n'aurais pas tout tenté avant de me résigner à le voir mourir.

Je me confiai à Aaron ainsi qu'à Nicolas et Déborah, qui nous avaient retrouvés, avant de partir.

— Aaron, on doit faire quelque chose, déclarai-je.

— Sais-tu où la trouver ?

— Non, mais je connais quelqu'un qui pourra nous renseigner.

— Alors, on passe chez moi avant d'y aller. Il faut se mettre en condition correctement, sinon l'un de nous ira rejoindre ton copain dans sa chambre d'hôpital.

— De quoi avons-nous besoin ?

— D'un peu de tout. Déjà, tu dois préparer ton esprit au combat. Lucas ne l'a pas fait et regarde dans quel état il est. Si tu n'avais pas pris sur toi une grande partie des attaques, il serait mort à l'heure actuelle.

— Pas très encourageant, tout ça.

— Il faut garder en mémoire que l'on a un gros avantage sur elle.

— Lequel ?

— On sait comment elle se bat et elle est seule.

*

Il me conduisit à une heure de route de là. C'était la première fois que je voyais son appartement. Il était propriétaire d'un loft à Paris dans un quartier très chic.

— Comment peux-tu posséder tout ça ? demandai-je en découvrant les trois voitures déjà présentes dans son garage privé.

Celui-ci contenait des automobiles de collection, toutes plus belles les unes que les autres. Ajoutez à ça la moto Suzuki[38] sur laquelle nous étions arrivés, ça fait beaucoup pour un homme de vingt-huit ans.

— J'en ai hérité de moi.

— Comment ça ? Comment peux-tu t'être transmis tout ceci ?

— Depuis le temps que nous renaissons, j'ai fini par trouver une solution. Avant, je faisais comme les pirates et j'enterrais tous mes objets de valeur. Mais il n'était pas facile de traverser les océans. Avec

38 *Suzuki* Motor Corporation est un constructeur japonais de motos, d'automobiles et de moteurs de bateaux

le monde moderne, ça s'est simplifié. Quand la fin semble approcher comme aujourd'hui, je fais en sorte que mes possessions soit dans le coffre d'une banque : toujours la même, avec un code d'accès identique, vie après vie. Dès que la mémoire me revient, je me rends dans celle-ci pour y récupérer les titres de propriété et les clés des entrepôts de stockage et je peux ainsi profiter de ce qui m'appartient. Et pour que les personnes auxquelles je tiens me rejoignent, j'utilise le symbole des dragons entrelacés dans chacune de mes nouvelles vies. C'est un plan que j'ai mis au point au Moyen Âge. Les étendards, c'est plutôt voyant. Maintenant, c'est le logo de ma société.

— C'est une bonne idée. Tu crois que j'ai fait pareil ? Je ne me rappelle pas mes incarnations passées, juste quelques détails.

— J'aimerais le savoir, mais cela fait très longtemps que nous ne nous sommes pas retrouvés tous les deux, cent ans, à peu de choses près. Et c'est encore plus rare que nous soyons tous réunis. J'ai conscience que tu te poses énormément de questions. Elles trouveront presque toutes des réponses. Pour ma part, je me demande toujours à quoi va nous mener tout cela.

— Qui sont les autres ?

— Des esprits anciens, comme nous.

— Tu ne veux pas m'en dire plus ?

— Je ne peux pas. Je te l'ai expliqué, tu dois te souvenir seule.

— Est-ce qu'il faut que nous restions tous en vie ? Est-ce qu'il y a une logique dans tout ça ?

— En vie ? Tu comptes mourir ?

— Moi, non. Mais j'ai bien l'intention de me débarrasser de la blonde. Tu m'as parlé d'affaires à prendre ici.

Encore une fois, il éluda ma question.

— On va y aller, ne sois pas impatiente. Il doit se préparer correctement.

— Si nous attendons trop longtemps, ils le débrancheront.

— Je n'ai pas dit que nous devions attendre, mais il nous faut nous préparer. C'est dans la précipitation que l'on commet les plus grandes erreurs.

Il me montra le chemin vers une petite pièce au fond de l'appartement. Il sortit d'une armoire plusieurs sachets au parfum étrange.

Chapitre 31

Aaron commença à installer les objets qu'il avait sortis d'une malle très ancienne.

Après l'avoir recouverte d'une nappe immaculée, il la transforma en une sorte d'autel et y posa deux bougies blanches aux coins opposés à lui.

— Nous allons renforcer ton esprit avant d'affronter cette fille, me dit-il en me tendant un autre cylindre de cire bleu. Place-la en face de moi. Les trois bougies doivent former un triangle dont la pointe est tournée vers toi. Au centre, je dois disposer des minerais. Tu vas en choisir un. Celui qui t'attirera sans que tu puisses l'expliquer. Concentre-toi.

Il fit brûler de l'encens de benjoin. J'en respirais pour la première fois, mais son parfum me parut familier. Je regardai attentivement les pierres aux couleurs captivantes qu'il avait installées sur une table devant moi : de l'améthyste, de la turquoise, de l'opale, du jade et du péridot. Elles avaient toutes un pouvoir différent que j'arrivais à ressentir juste en approchant mes doigts de chacune d'elles. D'instinct, je saisis la pierre de jade.

— Je vais prendre celle-là.

— Tu fais bien. Pour les Chinois, cette pierre est une gemme capable de guérir tous les maux. Si on la réduit en poussière et qu'on la mélange avec de l'or dans de l'eau avant de la boire, elle peut même prolonger la vie.

Il alluma les trois mèches.

— Tu vas lever les deux bras vers le ciel et invoquer les forces de l'Univers en prononçant ces mots :

À tous les Esprits des Vents,
Du Nord, du Sud, de l'Est et de l'Ouest, j'offre cet encens.
Que sa fumée s'élève vers vous majestueusement.

Je m'appliquai à faire ce qu'il me demandait. Je parsemai sur la flamme d'une bougie blanche une pincée de romarin. Sur la seconde, j'utilisais de la poudre de riz. Enfin, sur la bleue, ce fut des pétales de roses émiettées. Une fois cette opération terminée et de nouveau dans la position précédente, je répétai après lui.

À toi le Feu, farouche et purifiant,
J'offre ces herbes pour nourrir ta puissance infinie.

Aaron me fit déposer ensuite un peu de gros sel marin sur la pierre en poursuivant l'incantation.

À toi l'Eau, source de Vie,

J'offre cet enfant arraché de ton lit.

À toi, la Terre nourricière,

J'offre cette pierre d'une beauté inouïe,

Pour que tu me gardes en ton cœur

Comme ton enfant chéri.

— Fais trois pas en arrière en écartant les bras de façon à former une croix. Lève la tête en fermant les yeux et prononce cette incantation, ajouta-t-il.

À vous, Éléments de Mort et de Vie,

Je rends hommage humblement, avec ces modestes présents.

Gardez-moi de la méchanceté des hommes,

De leurs tourments, tant que je porterai ce talisman.

Je vous en serai éternellement reconnaissante.

Je commençai à ressentir la magie en action. Parcourant tout mon corps, elle ressemblait à un flux d'air chaud. Je laissai les bougies se consumer entièrement.

— Conserve la pierre utilisée comme une amulette. Aussi longtemps que tu l'auras sur toi, tu seras protégée.

— Merci.

— C'est normal. Je n'ai aucune envie que Jennifer réussisse à te blesser.

— Mais moi, est-ce que je peux la tuer ? Tu ne peux pas tout me dire, je l'ai bien compris, mais tu dois au moins me donner une bonne raison pour qu'elle reste en vie.

— Je n'en ai pas encore trouvé, à part que je ne veux pas te voir en prison pour meurtre.

— C'est un argument valable, j'avoue. Je n'y avais pas pensé.

— Tu as dit que tu connaissais quelqu'un qui saurait comment la trouver, lui demandai-je.

— Oui, Valérie, une amie d'enfance.

— Alors, appelle-la. Pendant ce temps, je dois chercher ce qu'il nous faut pour être plus offensif.

Il ouvrit un gros coffre en bois et en sortit quelques dagues, ainsi qu'une arbalète et plusieurs carreaux.

— Je ne sais pas me servir de tout ça, dis-je.

— Tu vas voir, c'est très simple. On bloque la corde en position « armée » avec un dispositif mécanique qu'on libère ensuite d'une faible pression. Ainsi, la maintenir prête à l'usage ne requiert aucun effort, ce qui sépare les mouvements qui permettent d'armer l'arbalète et de tirer. Tu pourras rester en place et tu n'auras pas à t'approcher trop près.

— Je croyais que tu ne voulais pas que je la tue.

— Si je ne réussis pas à la vaincre en brisant son esprit, il faudra envisager un autre moyen.

— Ce n'est pas rassurant.

— Tu ne devras pas prendre de risques inconsidérés. Si je n'y parviens pas et que tu rates ton coup, tu devras t'enfuir. Pas question de retourner à l'hôpital, tu devras quitter le pays aussi vite que possible.

— Où est-ce que j'irai ? Et ma famille, mes amis ? Et toi ?

— Si je me loupe, tu ne pourras, quoi qu'il arrive, plus me sauver. Je serai certainement dans le coma comme Lucas, ou pire, car elle n'est pas amoureuse de moi et n'aura pas les mêmes scrupules.

Mes larmes coulèrent le long de mes joues, je savais que tout ceci était une probabilité. J'allais peut-être devoir quitter le monde que je connaissais et entrer dans la clandestinité. Mais que cela se fasse sans lui m'était insupportable.

— Je ne veux pas te perdre, dis-je. Promets-moi de ne pas t'exposer à trop de risques. Abandonne dès maintenant si c'est trop dangereux pour toi. Je préférerais être morte plutôt que de te voir toi aussi dans cet état.

Sans un mot, il m'embrassa. Il ne répondit rien pour me rassurer, bien qu'étant déterminé à se sacrifier si besoin. Il ne me le dirait pas, mais je le sentais au travers de son baiser. C'était peut-être le dernier. Je me mis à trembler, sanglotant sans pouvoir reprendre le contrôle de mon corps. Je tenais à lui et je refusais l'idée que le lien qui nous unissait soit rompu.

Je souhaite tout partager avec lui, mais pour l'instant, je n'arrive pas à lui avouer que je l'aime !

Il s'écarta de moi et fouilla dans un tiroir. En se retournant, il me tendit une pochette.

— Ne l'ouvre pas maintenant. J'espère de tout cœur que tu n'auras jamais à le faire.

Il disait vrai, il ne voulait pas que j'en découvre le contenu, et l'expression de son regard ne me donnait pas envie de le faire.

C'est malin. J'ai peur de partir en chasse, à présent.

— Il y a encore une chose que j'ai à te dire, Cassandre. Je t'aime. J'ai conscience que tu tiens énormément à Lucas. Mais je ne peux plus garder ça pour moi. J'ai besoin que tu saches ce que je ressens. Tu es tout pour moi et je ne laisserai personne s'en prendre à toi.

J'allais lui répondre qu'il se trompait sur toute la ligne, que mes sentiments pour lui étaient bien plus forts que ceux que j'éprouvais pour Lucas, mais il avait déjà quitté la pièce.

Chapitre 32

Valérie m'avait dit où je trouverais Jennifer. Elle devait rentrer chez elle par le train de minuit. C'était l'idéal, parce qu'à cette heure-là, il y aurait très peu de monde. Nous pourrions agir.

Il faisait très froid. Les quais étaient déserts. Nous nous étions placés à chaque sortie vers les sous-sols de la gare. Elle ne pourrait pas nous échapper. Je voyais deux publicités défiler sans relâche sur les panneaux d'affichage. Depuis que nous attendions, je ne comptais plus le nombre de passages qu'elles avaient fait devant mes yeux. Les premières fois, je n'y fis pas attention, puis il m'avait fallu me concentrer pour arriver à déchiffrer toutes les lignes en très petits caractères de loin. Vous savez, celles que personne ne lit jamais, mais qui sont obligatoires... Je n'en pouvais plus, j'étais à bout de nerfs.

Je crois que je ne pourrai jamais boire de whisky. Cette réclame m'a écœurée.

Lorsque le mécanisme s'enclencha de nouveau, je n'en pouvais plus. Cela me rendait dingue, j'allais finir par craquer si ça continuait longtemps. J'étais déjà assez tendue comme ça. Au moment où les panneaux se remirent à tourner, je les bloquai mentalement. Dès lors, je me sentis mieux.

J'entendis le message qui annonça enfin l'approche du RER[39] en provenance de Paris. Ce serait bientôt le moment. Aaron me fit signe. Il voulait que je me tienne sur mes gardes dès maintenant. La neige commençait à tomber. Le froid me glaçait jusqu'aux os.

Lorsqu'il entra en gare, je pris conscience des battements de mon cœur, du sang qui coulait dans mes veines. Je ressentis toutes les vibrations autour de moi. Aaron et Lucas m'avaient appris à analyser tout ce qui m'entourait. Jennifer n'était plus très loin de nous. Quand le train s'arrêta et que les portes s'ouvrirent, quelques personnes seulement en sortirent. Elles quittèrent le quai rapidement en nous laissant face à Jennifer.

Elle fixa Aaron d'un air suffisant avant de faire de même dans ma direction. Cette peste connaissait d'ores et déjà ma position et me le fit savoir clairement. J'éprouvai une vive douleur quand elle chercha à pénétrer mes défenses, mais je perçus le pouvoir du talisman. Il agissait comme une flamme et repoussait les ténèbres. Aaron serrait les dents. Il ne s'était pas constitué d'armure mentale et ne semblait pas au mieux de sa forme. Je mis du temps à comprendre qu'il s'efforçait de me protéger à ses dépens. C'était bien ce que j'avais craint plus tôt, Aaron comptait souffrir à ma place jusqu'à la mort.

Après plusieurs attaques infructueuses contre moi, la Barbie diabolique finit par reconnaître qu'elle n'arriverait pas à m'atteindre. Elle focalisa donc son esprit sur Aaron. Elle était plus virulente qu'elle

---

39 *RER* : Réseau express régional.

ne l'avait été contre Lucas, mais il se montrait plus résistant. Je n'avais pas besoin de l'épauler pour qu'il puisse soutenir face à elle. Il ripostait à Jennifer par des ondes de choc aussi vigoureuses que les siennes, mais sans parvenir à la faire reculer. J'armai l'arbalète, au cas où il deviendrait nécessaire de l'utiliser contre notre ennemie, mais j'espérais ne pas avoir à m'en servir.

— Mets-toi à l'abri. Tout de suite ! hurla Aaron.

Je n'en avais pas envie, je voulais tenter de l'aider. Lui porter plusieurs coups qui la perturberaient et la blesseraient, comme elle l'avait fait avec Lucas. Pourquoi désirait-il que je parte maintenant ? Il m'avait appris à me défendre. Se sentait-il déjà en situation difficile ou souhaitait-il seulement me savoir loin afin de se battre sans s'inquiéter pour ma sécurité ?

Je le vis s'affaisser devant moi. Il avait du mal à rester debout et à respirer. Il s'était arrangé pour que je ne puisse ressentir ses douleurs et que je conserve tous mes moyens. Il craignait que je m'effondre à cause du choc, comme je l'avais fait lors de l'agression de Lucas.

Jennifer était aux anges, elle s'était servie de la météo, en la changeant pour affaiblir Aaron. La neige agissait sur lui comme un poison. Les poumons d'Aaron se glaçaient peu à peu et je dus me concentrer pour tenter de réchauffer l'air qu'ils contenaient encore. Cela me demandait un effort considérable. Elle était de plus en plus forte, Jennifer contrôlait bien mieux que moi les éléments. Je ne pouvais rien faire contre elle dans ce domaine.

Je me rendis compte qu'Aaron ne tiendrait plus longtemps. Ses attaques contre Jennifer étaient inefficaces, il se battait contre un courant d'air. Même si je ne pouvais pas pénétrer son esprit, je savais qu'il souffrait rien qu'en voyant sa tête figée dans une expression de douleur. Je brandis l'arbalète qu'il m'avait confiée. Elle était lourde, mais il avait eu raison, son mécanisme me permettait de l'armer et de viser le cœur de ma cible plus facilement qu'avec un arc. Mon doigt tremblait sur la détente alors qu'il était peu à peu emprisonné dans la glace. Je devais faire vite avant de ne plus pouvoir agir du tout. Le coup partit. J'avais concentré toute ma volonté afin de m'assurer que le tir atteigne son but, mais au dernier moment, Jennifer était parvenue à dévier mon arme en direction d'Aaron. Je le vis s'effondrer devant moi. Le carreau l'avait touché au niveau de la poitrine, en plein centre. Je restai pétrifiée face à lui. Pourquoi ne s'était-il pas protégé comme il m'avait appris à le faire ?

Du sang commença à imbiber sa chemise. Il était déjà presque inconscient. Jennifer nous abandonna là, en riant aux éclats. J'étais insensible à ses attaques, elle n'avait donc aucune raison de s'attarder. Nous savions toutes les deux que je ne pouvais rien faire contre elle.

Je rejoignis Aaron sans m'en rendre compte, agissant comme un automate. Je comprenais à peine ce qui se passait. Mes mains étaient recouvertes de son fluide vital, mais aussi d'une matière poisseuse que je ne connaissais pas. Au contact de cette substance, mon énergie me quitta peu à peu, comme siphonnée. Elle était absorbée à vue d'œil.

— Pars avant qu'elle ne change d'avis ! gémit Aaron. Fuis le pays et ne reviens jamais. Jure-le !

— Je ne peux pas te laisser là... Pas dans cet état !

— Jure-le, sinon tu devras me voir mourir sous tes yeux.

— D'accord, je vais t'obéir, mais par pitié, ne meurs pas !

— Va-t'en tout de suite, avant que l'on ne t'aperçoive ! dit-il en me confiant les clés de sa voiture.

J'essayai de retenir mes larmes. Je devais être forte, j'étais seule maintenant. Il allait s'éteindre d'un instant à l'autre, mais il m'avait fait promettre de ne pas rester à son chevet et de partir. Je n'avais pas le choix, je devais tenir parole. Je lui déposai un baiser sur le front avant de le quitter.

— Retrouve-moi ! m'écriai-je. Je t'en supplie, même si cela doit te prendre cent vies, retrouve-moi, car je t'appartiens corps et âme !

Un nouveau train s'arrêta alors en gare. Je n'eus pas la possibilité de voir l'éclat dans les yeux d'Aaron ni entendre sa réponse. Je dus m'enfuir du quai au pas de course en essayant, tant bien que mal, de cacher les taches sur mes vêtements. Je me forçais à ignorer ce que me dictait mon cœur, à savoir : être auprès de l'homme que j'aimais...

En m'éloignant de là, je perçus les sirènes des ambulances qui arrivaient.

Déjà ?

Les passagers qui étaient descendus avaient rapidement appelé les secours en découvrant le corps ensanglanté d'Aaron. J'avais dû perdre de précieuses minutes à me morfondre. Un instant, je pensai aux caméras qui avaient certainement filmé toute la scène. Peut-être qu'une fois de plus, les images avaient été brouillées, comme quand Aaron s'était battu avec Yannick, mais pour être honnête, je m'en fichais royalement.

Épilogue

Je ne m'effondrai qu'en prenant ma douche dans son appartement. Enfin débarrassée de l'étrange substance, je pris conscience que mes forces me revenaient, mais à quoi bon ? J'avais perdu Aaron.

Je trouvai dans la chambre une pile de vêtements qui semblaient être là pour moi. Il avait tout prévu. C'était une tenue passe-partout idéale pour voyager. Mais je laissai le petit haut au profit de l'une de ses chemises. Elle portait encore son parfum et j'en avais besoin. Je voulais le sentir près de moi. J'avais fermé mon esprit à l'extérieur pour ne pas ressentir le vide autour de moi.

Je n'avais pas ouvert l'enveloppe qu'il m'avait confiée plus tôt. Mais il était temps de découvrir ce qu'elle contenait et ce que l'avenir me réservait. La lettre comportait deux feuilles. L'une d'elles donnait une liste d'informations : itinéraire, codes d'accès... L'autre était manuscrite :

Cassandre, mon amour, ma vie,

Si tu me lis maintenant, c'est que les choses ont mal tourné.

Tu vas devoir fuir rapidement. Je t'ai préparé quelques vêtements, de faux papiers et un billet d'avion. J'ai déjà appelé mon ami, Brandon McSorley, à New York. Il va te fournir un logement sûr et t'aidera à t'adapter à ta nouvelle existence. C'est un homme à qui je confierais ma vie. Il veillera sur toi comme un père et t'apprendra tout ce que tu dois savoir. Tu trouveras les consignes pour te rendre à mon coffre en Amérique dans la page suivante, ainsi que tout ce dont tu auras besoin pour quitter le pays. Tu ne manqueras de rien.

Je t'interdis de revenir en France pour Lucas ou pour moi. Tu vas devoir survivre pour nous.

Avec tout mon amour,

A.

PS

J'aime beaucoup ta couleur de cheveux naturelle, mais il va falloir que tu changes de tête. Tu seras stupéfiante en blonde.

Maintenant que j'étais dans l'avion, je ne pouvais plus m'empêcher de pleurer. J'avais tout perdu. Nous venions de décoller en direction de New York. J'étais dépourvue de tout bagage. Je n'avais que les habits qu'Aaron m'avait préparés pour fuir. Si les caméras avaient enregistré le combat, mes parents me croiraient probablement coupable du meurtre de mon professeur particulier. Lucas était sur le point d'être débranché, ce n'était qu'une question de jours, voire moins. Aaron était décédé. J'étais seule et je me dirigeais vers un monde inconnu. Si je n'étais pas parvenue à rompre le lien psychique qui m'unissait à eux, j'aurais sûrement ressenti leur mort...

*

À l'hôpital, un inconnu dans un état grave, une plaie béante au cœur venait d'être amené par une ambulance. Les circonstances durant lesquelles ce trentenaire avait été blessé étaient encore floues, mais il était à deux doigts d'y passer. Au même moment, dans l'unité des soins intensifs, des parents en larmes signaient les papiers de décharge autorisant l'équipe médicale à éteindre les machines qui maintenaient artificiellement leur fils de vingt ans en vie et le prélèvement de ses organes.

À suivre...

Remerciements

Ce livre n'aurait pu être réalisé tel qu'il apparaît aujourd'hui sans l'aide précieuse de nombreuses personnes auxquelles j'exprime ici ma sincère gratitude.

Je remercie d'abord Pauline, la directrice de la Collection Imaginaire, avec qui j'ai pris un immense plaisir à travailler. Dès nos premiers échanges, j'ai su que nous n'aurions aucun problème à nous comprendre que cela soit au sujet de mes textes que de tout le reste. En moins d'un an, elle est passé du statut de collaboratrice à celui d'amie et j'espère que ce n'est que le début d'une très longue histoire.

Avant de retravailler cette histoire, j'ai pris le temps de relire tous les avis qui avaient été publiés lors de la première édition afin d'en tenir compte. C'était un exercice qui me tenait à cœur et très instructif. Cela m'a vraiment aidé à progresser et je suis redevable aux nombreuses blogueuses qui avaient fait des chroniques développées.

Il y a aussi tous ceux qui étaient là, dès le premier jet, et qui ont contribué à chaque étape. Je dois un immense merci à chacun d'entre vous. Je dois énormément à Oxanna Hope. Ces remarques sans concession m'ont permis de progresser et mon écriture a beaucoup mûri grâce à elle. Sa réactivité a été à toute épreuve au moment des corrections.

Je remercie Maïka pour la magnifique couverture qu'elle a créée pour ce tome 1. Cette illustratrice de talent a su retranscrire l'ambiance onirique de certaines scènes de mon histoire. J'ai hâte de voir ce qu'elle va imaginer pour le tome 2.

La liste serait trop longue pour citer tout le monde, mais je ne vous oublie pas. Votre contribution m'a été précieuse et indispensable. Avec votre aide, la chenille est devenue un papillon qui va maintenant voler de ses propres ailes. Je suis très fière de vous compter parmi mes amis.

Enfin, je terminerai cette longue liste par vous. Merci à vous, oui vous qui tenez ce livre entre vos mains ! Je l'ai écrit dans l'espoir de vous procurer un agréable moment et j'espère y être parvenue.

Biographie

Douce, pleine d'esprit et dotée d'un caractère bien trempé, je suis née en 1982. Je vis actuellement près de Versailles, où, après avoir travaillé dans la restauration, le commerce et le stylisme, je me concentre à l'écriture et l'infographie.

On dit de moi que je suis une lectrice insatiable. Tout cela grâce à un professeur de français qui m'a transmis le virus en demandant à ses élèves de quatrième de choisir entre quatre livres par trimestre et d'en faire un exposé. Je n'ai jamais pu choisir et les ai tous lus, même les tomes suivants qui n'étaient pourtant pas au programme.

Par la suite, il y a eu Maurice Leblanc avec Arsène Lupin ; Marion Zimmer Bradley : Avalon, Merlin et Les dames du lac, J. K. Rowling et Harry Potter... depuis, je ne me déplace jamais sans un livre, voire plus.

J'ai toujours eu pleins d'histoires à raconter, mais c'est en 2013 que mon aventure livresque a débuté avec mon premier roman, Pré sentiment et sa suite, Ressentiment.
Actuellement je travaille sur le tome 2 du Cycle des Pierres Protectrices et sur la réécriture de ma première série Réminiscence.

Mentions légales

ISBN : 979-10-348-1002-4
ISSN : 2608-8665

Evidence Editions
ZAI Bel Air
17230 Andilly

Site Internet : www.evidence-editions.com
Boutique : www.evidence-boutique.com

Dépôt légal décembre 2018

Imprimé sur papier **Clairefontaine** fabriqué dans les Vosges.

Achevé d'imprimer par C.L.I.P

9 791034 810024